HEYNE

Das Buch
Der siebenundvierzigjährige Journalist Arne Stahl wird bei einem Gewitter auf offenem Feld vom Blitz getroffen. Er überlebt, doch als er im Krankenhaus wieder zu sich kommt, hört er plötzlich die Gedanken anderer Menschen. Um nicht als geisteskrank zu gelten, erzählt er niemandem von dieser Fähigkeit. Nicht einmal seiner Frau Anna. Aus deren Gedanken erfährt er aber Erschütterndes. Sie hat ihn nie geliebt und nie begehrt, im Gegenteil: Sie findet ihn langweilig. Auch die Arbeitskollegen entpuppen sich fast alle als Lügner und Heuchler, und sein ehemals bester Freund trägt ein erschütterndes Geheimnis in sich. Arnes Menschenbild zerbricht und er empfindet seine »Gabe« zunehmend als Fluch. Er erkennt: Die Ehrlichen und Aufrichtigen sind selten wie Diamanten. Ohne eingehend darüber nachzudenken, beschließ Arne, alles was ihm früher wichtig war, hinter sich zu lassen und seinem Leben eine völlig neue Richtung zu geben.

Der Autor
Jürgen Domian wurde 1957 in Gummersbach geboren. Nachdem er bei verschiedenen Sendern der ARD als Autor und Reporter arbeitete, moderiert er seit 1995 die bimediale Telefon-Talkshow DOMIAN (WDR-Fernsehen/WDR-Hörfunk 1LIVE). 2003 wurde er für die Sendung mit dem Bundesverdienstkreuz ausgezeichnet. 2008 erschien im Wilhelm Heyne Verlag sein erster Roman *Der Tag, an dem die Sonne verschwand*.

Lieferbare Titel
Der Tag, an dem die Sonne verschwand

Jürgen Domian

Der Gedankenleser

Roman

WILHELM HEYNE VERLAG
MÜNCHEN

Verlagsgruppe Random House FSC-DEU-0100
Das für dieses Buch verwendete FSC®-zertifizierte Papier
Holmen Book Cream liefert Holmen Paper, Hallstavik, Schweden.

Vollständige Taschenbuchausgabe 07/2011
Copyright © 2010 by Jürgen Domian
Copyright © 2010 by Wilhelm Heyne Verlag, München,
in der Verlagsgruppe Random House GmbH
Printed in Germany 2011
Umschlaggestaltung: Eisele Grafik Design, München,
unter Verwendung eines Fotos von © Ilona Wellmann/
Trevillion Images
Druck und Bindung: GGP Media GmbH, Pößneck
ISBN: 978-3-453-40842-5

www.heyne.de

Wer mit Ungeheuern kämpft,
mag zusehn, dass er nicht dabei zum Ungeheuer wird.
Und wenn du lange in einen Abgrund blickst,
blickt der Abgrund auch in dich hinein.

FRIEDRICH NIETZSCHE,
Jenseits von Gut und Böse, Aph. 146

1

Wie er aus dem Mund stinkt. Ekelhaft.

Aber dem Himmel sei Dank: Er macht die Augen auf. Er hat's überlebt. Wär er abgekratzt ... Das hätt mir gerade noch gefehlt, jetzt, wo der Chef nicht da ist und ich hier ganz alleine bin. Aber wenn er einen Gehirnschaden behält? ... Egal. Darum sollen sich dann andere kümmern. Ich hab ihn heute durchbekommen, nur das zählt ... Wie spät ist es eigentlich? Oh, gleich vier. Um fünf macht die Werkstatt zu. Wenn ich den Wagen heute nicht hinbring, kann ich mir den Wochenendausflug mit Sandra abschminken ...

Das waren die ersten Gedanken eines anderen Menschen, die in mich eindrangen.

Zu jenem Zeitpunkt aber wusste ich überhaupt nicht, was mit mir geschah. Ich nahm nur wahr, dass ich in einem Bett lag, Schmerzen im ganzen Körper hatte, besonders in den Ohren, am Hinterkopf und im rechten Bein – und mir war schrecklich warm. Mit größter Mühe versuchte ich, meine Augen zu öffnen, brachte allerdings nur ein leichtes Blinzeln zustande. Das aber genügte, um einen Mann in einem weißen Kittel zu erkennen, der sich über mich gebeugt hatte. Seine Augen waren groß und dunkelbraun, sein Gesicht eher grob geschnitten, leicht gebräunt und mit kleinen roten Pickeln übersät. Die Lippen, wulstig und aufgesprungen, glänzten etwas, so, als wären sie feucht oder mit einer dünnen Fettschicht überzogen. Und das Sonderbare war: Offenbar *sprach* der Mann – aber seine Lippen bewegten sich nicht im Geringsten, sein Mund war ganz eindeutig geschlossen. Diese Beobachtung verwirrte mich derart, dass ich meine ganze Kraft zusammennahm, um meine Augen vollends zu öffnen. Was mir dann auch gelang. Und genau in diesem Moment sagte der Mann über mir: »Herr Stahl, atmen Sie tief durch. Sie haben es geschafft. Sie sind ein sehr tapferer Patient. Haben Sie Schmerzen? Hören Sie mich? Hallo, Herr Stahl, können Sie mich sehen?«

Ich spürte seine Hand auf meiner rechten Hand, und zu meiner erneuten Verblüffung bewegten sich jetzt seine Lippen, während er sprach. Ich schwieg und starrte ihn nur an. Und dann schwieg auch er und starrte mich ebenfalls an. Eine ganze Weile. Bis er sehr laut sagte: »Herr Stahl, hallo, können Sie mich hören? Nicken Sie ganz einfach, wenn Sie mich verstanden haben. Spüren Sie meine Hand?« Dabei drückte er ein paarmal kräftig meinen Handrücken zusammen, so dass es fast wehtat. Wartete einen Moment – und drückte abermals. »Spüren Sie die Hand?«, fragte er wieder, jetzt aber mit deutlich leiserer Stimme. Dann ließ er von mir ab, wich auch mit seinem Gesicht ein wenig zurück, sah mich dabei aber fortwährend an. Mit sehr ernster Miene.

Ach, du Scheiße ... Nun hat er doch einen Schaden. So ein Dreck. Er reagiert nicht. Die Werkstatt kann ich vergessen. Jetzt muss ich irgendwas unternehmen. Scheiße ... und Sandra ...

Ich glaubte, verrückt geworden zu sein. Denn diese Sätze vernahm ich ganz klar – aber der Mund des über mich gebeugten Mannes war wieder geschlossen, die Lippen beinahe zusammengepresst. Und diesmal fiel mir auf, dass sich die Tonlage, in der er sprach, erheblich verändert hatte. Daran gab es gar keinen Zweifel. Zuvor hatte seine Stimme recht hoch geklungen, jetzt aber war sie tiefer, auch stärker zurückgenommen als vorher, wie aus der Ferne gesprochen, und jedes Wort hallte etwas nach.

Meine Gedanken überschlugen sich: Wo bin ich? Offensichtlich in einem Krankenhaus. Der Mann ist ein Arzt, oder? Aber warum bin ich hier? Was ist geschehen? Hatte ich einen Unfall? Oder einen Zusammenbruch? Gar einen Schlaganfall? Oder träume ich alles nur? Was für ein Tag ist heute? Und der Arzt spricht von einem Schaden, einem Gehirnschaden. Habe *ich* einen Gehirnschaden? O mein Gott! Und wer ist Sandra? Warum erzählt mir der Arzt, dass er in die Autowerkstatt will? Und dass ich Mundgeruch habe? Wie peinlich! Ich achte doch immer so penibel auf meine Mundhygiene. Ich muss unbedingt etwas trinken oder mir den Mund ausspülen. Warum ist mir so warm? Weiß ich meinen Namen? Ja, Arne ... Arne Stahl.

»Was ist passiert? Wo bin ich?«, flüsterte ich mit heiserer Stimme. Die Kraft, laut und deutlich zu sprechen, hatte ich nicht.

Donnerscheiß. Er spricht.

Der Arzt sagt »Donnerscheiß« zu mir? Dachte ich. Aber wieder war sein Mund geschlossen gewesen. Und noch bevor ich weiter darüber nachgrübeln konnte, sagte er, diesmal wieder mit heller und klarer Stimme: »Sie hatten gestern einen schweren Unfall, Herr Stahl. Sie wurden auf freiem Feld von einem Blitz getroffen. Sie haben riesiges Glück gehabt. Mein Name ist Dr. Bauer, und Sie sind hier im St. Katharinen Hospital.«

Diesmal bewegte er beim Sprechen ganz normal den

Mund, was mich beruhigte und die sonderbaren Vorkommnisse von vorhin zunächst vergessen ließ. Ich atmete einige Male tief durch, versuchte mich etwas aufzurichten, was jedoch misslang, und fragte den Arzt schließlich: »Weiß meine Frau Bescheid? Weiß sie, wo ich bin?«

»Ja, sie wurde direkt nach dem Unfall benachrichtigt. Zum Glück hatten Sie Ihren Personalausweis dabei. Sie war bis vor einer halben Stunde hier und wird am Abend wiederkommen.«

»Wie spät ist es?«

»Gleich zehn nach vier. Können Sie mich ganz klar sehen und hören?«

»Ja ... aber irgendwie tut mir alles weh.«

»Das ist normal in Ihrem Zustand. Spüren Sie Ihre Beine und Hände?«

»Ja.«

»Können Sie alles bewegen?«

»Ja.«

»Sehr gut. Versuchen Sie Ihren Oberkörper aufzurichten. Ich helfe Ihnen dabei.«

Und tatsächlich, jetzt klappte es.

Hammer, das wird den Chef beeindrucken. So einen Fall hat noch keiner gehabt. Jetzt bin ich hier der Star. Wenn ich mich beeile, schaff ich die Werkstatt doch noch. Eigentlich könnt ich die Inspektion auch gleich machen lassen.

»Wie meinen Sie das?«, fragte ich irritiert den Arzt.

»Wie meine ich *was*?«, erwiderte er. »Ich habe nichts gesagt ...«

»Aber ...«

Ich war mir absolut sicher, dass er gerade von einer »Inspektion« gesprochen hatte. Obgleich sein Mund geschlossen gewesen war und mich seine Stimme wiederum sehr befremdet hatte. Während seine Gegenfrage »Wie meine ich *was?*« durchaus normal geklungen hatte und sein Mund beim Sprechen geöffnet gewesen war.

»... ach, nichts«, sagte ich nach kurzem Zögern. Ich wurde von meiner Intuition gelenkt, die es für klüger hielt, zu schweigen, als sich auf einen weiteren Dialog einzulassen. Denn obwohl ich mich noch ausgesprochen benommen fühlte und die gesamte Lage keineswegs richtig einschätzen konnte, verspürte ich in diesem Moment zum ersten Mal den Hauch einer Ahnung, was mit mir geschehen war. Daneben überwog aber das mächtige Gefühl, der erlittene Unfall habe mein Wahrnehmungsvermögen so sehr durcheinandergeschüttelt, dass ich ganz einfach noch nicht recht bei Sinnen war und deshalb merkwürdige Worte aus einem deutlich geschlossenen Munde hörte. Schweigen schien mir auch deshalb sehr angebracht zu sein, da ich dem Arzt keinesfalls als geistig verwirrt erscheinen wollte. Wer weiß, welche Konsequenzen das gehabt hätte. Also beschloss ich, nur zu reden, das heißt zu antworten, wenn er mir direkt eine Frage stellen würde. Alles Weitere könnte ich dann ja später mit Anna, meiner Frau, besprechen.

»Nun gut«, sagte der Arzt, »möchten Sie etwas trinken?«
»Sehr gerne!«
Er reichte mir eine große Tasse Tee. »Können Sie es alleine?«
»Ja, vielen Dank!« Ich trank mit Genuss den lauwarmen Pfefferminztee, leerte die Tasse in einem Zug – und spürte, dass meine Kräfte wiederkehrten und auch meine Sinne etwas klarer wurden.
»Das hat gutgetan, ich hatte einen riesigen Durst.«
»Na prima. Jetzt kommen Sie erst einmal in Ruhe zu sich. Ein Kollege wird später nach Ihnen schauen, und wenn

irgendetwas ist – hier mit diesem Schalter können Sie die Schwestern alarmieren. Ich werde mich morgen wieder um Sie kümmern.«

Er gab mir die Hand, verabschiedete sich und ging schnellen Schrittes aus meinem Krankenzimmer.

2

Etwa vierundzwanzig Stunden hatte ich also in tiefer Bewusstlosigkeit gelegen. An die Einzelheiten des tags zuvor geschehenen Unglücks kann ich mich bis heute nicht erinnern. Es war ein grauschwüler Sommernachmittag gewesen. Das weiß ich noch genau. Ich hatte mir freigenommen und verbrachte zunächst ein paar Stunden im Garten unseres neuen Hauses. Da gab es viel zu tun: Gras säen, Ziersträucher einpflanzen, Beete umgraben, den Zaun streichen und so weiter. Irgendwann aber hatte ich keine Lust mehr zu arbeiten und überlegte, wie ich den restlichen Nachmittag gestalten sollte. Anna würde erst gegen achtzehn Uhr von der Arbeit kommen. Also blieben mir noch etwa drei Stunden. Ich war unentschlossen und auch in eher bedrückter Stimmung. Zu jener Zeit verlief mein Leben in vollkommen geregelten Bahnen, was mir aber immer mehr zu schaffen machte. Alles war geordnet, geklärt und absehbar. Ich hatte eine liebevolle Frau, ein Haus, ein ansehnliches Auto – und mit meinen siebenundvierzig Jahren war ich am Ende meiner beruflichen Möglichkeiten angekommen. So empfand ich es zumindest, da ich keine weiteren ehrgeizigen Pläne oder Träume mehr hatte. Jedoch war ich alles andere als zufrieden mit der Situation. Ich arbeitete als Redakteur bei einer mittelgroßen Tageszeitung im Ressort Politik und Zeitgeschehen. Beschäftigte mich also tagein, tagaus sowohl mit den Niederungen als auch mit den großen Ereignissen der Bundes- und Weltpolitik. Was mich zunehmend ermüdete. Wobei ich besser sagen sollte: Ich hatte das Interesse daran verloren. Nicht gerade eine gute Voraussetzung, um ein engagierter Beobachter oder Kommentator der politischen Geschehnisse zu sein. Im Laufe der Jahre jedoch hatte ich mein handwerkliches Können so perfektioniert, dass ich mein Fühlen und Denken gut dahinter verstecken konnte. Niemand bemerkte die innere Distanz zu den Inhalten meiner Arbeit. Ich schrieb, wie immer, ordentliche Artikel, kommentierte ab und zu besondere politische Ereignisse und beteiligte mich scheinbar interessiert an den täglich stattfindenden Redaktionskonferenzen. Mit meinem Herzen allerdings war ich nicht dabei. Mein Herz war stets weit weg. Mal in einem Gedicht von Dylan Thomas:

»... schlafen in der Glut einer schwindenden Sonne ...«

Mal in der Erinnerung an einen glücklichen, goldklaren Herbsttag.

Mal in einer Sehnsucht nach Schnee, Gebirge und sakraler Musik.

Das Geschehen in meinem Land und auf den Kontinenten dieser Erde berührte mich nur noch selten. Es sei denn, es handelte sich um wirklich große und wichtige Vorkommnisse. Um Kriege, Terroranschläge oder gewaltige Umweltkatastrophen.

Ansonsten zogen die täglichen Nachrichten einfach an mir vorbei. Meine Sicht auf die Welt veränderten sie schon lange nicht mehr.

Neben der Zeitung gab es damals in meinem Leben eigentlich nur noch Anna, meine Frau Anna. Seit dreizehn Jahren führten wir eine durchaus harmonische und beinahe streitfreie Ehe und hatten viele unserer Träume verwirklicht. Wir waren fast um die ganze Welt gereist, hatten zusammen ein Buch geschrieben, Fallschirmspringen gelernt, einen Hundewelpen aufgezogen und in unser Herz geschlossen – und schließlich unser Haus gemeinsam geplant und den Bau akribisch überwacht.

Der Hund, unser Paulchen, war zum Zeitpunkt meines Unfalls schon knapp ein halbes Jahr tot.

Das Fallschirmspringen hatte ein jähes Ende gefunden, nachdem ein guter Bekannter von uns bei einem Sprung ums Leben gekommen war. Danach hatten wir keine Lust mehr, uns aus dem Himmel fallen zu lassen.

Unser Buch, ein unkonventioneller Reiseführer über Südengland, war ein Flop.

Und die Reiseplanung wurde von Jahr zu Jahr schwieriger, weil wir gar nicht mehr wussten, wohin wir noch fahren sollten. Die interessantesten Gegenden hatten wir bereits erkundet.

Also blieb uns nur noch das Haus.

Es war ein wirklich schönes Haus. Etwa fünfzehn Kilometer vor den Toren der Stadt gelegen, ein mondäner Bungalow mit sechs Zimmern und zwei Bädern, strahlend weiß gestrichen und mit einer Eingangstür aus Edelstahl. Im Garten stand ein riesiger alter Walnussbaum, und in einem kleinen Anbau hatten wir uns eine finnische Sauna eingerichtet.

Anna war der wichtigste Mensch in meinem Leben. Und trotz der vielen gemeinsamen Jahre gingen wir so zärtlich miteinander um, als wäre unsere Liebe noch ganz jung. Wir vertrauten einander vollkommen, und für mich war absolut klar, dass wir unser gesamtes Leben miteinander verbringen würden. Ein großer Schatten allerdings lag auf unserer Beziehung: Wir konnten keine Kinder bekommen. Über Jahre hinweg hatten wir uns nichts sehnlicher gewünscht und keine Gelegenheit ausgelassen, uns unseren schönsten Lebenstraum zu erfüllen. Aber vergeblich. Ich bin zeugungsunfähig. Als dies nach langen und komplizierten Untersuchungen endlich feststand, hatte ich für kurze Zeit Angst, Anna würde mich verlassen. Aber sie blieb. Sie sagte, dann solle es eben so sein. Eine Adoption kam für sie nicht infrage. Für mich wäre diese »Ersatzlösung« durchaus denkbar gewesen, aber Anna meinte, entweder ein eigenes Kind oder dann eben gar keins. Warum sie so rigoros dachte, weiß ich nicht. Ich hatte Scheu, sie danach zu fragen oder gar mit ihr darüber zu diskutieren – und so versuchte ich auch kein einziges Mal, sie zu überzeugen. Denn ich fand, in dieser Frage dürften keine Argumente zählen, sondern nur das Herz. Und Annas Herz hatte sich gegen ein fremdes Kind entschieden.

Nachdem unsere Kinderlosigkeit besiegelt war, begehrten wir einander immer seltener. Die in mir aufkeimende Vermutung, unsere Leidenschaft sei wohl all die Jahre ausschließlich zweckorientiert gewesen, schob ich rasch beiseite und ignorierte sie schließlich. Klar war mir nur, dass mein sexuelles Verlangen nach Anna gegen null tendierte und ich mich eigentlich damit abgefunden hatte. Und da auch sie keinerlei Anstalten unternahm, neuen Schwung in unser Intimleben zu bringen, glaubte ich, ihr ergine es ebenso. Merkwürdig war allerdings, dass wir nie darüber sprachen. Wir herzten und streichelten uns innig, so wie immer, wir erfanden, wie auch in früheren Zeiten, stets neue und überaus zärtlich gemeinte Kosenamen, und allnächtlich schmiegten sich unsere Körper aneinander. Vermutlich versuchten wir so vergessen zu machen, dass das Feuer in uns längst niedergebrannt war.

Anna arbeitete als Psychologin in einer Beratungsstelle für schwer erziehbare Kinder. Sie war keine schöne Frau, und das Alter setzte ihr schon früh sichtbar zu. In ihrem fünfunddreißigsten Lebensjahr verwandelte sich ihr Gesicht binnen weniger Monate. Was ich erschreckend fand. Aus meiner jungen Frau Anna wurde eine faltige Person, die durchaus mindestens zehn Jahre älter hätte sein können. Und auch ihr Haar, einst dunkelbraun und glänzend, war bald aschgrau und matt. All dies geschah, nachdem wir den endgültigen ärztlichen Befund vorliegen hatten, dass wir niemals Kinder würden bekommen können.

Drei Stunden Zeit hatte ich also noch, bis Anna von der Arbeit nach Hause kommen würde. Sie war fast immer pünktlich – und zu unserem alltäglichen Ritual gehörte es, dann gemeinsam ein kleines, aber stets warmes Abendessen zuzubereiten. Nach längerer Überlegung, wie ich denn nun die restliche Zeit verbringen sollte, entschloss ich mich zu einem Spaziergang über die Felder und Wiesen, die direkt an unser Grundstück grenzten. Früher war ich dort fast täglich mit Paulchen gewesen. Seit seinem Tod allerdings mied ich die Gegend eher. Jeder Strauch, jeder Baumstumpf erinnerte mich an unseren Hund, den ich fast wie einen Menschen geliebt hatte. Die Spaziergänge ohne Paul lösten stets Wehmut und Trauer in mir aus. Ich sah ihn dann immer durchs Gras sausen, zwischen den Ähren nach Mäusen jagen – oder wie er einem Stöckchen hinterherschoss, das ich zuvor in weitem Bogen von mir geworfen hatte. Er war ein Belgischer Schäferhund und von so hoher Intelligenz, dass ich manchmal aus dem Staunen gar nicht herauskam. Unvergesslich ist mir sein Blick, kurz bevor er eingeschläfert wurde. Ich bin sicher, er wusste, was ihm bevorstand. Mir liefen die Tränen über das Gesicht, Anna hatte den Behandlungsraum unseres Tierarztes schon verlassen, und dann bellte er mich an, so wie ich ihn vorher noch nie hatte bellen hören. Ich streichelte ihn, er jaulte, zitterte am ganzen Leib, und seine Augen waren wie gebannt auf mich gerichtet. Ich konnte nichts sagen, legte meinen Kopf an seinen Kopf und küsste seine Stirn (was ich zuvor noch nie getan hatte), er schleckte mir die Tränen ab – und genau in diesem Moment gab ihm der Arzt die Spritze. Binnen Sekunden schlief Paul ein, ein paar Minuten später war er tot. Ich streichelte ihn bis zum letzten Atemzug, gab ihm noch einmal einen Kuss und rannte wortlos aus dem Zimmer.

Paulchen hatte an Krebs gelitten, und eine Behandlung war nicht mehr möglich gewesen. Einen neuen Hund wollten wir uns vorerst nicht anschaffen.

Ich verließ unser Grundstück durch ein kleines Gartentor hinter dem Haus. Es führte unmittelbar auf eine brachliegende Wiese mit einem schmalen Spazierweg, der von schönen Wildblumen gesäumt war. Ich ging langsam und ohne Gedanken. Es roch nach Spätsommer, die Luft stand still, dichte Wolkenberge über mir, und die Temperatur schätzte ich auf fünfundzwanzig bis dreißig Grad. Hohe Luftfeuchtigkeit. Wie lange ich so ging, weiß ich nicht mehr. Mit dem Betreten der Wiese zerfallen meine Erinnerungen ...

Ich sehe eine alte Frau, die mir mit ihren beiden Rottweilern entgegenkommt. Wir grüßen uns. Ich höre das Dröhnen eines tieffliegenden Kampfjets. Und zucke erschrocken zusammen. Ich spüre, wie sehr ich schwitze und mich unbehaglich fühle. Hemd und Hose kleben an meiner Haut. Dennoch summe ich ein Lied. »Memories Are Made of This« von Dean Martin. Ich schlage nach den vielen Mücken, die mich umschwirren. Und Hunger habe ich. In der Ferne meine ich meinen alten Schulfreund Heinrich zu sehen. Was nicht sein kann, denn schon mit achtzehn musste er das Leben verlassen. Ich streune durch das Gras und denke darüber nach, ob Paulchen wohl eine Seele hatte. Der Himmel wird dunkler.

Zwei Raben fliegen über mich hinweg. Und dann verliere ich von einer Sekunde auf die andere mein Augenlicht und habe das Gefühl, von innen heraus zu verbrennen ...

Dies war wohl der Moment des Blitzschlages. Wobei der Blitz mich nur gestreift hatte. Wäre ich von ihm direkt getroffen worden, ich hätte es nicht überlebt. Zwei Engel standen mir an jenem Nachmittag zur Seite. Der eine warf geistesgegenwärtig den Blitz ein paar Millimeter (oder Zentimeter, ich weiß es nicht) aus seiner Bahn, und der andere hieß Frau Becker und alarmierte sofort nach dem Unfall den Rettungsdienst. Frau Becker war die Dame mit den Rottweilern. Von weitem hatte sie alles beobachtet und erzählte mir später, dass der Blitz genau über mir aus dem Himmel gefahren sei und mich während des Gehens am Kopf erfasst zu haben schien. Das würde erklären, warum meine Haare am Hinterkopf allesamt verbrannt waren und ich auf meinem rechten Ohr so gut wie gar nichts mehr hören konnte. Nach der Blitzberührung sei ich wie von Sinnen in die Luft gesprungen, hätte einen gellenden Schrei ausgestoßen und soll schließlich mit heraushängender Zunge zu Boden gestürzt sein. Dort lag ich dann bewusstlos – und Frau Becker vermutete zu diesem Zeitpunkt das Schlimmste. Nach etwa fünfzehn Minuten war der Notarzt zur Stelle, beruhigte meine Retterin und veranlasste meine sofortige Einlieferung in die nächstgelegene Klinik.

3

Als Anna mein Krankenzimmer betrat, war ich schon recht stabil. Ich hatte mich geordnet, und meine Wahrnehmung funktionierte wieder. Ich wusste, wer ich war, wo ich mich befand, warum mir mein Körper wehtat – und ich hatte die Geschehnisse des Vortages begriffen. Eine euphorische Freude allerdings, mit dem Leben davongekommen zu sein, empfand ich nicht. Zu stark wirkte die Irritation nach, die während meines kurzen Gespräches mit dem Arzt aufgekommen war. Ich hatte etwas gehört, was ich mir nicht erklären konnte ...

War mein Gehirn wirklich unversehrt geblieben? Oder hatte die Elektrizität doch eine Schädigung verursacht – und ich war zu einem Fall für die Psychiatrie geworden? Hörte ich jetzt Stimmen? Halluzinierte ich? Oder war alles auf eine nur kurzzeitige Verwirrung meines Geistes während der Aufwachphase aus der Bewusstlosigkeit zurückzuführen?

Anna stand mit ernster, aber dennoch glücklicher Miene in der Tür. »Mein Gott, Bärmann ...«, sagte sie und zog dabei die Tür leise und vorsichtig hinter sich zu.

»Bärmann« war einer ihrer Kosenamen für mich.

Es ist mir peinlich, dies hier preiszugeben. Denn Kosenamen dieser Art sind meiner Meinung nach nicht für fremde Ohren bestimmt. Außerhalb der Intimität zweier Menschen wirken sie fast immer albern, trivial oder einfallslos.

So empfinde ich es zumindest. Aber der Ordnung halber möchte ich alles so erzählen, wie es sich tatsächlich zugetragen hat.

»Mein Bärmann, du wärst fast gestorben! Aber jetzt ist alles okay. Ich habe vorhin mit Dr. Bauer telefoniert. Er sagte, alle schlimmen Befürchtungen hätten sich zerschlagen, dir ginge es bestens, und vielleicht kannst du in ein paar Tagen schon nach Hause kommen.«

Anna hatte sich auf die Bettkante gesetzt und meine Hand genommen.
»Wie fühlst du dich?«
»Recht gut«, antwortete ich und gab ihr einen Kuss auf den Mund. Im selben Moment jedoch zuckte ich zusammen, denn plötzlich wurde mir abwechselnd blau und rot vor Augen. Ich schnellte zurück, kniff ein paarmal meine Lider fest zu und bemerkte dabei mit großer Verwunderung, dass nicht meine Augen das Rot und das Blau sahen, sondern die Farben sich vielmehr in meinem Inneren zeigten, so als würde ich sie mir sehr intensiv vorzustellen versuchen. Nur – all das geschah ohne mein Zutun und ich konnte mich dieser Wahrnehmung auch nicht erwehren.
»Was ist los?«, fragte Anna besorgt. »Ist dir schwindelig?«
»Nein, nein, alles in Ordnung«, log ich, trank etwas Tee und zog das Kopfteil meines Bettes so weit nach oben, dass ich auf meinem Krankenlager bequem sitzen konnte. Die Visionen von Blau und Rot allerdings ließen mich nicht los.

Ich saß nun also in meinem Bett und wollte so tun, als wäre alles völlig normal. Was mir jedoch nicht gelang. Mein Herzschlag beschleunigte sich, ich begann zu schwitzen und wurde unruhig. Ich war derart verwirrt, dass ich erneut meine Augen mehrmals heftig zukniff, sie wieder öffnete, an die

Decke starrte, Anna ansah und dann aus dem Fenster stierte. Aber mein Sehvermögen war nicht im Geringsten beeinträchtigt. Ich sah die Welt messerscharf und in ihren natürlichen Farben, aber in meinem Inneren strahlten Rot und Blau.

»Fühlst du dich wirklich gut?«, fragte Anna.

»Ja, es sind nur noch ein paar Schleier vor den Augen, das vergeht bestimmt bald.«

Ich schaute Anna an. Sie schwieg, hatte einen sowohl liebevollen als auch besorgten Gesichtsausdruck und streichelte meinen Arm.

Und dann haute es mich förmlich um – denn ich hörte folgenden Satz:

Mein Bärmann, oje, hoffentlich hast du nicht doch einen Schaden zurückbehalten ...

»Was?«, schrie ich sie fast an.

Aber kaum hatte ich das Wort ausgesprochen, wusste ich, dass ich es nicht hätte tun sollen.

Denn das war nicht Anna gewesen, die da gesprochen hatte. Sie saß doch vor mir und schwieg, ihr Mund war geschlossen, ihre Lippen hatten sich nicht bewegt. Daran bestand kein Zweifel. *Die Stimme* kam mir aber bekannt vor. Ja, nun fiel es mir wieder ein, es war dieselbe, die ich zwei Stunden zuvor, während des Gespräches mit Dr. Bauer, gehört hatte.

»Entschuldige«, sagte ich schnell, noch bevor sie in irgendeiner Weise hätte reagieren können, »es dauert wohl doch noch eine Weile, bis ich wieder richtig zu mir komme.«

»Ja, so wird es wohl sein. Du hast etwas sehr Schlimmes erlebt. Du brauchst Ruhe.«

Aber hoffentlich ist es damit getan ...

Jetzt verlor ich völlig die Selbstbeherrschung. Obwohl ich intuitiv wusste, dass Anna die letzten Worte nicht laut gesprochen hatte, packte ich sie bei den Schultern, rüttelte sie und stammelte: »Warum sagst du so was? Warum? Meinst du, einem Kranken tut das gut? Meinst du, das baut mich auf?«

Sie sah mich entsetzt an, sprang von meinem Bett auf und stolperte ein paar Schritte zurück.

»Ich habe doch gar nichts gesagt! Wovon redest du denn?«

Mein Puls raste, aber es gelang mir, schnell wieder die Kontrolle über mich zu bekommen.

»Entschuldige, entschuldige bitte ... aber ich meinte, gerade etwas gehört zu haben, mir war, als hätte jemand etwas gesagt.« Kaum hatte ich die Worte ausgesprochen, bereute ich sie auch schon wieder. Denn sie ließen ja auf ein nicht intaktes Gehirn schließen, und ich wollte doch unbedingt als vollkommen gesund und fit dastehen. Auch vor Anna.

Was merkwürdig war. Denn eigentlich hätte ich ihr von meiner inneren Not erzählen müssen. Sie war der mir vertrauteste Mensch auf der Welt. Aber ich tat es nicht. Weder am ersten Tag nach meinem Unfall noch an den Tagen danach.

Anna kam wieder zurück an mein Bett, sah mich ernst an und sagte: »Morgen wird es besser sein, Arne. Sicher wirken einige Medikamente noch nach, und überhaupt befindest du dich ja noch in einem Schockzustand.«

Hoffentlich hat der Blitz keine Psychose in ihm ausgelöst.

Diesmal schwieg ich. Aber ich zitterte am ganzen Leib. Eine Psychose? Ich? Ein Bekannter von mir war vor Jahren von einer Psychose befallen worden. Ich hatte ihn oft in der Psychiatrie besucht und wusste um die Schwere und den Schrecken dieser seelischen Erkrankung.

Anna ging zum Waschbecken meines Zimmers und trank ein Glas Wasser. Ich saß erschöpft in meinem Bett und war vollkommen durcheinander.

»Wir könnten ja ein paar Tage ans Meer fahren, wenn du aus dem Krankenhaus entlassen bist«, sagte sie und setzte sich dabei auf einen kleinen Sessel, etwa zwei Meter von mir entfernt.

»Ja, das würde mir gefallen. Hier halte ich es sowieso nicht mehr lange aus. Mir fehlt ja nichts.«

»Was machen die Verbrennungen am Hinterkopf?«

»Das wird schon wieder. Es tut kaum weh. Aber mit meinem rechten Ohr stimmt was nicht ...« Dies zu »verraten« schien mir harmlos, und ich hoffte, so von meiner inneren Verwirrtheit ablenken zu können. Und tatsächlich, Anna stieg darauf ein, und in einem recht sachlichen Ton mutmaßten wir darüber, ob die Elektrizität meinen rechten Hörnerv eventuell geschädigt haben könnte. Dieses Gespräch verschaffte mir etwas Luft, meine Fassung wiederzugewinnen. Währenddessen kreisten meine Gedanken beständig um das Geschehene. Immer wieder versuchte ich mir einen Reim auf die seltsamen Vorkommnisse zu machen. Aber vergeblich.

Annas Besuch dauerte gut eine Stunde, und sie blieb bis zum Schluss auf dem kleinen Sessel neben meinem Bett sitzen.

Während sie dort saß, ereignete sich weiter nichts Befremdliches, so dass ich zunehmend entspannter wurde und bald in gewohnt vertrauter Weise mit ihr redete, fast, als wäre nichts geschehen. Den seltsamen Zwischenfall zu Beginn ihres Besuches thematisierten wir beide nicht weiter. Ich nicht, weil ich etwas Unheilvolles in mir ahnte und jede

Spekulation oder gar Diskussion über meine geistige Verfassung verhindern wollte, und sie vermutlich nicht, weil sie sich große Sorgen um mich machte und Schweigen für das Klügste hielt, um mich nicht zu beängstigen.

Als sie sich verabschiedete, gaben wir uns wieder einen Kuss, so wie zur Begrüßung, und sie sagte leise: »Mein Bärmann! Komm bald wieder nach Hause!« Aber noch ehe ich etwas erwidern konnte, wurde ich von Rot geradezu überflutet – und ich hörte wieder *die Stimme*:

Wer weiß, was die Untersuchungen morgen ergeben. Bestimmt wirst du noch eine ganze Weile hierbleiben müssen ...

Ich glaube, in diesem Moment glotzte ich Anna an wie ein Idiot. Nur ein paar Sekunden hielt sie meinem wohl irren Blick stand. Dann ging sie zurück zum Sessel, um ihre Handtasche zu holen.

»Das wird schon wieder«, sagte sie, mir zugewandt. »Hab eine gute Nacht, morgen in der Mittagspause komme ich wieder vorbei.«

Ein recht kraftloses »Ja, gut« schaffte ich so gerade eben, Anna ging zur Tür, sie winkte und lächelte, und ich nickte ein paarmal in ihre Richtung, aber es kostete mich viel Kraft, sie dabei anzusehen.

4

Schon vier Tage nach meinem Unfall entließ man mich aus dem Krankenhaus. Ich hatte alle Untersuchungen gut überstanden, und körperlich ging es mir bestens. Die Verbrennungen am Hinterkopf waren nicht der Rede wert. Nur mein rechtes Ohr machte den Ärzten noch Sorgen. Aber eigentlich hatte ich mich schon damals damit abgefunden, dass ein dauerhafter Hörschaden auf der rechten Seite zurückbleiben würde, und ich arrangierte mich sehr schnell mit dem einseitigen Hören. Ganz im Gegensatz zu dem, nennen wir es einmal so, inneren Hören. Immer wieder tauchte *die Stimme* aus dem Nichts auf, sagte sonderbare, absurde oder auch obszöne Dinge und verstummte manchmal ganz abrupt. Die Tage im Krankenhaus hatten mich immense Kraft gekostet. Ich fühlte mich noch immer angeschlagen und erschöpft von dem Unfall und spürte zudem in mir etwas so atemberaubend Fremdes, dass ich an meinem Verstand und meiner geistigen Gesundheit stark zweifelte. Dies alles aber wollte ich unter keinen Umständen nach außen hin zeigen. Niemand sollte um meine seelische Verfassung wissen. Die Befürchtung, ansonsten in eine vielleicht nicht mehr zu stoppende medizinische Maschinerie zu geraten und somit meiner Freiheit beraubt zu werden, war wohl der Grund für meine strikte Maskerade. Ich spielte den entspannten und zufriedenen Patienten, der im vollen Besitz seiner körperlichen und geistigen Kräfte nur darauf wartete, wieder in die Normalität des Alltags entlassen zu werden. Ich scherzte mit den Krankenschwestern, führte mit Dr. Bauer und ein paar anderen Ärzten beflissen Gespräche über Kultur, Politik und die Medienbranche und verstellte mich sogar vor Anna, wie ich es zuvor noch nie getan hatte. Einem verschwommenen Gefühl folgend, war ich darauf bedacht, dass mir niemand zu nahe kam. Auch Anna nicht. Was sie merklich irritierte, doch sie sprach es nicht an. Blieb die Distanz zu den Menschen gewahrt, ging es mir gut. Wurde jedoch eine Grenze überschritten, tobte in mir das Fremde. Zu jenem Zeitpunkt hatte ich dafür noch keine Erklärung.

Anna und ich fuhren nach meiner Entlassung nicht ans Meer. Ich hatte keine Lust dazu – und auch Anna verfolgte die Idee nicht weiter. Nur einmal, am zweiten Tag meines Krankenhausaufenthaltes, streifte sie kurz dieses Thema. Halbherzig, wie mir schien. Wohl einer Pflicht nachkommend, da sie den Vorschlag ja schließlich gemacht hatte. Mich überraschte ihr Verhalten, da sie das Meer liebte und es eigentlich ihre Art gewesen wäre, mich von der Notwendigkeit einer kleinen Reise zu überzeugen. Aber sie tat es nicht. Stattdessen schlug sie vor, dass sie ein paar Tage Urlaub nehmen könnte – ich war ja ohnehin noch drei Wochen krankgeschrieben – und wir gemeinsam in unserem Garten faulenzen sollten. Unter normalen Bedingungen hätte mir so etwas durchaus gefallen. Jetzt aber verspürte ich bei der Vorstellung einer gemeinsamen Gartenruhe heftigen Widerwillen. Ich wollte allein sein. Ich wollte mich beobachten, und ich wollte nachdenken. Und so ermunterte ich Anna, unter Berufung auf meinen exzellenten Gesundheitszustand, ruhig arbeiten zu gehen, ich würde mich schon sehr gut allein beschäftigen können – und überhaupt sollten wir nicht so viel Aufhebens um die ganze Angelegenheit machen. Es sei ja schließlich nichts passiert. Und tatsächlich, nach einigem

Hin und Her, stimmte sie zu. Ich war erleichtert. Oberflächlich gesehen. In der Tiefe jedoch hockte die Angst und hatte mein Herz fest im Griff.

So fest wie noch nie zuvor.

Das konnte ich sehr gut beurteilen, war doch die Angst meine ständige Lebensbegleiterin gewesen. Mit niemandem hatte ich so oft, so blutig und so erbarmungslos gekämpft wie mir ihr. Ohne wirklichen Erfolg allerdings. Es gab Zeiten, da blieb sie auf respektvollem Abstand. Aber ich wusste, dass sie mich aus der Ferne immer heimlich beobachtete, auf der Lauer lag und nur auf eine gute Gelegenheit wartete, mich wieder zu überfallen. Und das geschah oft sehr heimtückisch, wenn ich mich vor ihr in Sicherheit wähnte oder wenn ich sie beinahe schon vergessen hatte.

Ich erinnere mich noch gut an die erste Begegnung mit ihr. Da war ich gerade mal sechs Jahre alt. Meine Einschulung stand kurz bevor, und meine damals schon sehr alte Tante Elfriede, im Grunde eine gute Frau, aber eine Sklavin meiner späteren Feindin, nahm mich auf den Schoß und sagte: »Nun beginnt der Ernst des Lebens, Junge. Hoffentlich wirst du in der Schule auch alles verstehen und gut mitkommen. Glaub mir, einfach ist es nicht. Und ehe man sich versieht, ist man auf dem Brettergymnasium.« So bezeichnete man damals bei uns die Hilfsschule, später Sonderschule genannt. Schnell verstand ich, dass der größte denkbare Abstieg eines Kindes darin bestand, an eine solche Schule verbannt zu werden. Allein um das Gebäude in unserer Stadt machten alle, Kinder wie Erwachsene, einen großen Bogen, so als würde es sich um eine Lepra-Station handeln. Was nun meine Person betraf, dachte sich das Schicksal wohl »Doppelt hält besser« und entschied, dass ich genau am Vorabend meiner Einschulung mit Tante Elfriede am Brettergymnasium vorbeikommen sollte. Diesmal wurde jedoch kein großer Bogen um das Gebäude gemacht, sondern wir gingen ganz nahe und sogar recht langsam am Schulhofzaun entlang. Ich hatte Schmerzen in meiner rechten Hand. Tante Elfriede hielt mich wie immer viel zu fest. Meine Mutter hatte mich ihr anvertraut, und wahrscheinlich glaubte die Tante, je kräftiger sie meine kleine Kinderhand zusammendrückte, desto geringer wäre das Risiko, dass mir irgendetwas Schlimmes passieren könnte. Ich verbiss mich in meiner Unterlippe, schwieg zu der Folter und trottete stumm neben der Tante her. Bis sie plötzlich stehen blieb, meinen und ihren Arm hoch nach oben, in Richtung Haupteingang des Brettergymnasiums, schwang und lauthals, ja beschwörend sagte: »*Hoffentlich* wirst du da nie enden!« Ich schaute sie entsetzt an, und mir schossen Tränen in die Augen. Jedoch nicht wegen der Beschwörung, sondern wegen der nun beinahe nicht mehr erträglichen Schmerzen in meiner Hand. Die Sorge der Tante, ich könnte irgendwann in der Gosse unserer Gesellschaft landen, brach mir fast die Fingerknochen. So fest drückte sie zu, während sie sprach. Ich fing leise zu weinen an, Tante Elfriede ließ mich daraufhin erschrocken los, tätschelte meinen Kopf, schwieg einen Moment, wirkte etwas ratlos und setzte dann noch einen drauf: »Na ja, Arne, jetzt hör mal auf zu weinen, so weit ist es ja noch nicht.«

Die wenigen Sätze von Tante Elfriede hatten ein Loch in mein Herz gestoßen, und die Angst konnte ungehindert hineinziehen.

So wurde die größte Pein meiner Kindheit und Jugend die Angst, zu versagen. Sogar während meines Studiums hatte ich stets mein Scheitern vor Augen. Und noch im Berufsleben, mit der Sicherheit einer festen Anstellung im Rücken, als durchaus erfolgreicher Reporter und Redakteur, versetzte mich der Anblick eines Obdachlosen auf der Straße sofort in

Schrecken. Und das nicht nur aus Mitleid, sondern aus Sorge, selbst einmal dergestalt abzurutschen.

Neben der Versagensangst plagte mich seit meiner Pubertät die Unsicherheit Menschen gegenüber. Es kostete mich immer große Überwindung, mit solidem Selbstbewusstsein jemandem entgegenzutreten. Nur ganz selten fand ich sofort die richtige Einstellung zu einer Person, so dass ich mich ohne innere Anspannung auf sie einlassen konnte.

Die schlimmste Angst aber kam, als mein vierzigster Geburtstag näher rückte. Es war die Angst, falsch zu leben. Und die Angst vor dem Tod. Beides gehörte für mich untrennbar zusammen. Denn würde es mir gelingen, richtig zu leben, brauchte ich auch keine Angst mehr vor dem Tod zu haben. Davon war ich überzeugt. Wie aber lebte man richtig? Ich konnte diese Frage nicht beantworten. Und die Erkenntnis, eine falsch gelebte Stunde niemals mehr in eine richtig gelebte Stunde verwandeln zu können, war für mich erschütternd. Jede Sekunde, die vergangen war, erstarrte unabänderlich in der Ewigkeit, und je älter ich wurde, desto gnadenloser erschien mir die Unaufhaltsamkeit der Zeit. Ich fand es furchtbar, macht- und tatenlos mit ansehen zu müssen, wie sie einfach verschwand.

Und überblickte ich meine Jahre, so kam ich immer mehr zu der Überzeugung, dass sehr viel falsches Leben hinter mir lag. Keine schöne Erkenntnis.

5

Nun sitzen wir hier auf unserer Traum-Schaukel ... und alles könnte perfekt sein. Aber er langweilt mich so. Immer dieselben Gespräche, immer dieselben Meinungen. Wie öde. Ich weiß jetzt schon, was er gleich sagen wird. Scheiße, warum bläst er den Rauch immer in meine Richtung?

Diese Gedanken meiner Frau Anna über mich, ihren langjährigen Ehemann, waren im doppelten Sinne ein Schlüsselerlebnis für mich. Denn nach diesen wenigen Sätzen begriff ich schlagartig, was wirklich mit mir los war, welche Fähigkeit ich besaß – und sie offenbarten mir den Zustand unserer Ehe.

Knapp eine Woche hatte ich mich seit der Entlassung aus dem Krankenhaus herumgequält. *Die Stimme* war ich nicht losgeworden. Auch nicht die seltsamen Farbvisionen, die immer wieder von meinem Inneren Besitz ergriffen. Ich war in einer schlechten seelischen Verfassung. Aber, und das fand ich interessant, neben der großen diffusen Angst, die mich so erdrückte, war von Tag zu Tag etwas mehr Neugierde in mir aufgekeimt. Ich wollte wissen und verstehen, welches Geheimnis mich umgab. Wobei ich aufgrund einer vagen Ahnung eine geistige Erkrankung kaum noch in Erwägung zog.

Und dann saßen Anna und ich an einem Sonntagnachmittag im Garten auf unserer großen Hollywoodschaukel, ich ganz rechts, sie ganz links. Wir hatten uns eine Zeit lang über die Charaktereigenschaften verschiedener Hunderassen unterhalten. Als ich dann dicht an sie heranrückte – ich wollte ihr ein Papiertaschentuch geben –, passierte es. Ich hörte: »Nun sitzen wir hier auf unserer Traum-Schaukel ... er langweilt mich so ...« Und erstarrte.

Was *die Stimme* zum Ausdruck brachte, waren also die Gedanken anderer Menschen – in diesem Fall Annas Gedanken.
   Wie spektakulär.

Mein Herz schlug so schnell und heftig, als würde es gleich platzen. Zum einen wegen der unheimlichen Erkenntnis an sich, aber auch, weil ich über den Inhalt des Gehörten absolut schockiert war.

So dachte Anna über mich?
   Ich langweilte sie?
   Sie fand unsere Gespräche öde?
   Ich konnte es kaum glauben.

Bestimmt zehn, fünfzehn Sekunden lang rührte ich mich nicht. Rutschte dann aber noch ein wenig näher an sie heran, so dass sich unsere Körper berührten, legte sogar meinen Arm um ihre Schultern und spielte den Gedankenverlorenen. Aber ich war hochkonzentriert und lauschte – lauschte hinein in Annas Gehirn.
   Sie schien an jenem Nachmittag in keiner guten Verfassung zu sein. Die Gedanken jagten nur so durch ihren Kopf, und anfangs bereitete es mir große Mühe, alles zu verstehen. Aber dann gelang es gut. Anna saß mit hinten angelehntem

Kopf in der Schaukel. Sie hatte sich ein Kissen in den Nacken geschoben, ihre Augen waren geschlossen, und ihre Körperhaltung sollte wohl, ebenso wie meine, Entspannung und Wohlbefinden vortäuschen. Sie atmete die warme Spätsommerluft tief und hörbar ein, ihre Hände lagen in ihrem Schoß.

Wahrscheinlich werden wir noch in dreißig Jahren hier so sitzen. Jeden Sommer. Jahr für Jahr. Sonntag für Sonntag. Vielleicht werden wir dann gar nicht mehr miteinander reden. Weil alles gesagt ist. Wie schrecklich. Ich hätt so gerne ein Kind.

Ich griff zu meinem Weinglas, das direkt neben der Schaukel auf einem kleinen Tisch stand, und trank ein wenig.

Dieses Geräusch, wenn er schluckt, ich kann es nicht mehr hören, wie widerlich.

Ich setzte noch einmal an und trank das Glas jetzt ganz leer.

Kein Mensch schluckt so ekelhaft.

Meine Hand zitterte, was Anna aber gar nicht bemerkte, und ich stellte das Glas zurück auf den Tisch.

Gestern – das Gespräch mit Johannes war toll. Ich beneide Kerstin. Wie gerne würde ich mal mit ihm schlafen. Was für schöne behaarte Hände er hat.

»War Johannes gestern eigentlich auch auf eurem Meeting?«, fragte ich.
　Anna zögerte kurz.
　»Ja, aber als ich kam, ging er gerade, wir haben gar nicht miteinander reden können.«

»Wir müssen ihn und Kerstin mal wieder einladen. Was meinst du?«

»Ach, in der nächsten Zeit noch nicht«, sagte Anna »Kerstin ist doch eher anstrengend.«

Ich hab keine Lust auf dieses Pärchengequatsche. Am liebsten würde ich mit Johannes alleine essen gehen. Wie gut sein verschwitztes Hemd gerochen hat.

»Du hast Recht«, sagte ich, »wir schieben das noch ein bisschen auf. Kerstin ist anstrengend, ja, und Johannes geht mir mit seinem Macho-Gehabe oft auf die Nerven.«

Aber im Gegensatz zu dir ist er zeugungsfähig ... Jetzt bin ich schon fast vierzig. Elke hat ihre Kleine noch mit zweiundvierzig gekriegt. Ich bin so neidisch, wenn ich sie mit dem Kinderwagen seh. Alle meine Freundinnen haben Kinder. Und alle sind zufrieden mit ihrem Leben. Nur ich nicht. Und keiner ahnt es. Niemand weiß von meiner Sehnsucht. Jedem spiel ich was vor. Auch Arne. Alle denken, ich hätte mich abgefunden. Alles Mist. Alles Lüge. Ich werd auch nie Enkelkinder haben. Gleich muss ich Abendessen machen, wie immer sonntags. Dann sitzen wir am Tisch, reden bestimmt über das Solar-Zeug auf dem Dach, gucken, wie immer sonntags, Tatort, trinken Rotwein und um elf liegen wir im Bett.

»Geht es dir gut, Sonnenscheinchen?« (So nannte ich Anna oft.)

»Ja, sehr. Es ist ein schöner Tag heute. Man ahnt schon ein wenig den Herbst, findest du nicht auch?«

Ich nickte, streichelte ihren Hals und lehnte mich an ihre Schulter. Eine perfide Geste in dieser Situation, das gestehe ich zu. Aber ich war gleichermaßen geschockt und angezogen von all dem, was ich da hörte, und hatte wohl die Hoffnung, durch die größere Nähe zu Anna noch genauer in sie hineinhorchen zu können. Was aber nicht der Fall war. Ich verstand *die Stimme* so gut beziehungsweise so schlecht wie vorher. Durch meine angewinkelte Kopfhaltung blickte ich zwangsläufig auf Annas Schoß und ihre Hände – und mir fiel auf, dass sie ihre rechte Hand zur Faust geballt hatte und mit dem Daumen an ihrem Zeigefinger rieb.

Ich hab keine Lust, zu kochen. Ich hab keine Lust auf Tatort. Ich hab keine Lust, um elf ins Bett zu gehen. Und ich hab auch keine Lust, hier zu sitzen und die zufriedene Ehefrau zu spielen. Aber was soll ich machen? Bin ich hysterisch? Wahrscheinlich. Es geht uns fantastisch. Wir führen ein gutes Leben. Andere träumen davon. Keine Geldsorgen, das Haus ist toll, wir sind gesund, ich geh gerne zur Arbeit – und Arne ist ein guter Kerl. Mein Gott, wenn er bei dem Unfall gestorben wär. Warum bin ich nicht jede Sekunde dankbar? Er ist wieder fit. Obwohl, ein bisschen komisch ist er seitdem ja schon. Aber das gibt sich bestimmt wieder. Er hätte ein Pflegefall sein können. Vielleicht bin ich ein schlechter Mensch, ein Egoist. Ich schäme mich. Aber ich langweile mich so. Ist jetzt mit vierzig schon alles gelaufen? War's das? Kommt nix Neues mehr? Wahrscheinlich. Alles liegt klar vor mir. Bis zur Rente. Bis zum Tod. Ich hab so Sehnsucht nach heftigem Sex. Wie früher, mit Max. Wenn ich beim Sex mit Arne nicht immer an Max gedacht hätte, wär ich nie gekommen ...

Ich sprang von der Hollywoodschaukel auf. Mehr wollte ich im Moment nicht hören. Mehr konnte ich nicht ertragen. Ich war fassungslos und rang um Haltung.

»Was ist?«, fragte Anna.

»Ach nichts, nur ein Krampf im rechten Bein. Geht schon wieder.«

Ich schlenderte (zumindest sollte es so aussehen) zu unserem Rosenbeet, kniete mich auf die Erde und tat so, als würde ich die Stängel und Blätter auf Läuse kontrollieren. Zupfte auch hier und da etwas Unkraut aus und sammelte die kleinen Pflänzchen in der Kuhle meiner linken Hand.

Das also war unser Leben?
So war es bestellt um unsere Ehe?
Und beim Sex hatte sie an Max gedacht?
Immer?!

Ich glotzte auf die in majestätischer Blüte stehenden Blumen vor mir und musste plötzlich an meinen Lieblingsfilm denken, *Der Club der toten Dichter*. Wie hieß es dort doch:

Pflückt Rosenknospen, solange es geht,
die Zeit sehr schnell euch enteilt,
dieselbe Blume, die heute noch steht,
ist morgen dem Tode geweiht.

Ich kannte Anna nun schon vierzehn Jahre.
Seit *wann* dachte und empfand sie so?

Niemals hätte ich das für möglich gehalten. Sie schien fast immer ausgeglichen und zufrieden zu sein. Nur äußerst selten hatte ich sie in trauriger oder düsterer Gemütslage erlebt. Und wenn, dann schob ich es auf beruflichen Stress oder normale und somit harmlose Stimmungsschwankungen. Sprach ich sie darauf an, bestätigte sie meistens meine Vermutungen. Im Laufe der Jahre war ich dann dazu übergegangen, ihre Verstimmtheiten einfach zu ignorieren, in der Annahme, es stecke schon nichts Gravierendes dahinter. Warum sollte man also jedes Mal darüber reden? So verhielt sie sich mir gegenüber übrigens auch. Wobei wir uns die wichtigsten beruflichen Vorkommnisse und Probleme schon erzählten.

Einmal allerdings, da irritierte mich Anna, da kam sie mir vor wie eine Fremde. Sie guckte anders, sie sprach viel langsamer als sonst, und sie vermittelte mir das Gefühl einer gewissen Bedeutungslosigkeit neben ihr. Es war jener Tag, an dem unsere Kinderlosigkeit durch das ärztliche Gutachten endgültig besiegelt worden war. Ich deutete ihr seltsames Verhalten als Ausdruck des Entsetzens und der Traurigkeit. Denn bis zuletzt hatten wir gehofft, dass sich die Dinge doch noch irgendwie fügen würden.

Die fremde Anna verwandelte sich aber schon am darauffolgenden Tag wieder in die mir vertraute Anna – und so machte ich mir keine weiteren Gedanken.

Ja, große Leidenschaft hatte uns nie verbunden, dafür jedoch von Anfang an eine tiefe und ruhige Liebe. So jedenfalls war *mein* Empfinden gewesen. Dass sie mich aber offenbar überhaupt nicht begehrte, versetzte mir einen heftigen Schlag. »Immer« hatte sie an Max gedacht? Womöglich auch schon in den ersten Wochen und Monaten unserer Liebe? Ich versuchte mich an damals zu erinnern. Wie hatte sie sich in intimen Situationen verhalten? Viele Szenen kamen mir ins Bewusstsein, und mir lief es kalt den Rücken hinunter bei der Vorstellung, dass nicht ich die Quelle ihrer Lust gewesen war, sondern der Gedanke an Max. Den ich übrigens nur ein einziges Mal gesehen habe. Er ging auf einem Bürgersteig, Anna und ich fuhren mit dem Auto an ihm vorbei. Nur für ein paar Sekunden trafen sich unsere Blicke. Und Anna sagte: »Da ist ja Max«, in einem Ton, der mich ein wenig verletzte. Ich wusste damals nicht, warum. Die beiden waren über drei Jahre zusammen gewesen und hatten sich schließlich im Streit getrennt. Die Trennung war von Anna ausgegangen, denn in den letzten Monaten ihrer Beziehung hatte Max sie sogar einmal geschlagen. Und zwar so heftig, dass sie nachts in der Ambulanz eines Krankenhauses an der Stirn genäht werden musste. Nach alledem und so vielen Jahren, die mittlerweile vergangen waren, begehrte sie ihn also noch immer?!

Das hätte ich nie für möglich gehalten.

Von einem Augenblick auf den anderen musste ich das ganze gemeinsame Leben mit Anna neu bewerten. Die vielen Jahre, die hinter uns lagen, die wir so eng zusammen verbracht hatten, erschienen nun plötzlich in einem düsteren Licht. Das war äußerst bitter, denn die Zeit mit Anna hatte ich als den schönsten Abschnitt meines bisherigen Lebens empfunden. Die fehlende Begierde war für mich nie ein Problem gewesen. Ich hatte mich, bevor ich Anna traf, ausgetobt, hatte mit vielen Frauen geschlafen und zwei Beziehungen geführt, die sehr lustvoll gewesen waren. Als ich Anna dann kennenlernte, hatte mein Bedürfnis nach fiebernder Sexualität schon spürbar nachgelassen. Eigentlich ungewöhnlich für einen Mann, der nicht einmal fünfunddreißig Jahre alt war. Aber ich empfand damals so. Und je intensiver die geistige Verbindung mit Anna wurde, desto mehr rückte das Verlangen nach ungestümer körperlicher Liebe in den Hintergrund.

Anna hatte vor mir nur eine Beziehung gehabt, die zu Max. Er war auch ihr erster Mann überhaupt gewesen. Und danach kam ich. In Sachen Sexualität hatte sie also zum Zeitpunkt unseres Kennenlernens noch nicht viel erlebt. Der Grund dafür lag in ihrer Familie. Sie entstammte einem äußerst frommen, evangelikalen Elternhaus. Sexualität war dort stets ein Tabuthema gewesen, und alle diesbezüglichen Aktivitäten vor der Ehe galten als sündhaft und verwerflich. Schon früh hatte Anna die Sehnsucht nach Erotik und auch

Sexualität verspürt, aber nie hätte sie es gewagt, diesem Verlangen zu folgen. Zu groß war die Angst vor dem Vater, der Mutter und auch der Gemeinde. Erst mit Anfang zwanzig schaffte sie den Absprung aus der frommen Welt, was einen langjährigen Bruch mit ihren Eltern zur Folge hatte. »Ich habe keine Tochter mehr«, soll der Vater gesagt haben, »aber ich werde für diese junge Frau beten und Gott bitten, ihr zu vergeben.«

Wie oft hatte Anna mich in unseren vierzehn gemeinsamen Jahren belogen und mir etwas vorgespielt?
Wann war ihr Verhalten ehrlich gewesen?
Wann hatte sie die Wahrheit gesagt?

Ihr war das sonntägliche *Tatort*-Schauen also zuwider? Aber noch beim Mittagessen hatte sie gesagt: »Heute ermittelt Lena Odenthal, das wird bestimmt wieder spannend, ich freu mich richtig drauf.«
Warum verhielt sie sich so? Hier ging es doch um nichts. Unser *Tatort*-Ritual war nur eine nette kleine Banalität. Warum belog sie mich? Sie hätte doch einfach sagen können: »Ich habe keine Lust auf Fernsehen, ich mache heute mal was anderes!«
Sie wusste, wie sehr ich mich immer auf den Sonntagabend freute. Saß sie nur mir zuliebe mit vor dem Fernseher? Und das schon seit so vielen Jahren? Ihre tatsächlichen Gefühle hatte ich niemals, nicht einmal andeutungsweise, bemerkt. War sie eine so gute Schauspielerin gewesen – oder ich ein verheerend schlechter Beobachter? Ich vermochte meiner Gedanken nicht Herr zu werden. Noch immer hockte ich vor unseren Rosen, mir taten schon die Beine weh, bis ich Anna sagen hörte: »Ist etwas mit den Blüten? Wenn ja, vom Anstarren wird's auch nicht besser.«

Sie lachte dabei ein bisschen, stand von der Hollywoodschaukel auf und kam auf mich zu. Ich aber wollte auf keinen Fall schon wieder in ihrer unmittelbaren Nähe sein, sprang deshalb hoch, machte ein paar Schritte nach hinten und stammelte: »Ach, ich musste gerade nur an meine Arbeit denken. Wie gut, dass ich noch krankgeschrieben bin, ich hätte überhaupt keine Lust, morgen in die Redaktion zu gehen ... Mit den Rosen ist alles okay.«

Anna schien über mein plötzliches Zurückweichen etwas irritiert zu sein.

»Ist mit dir auch wirklich alles in Ordnung?«

»Ja, alles prima! Ich fühle mich pudelwohl.«

»Dann lass uns vor dem Essen doch noch einen kleinen Spaziergang machen.«

Kaum hatte sie den Vorschlag ausgesprochen, da stand sie auch schon neben mir, hakte sich unter und zog mich in Richtung Gartentor.

Jetzt konnte ich mich nicht mehr befreien, und jede Ausrede oder Weigerung hätte sie sicher noch misstrauischer gemacht. Also ergab ich mich in mein Schicksal und verließ Arm in Arm mit Anna unser Grundstück.

Wir gingen querfeldein über die hinter unserem Haus gelegene große Wiese. Wir schwiegen. Vielleicht hätte ich einfach drauflosplappern sollen, um mich so gegen ihre Gedanken zu wehren; meine gesprochenen Worte hätten dann *die Stimme* in meinem Inneren übertönt. Aber ich tat es nicht. Zu groß war dann doch die Gier, weiter und vielleicht noch tiefer in ihre geheimen Welten einzudringen.

Ein leichter Wind kam auf, und die Luft roch nach Erde und Blüten. Es war angenehm warm. Am Himmel standen nur wenige Wolken.

Ich muss nächste Woche unbedingt zum Friseur. Ob ich mir die Haare doch mal färben lassen soll? Arne hat auch schon graue Stellen. Bald hab ich einen alten Mann an meiner Seite. Wie schön, dass wir heute so zusammen spazieren gehen können. Noch vor einer Woche lag er im Krankenhaus. Aber irgendwie ist er anders. Warum hat er vorhin die Rosen so angestarrt? Wenn er nun doch einen Schaden hat? Und wenn es dann noch schlimmer würde ... Könnte ich es bei ihm aushalten? Ich müsste es wohl. Er würde mir ja auch immer zur Seite stehen, egal was passiert. Er ist ein viel besserer Mensch als Max. Was macht Max jetzt wohl? Ich hab ihn seit Jahren nicht mehr gesehen. Ob ich mal versuche, seine Telefonnummer rauszubekommen?

»Was denkst du gerade, Schatz?«, fragte ich hinterlistig.
»Ach, eigentlich nichts. Soll ich uns nachher einen Gemüseauflauf machen – oder hättest du lieber Hähnchenbrust?«
»Gemüseauflauf mit Hähnchenbrust!«

Wie witzig. Dann steh ich noch länger in der Küche.

»Ja, so können wir es machen. Und den Rest essen wir dann morgen«, sagte sie.

Reste-Essen. Wenn ich mal einen Roman schreibe, wird er Reste-Essen heißen. Aber ich werde nie einen schreiben. Dazu fehlt mir das Talent. Eigentlich hab ich überhaupt keine Talente. Ich kann nichts besonders gut. Ich bin eine graue Durchschnittsmaus. Hat mein Leben einen Sinn? Wenn ich ein Kind hätte, dann ja. Aber so ... Arne hat viel zu große Füße. Die von Max sind viel schöner. Wie ich sie damals geküsst habe ... Ihm hat's gefallen und mir auch. Bei Arnes Füßen müsste ich kotzen.

Kotzen?

Ich löste mich von Anna, machte ein paar schnelle Sätze zur Seite und breitete die Arme aus, tat so, als würde ich tief Luft holen und einen besonderen Spaß an der ausscherenden Bewegung haben.

So, wie sie *dachte*, so *sprach* sie nie. Das war nicht Annas Art, sich auszudrücken. Offenbar aber waren ihre Gedanken vulgärer als ihre gesprochene Sprache. Ich erkannte sie in ihren Gedanken kaum wieder. Alles war befremdlich. Sie ekelte sich vor meinen Füßen? Aber warum? Ich pflegte sie stets, hatte weder Schweißfüße noch Nagelbettentzündungen oder dergleichen.

Ich ekelte mich vor Anna Füßen nicht.

Sie kam sich vor wie eine graue Maus? Nie hatte sie Ähnliches mir gegenüber geäußert. Und immer wieder tauchte Max in ihren Gedanken auf. Allein schon dreimal während der letzten Stunde. Dabei hatte sie ihn seit Jahren nicht mehr erwähnt.

Anna war wieder auf mich zugekommen und hakte sich erneut unter. Wir schlenderten wortlos weiter. Jetzt schwieg ihr Gehirn. Ich konnte nichts hören, sah nur vor meinen inneren Augen ein intensives Grün.

»Ich werde heute mal auf den *Tatort* verzichten«, sagte ich leise. »Ich habe keine Lust auf Fernsehen, ich werde lesen.«

Plötzlich strahlendes Blau in mir. Dann, nach wenigen Sekunden, verwandelte sich das Blau in ein tiefes Schwarz.

»Aber warum? Was ist denn jetzt los? Soll ich etwa alleine gucken? Du bist irgendwie komisch, seit du aus dem Krankenhaus zurück bist. Geht es dir wirklich gut? Verheimlichst du mir was?«

»Ach, das Thema hatten wir ja nun schon öfter. Nein! Mir geht es super.«

Wenn er auf unsere Rituale jetzt schon keine Lust mehr hat, was bleibt denn dann noch? Ich steh mitten im Leben und vertrockne. Was mache ich heute Abend? Mich alleine vor die Glotze setzen? Was will er denn lesen? Er hat doch seit Monaten kein Buch mehr angerührt. War früher anders. Er wird immer träger. Fehlt nur noch, dass er verfettet. Aber – das wäre im Grunde auch egal. Ach Himmel, wie ich über ihn denke! Er ist ein so loyaler Mensch. Er hat mich noch nie schlecht behandelt. Er würde alles für mich tun. Und ich bin sicher, dass er treu ist. Ich würde es ihm sofort ansehen, wenn er mit einer anderen Frau ... Wenn er nachher liest, werde ich mich an den Computer setzen. Mal suchen, wo Max lebt, was er macht, vielleicht kriege ich ja sogar seine Telefonnummer raus.

Wieder ließ ich von Anna ab, bewegte mich ein paar Meter von ihr weg und sagte: »Komm, lass uns nach Hause gehen. Allmählich bekomme ich Hunger.«

»Ja, ich auch«, erwiderte sie, »und nachher mache ich es mir vor dem Fernseher so richtig gemütlich.«

Eigentlich zerbrach unsere Ehe an genau diesem Sonntagnachmittag. So muss ich es im Nachhinein sagen. Die Gedanken meiner Frau Anna, die ich auf der Hollywoodschaukel und später während unseres Spaziergangs gehört hatte, brachten unser vertrautes Leben zum Einsturz. Was ich allerdings zunächst nicht wahrhaben wollte. Ich verdrängte das neu erworbene Wissen über Annas Innenleben. Vielleicht hatte sie das ein oder andere ja auch gar nicht so gemeint? Vorsichtshalber aber ging ich ihr aus dem Weg, das heißt, ich hielt sie auf Abstand, um mich vor ihren Gedanken zu schützen. Nachts schlief ich sogar in meinem Arbeitszimmer, mit der Begründung, ich müsse neuerdings sehr oft zur Toilette und wolle sie auf keinen Fall stören. Fernhalten wollte ich mich allerdings auch von ihr, weil ich mir schäbig und gemein vorkam. Ohne ihr Wissen belauschte ich ihre Gedanken. Das war ja eigentlich noch viel schlimmer, als heimlich in einem fremden Tagebuch zu lesen.

Im Übrigen hatte ich zunächst genug damit zu tun, mich mit meiner »Gabe« auseinanderzusetzen.

6

Der Blitz hatte mich zwar nicht getötet, aber die unvorstellbare Kraft der Elektrizität, die meinem Gehirn so nahe gekommen war, hatte mich zu etwas befähigt, das sowohl Faszinosum als auch Fluch bedeuten sollte: Ich konnte Gedanken lesen.

Wobei diese Formulierung zwar gängig ist, aber die Sache nicht richtig trifft. Ich konnte die Gedanken anderer Menschen nicht *lesen*, sondern *hören*. Und es gelang auch nicht immer. Nur wenn sich ein Mensch in meiner unmittelbaren Nähe aufhielt, das heißt, der Abstand durfte nicht größer als ungefähr einen Meter sein, wusste ich, was in ihm vorging. Seine Gedanken drangen in mich ein, und ich nahm sie wahr wie in androgyner Tonlage und aus einer gewissen Distanz gesprochene Worte. Ich hörte sie also nicht mit meinen Ohren, sondern einer inneren Stimme gleich traten sie in mein Bewusstsein. Und stets klang sie gleich, *die Stimme*, egal ob eine Frau, ein Kind oder ein Mann sich in meiner Nähe befand. Was mich anfangs sehr irritierte. Da sich die Gedanken zum Beispiel eines kleinen Kindes ebenso anhörten wie die eines alten Mannes. War ich eng umgeben von mehreren Menschen, so nahm ich ein Stimmengewirr wahr, als hätte sich *die Stimme* vervielfacht. Wirklich verstehen aber konnte ich immer nur eine Stimme. Vermutlich war ich dann der Person, von der sie ausging, ein bisschen näher als den anderen, oder aber es steckte eine größere gedankliche Kraft dahinter. Und immer hallten die Worte so nach, als wären sie in einer Kirche oder einem weitläufigen Gewölbe gesprochen worden.

Wenn ein Mensch allerdings nur in einer speziellen Stimmung war, sich also seine Gefühle noch nicht zu Begriffen geformt und in Sprache verwandelt hatten, konnte ich nichts *hören*, sondern eher *sehen*. Aber nicht mit meinen körperlichen Augen, sondern mit meinen inneren Augen. Das waren die Farbvisionen, die ich in Annas Nähe mehrmals erlebt hatte. Jede Emotion nahm ich wahr als farbigen Nebel.

Große Freude war blau, Zorn schwarz, Angst grau, Sehnsucht gelb, Gelassenheit und Seelenruhe silbern, sexuelles Begehren braun, Missmut und Traurigkeit grün, Unentschlossenheit orange, Mitgefühl rot, Hoffnung schneeweiß. Alle anderen Gefühlsregungen zeigten sich in Mischfarben, wobei diese nicht immer unbedingt etwas mit der Bedeutung der Grundfarben zu tun haben mussten. Es dauerte lange, bis ich die häufigsten menschlichen Befindlichkeiten in ihrer Farbgestaltung begriffen hatte. Neid und Missgunst zum Beispiel leuchteten türkis-schwarz. Schuldgefühle zeigten sich weiß-schwarz, wie Zebrastreifen. Befand sich eine Person in einem Zwiespalt oder gar in einem Gefühlschaos, wurde es schwierig für mich. Ich musste dann deuten und spekulieren, manchmal raten, um mir über das Innere des Menschen klarzuwerden. Visuelle Vorstellungen konnte ich übrigens nicht erkennen, auch keine bildhaften Erinnerungen. Nur die damit verbundenen Gefühle.

Es vergingen Wochen, bis ich das Unglaubliche tatsächlich zu akzeptieren begann. Obwohl ich mich immer wieder dagegen wehrte – und auch die Hoffnung hegte, das Ganze sei nur eine vorübergehende Erscheinung und das Gehirn würde bald wieder in seine gewohnte Normalität zurückschnappen. Allzu fantastisch erschien mir die Vorstellung, ich könne nun die Gedanken und Gefühle anderer Menschen hören beziehungsweise sehen. Ja, aus Filmen und Büchern kannte ich solcherlei Fantasien, und als Kinder hatten wir uns oft ausgemalt, wie es wohl wäre, in den Kopf der Lehrerin blicken zu können. »Gedankenlesen« aber gehörte unbedingt in den Bereich der Fiktion oder der Illusion. Gab es doch auch eine ganze Menge Varieté- oder Zauberkünstler, die ihr Publikum mit »Ich kann sehen was du denkst«-Nummern tief beeindruckten. Niemand aber glaubte wirklich daran, sondern ein jeder hatte lediglich Respekt vor dem grandiosen Trick, der offensichtlich dahintersteckte.

Mir war nie aus zuverlässiger Quelle zu Ohren gekommen, dass ein Mensch wirklich über eine solche Fähigkeit verfügte.

Aber ich wusste um einige parapsychologische Phänomene, die ich durchaus ernst nahm – und dies wiederum erleichterte es mir ein wenig, meine so plötzlich aufgetretene und mich sehr beängstigende Abnormität schließlich anzunehmen. Als junger Mann war ich von Berichten fasziniert gewesen, nach denen sowjetische Wissenschaftler Experimente mit paranormal begabten Menschen durchgeführt hatten. So erinnerte ich mich an ein als sehr aufwendig beschriebenes Experiment (jeder denkbare Trick war ausgeschlossen), bei dem nachgewiesen wurde, dass Menschen nur durch ihre Gedankenkraft Materie beeinflussen konnten. Sie waren zum Beispiel in der Lage gewesen, Gegenstände ausschließlich durch Konzentration zu bewegen oder gar Gläser zerspringen zu lassen. Auch hatte es damals beeindruckende Versuche mit telepathisch begabten Menschen gegeben. Zwei Probanden saßen Hunderte von Seemeilen voneinander entfernt, ein jeder in einem U-Boot. Man beauftragte Proband I, nacheinander mehrere zuvor absolut geheim gehaltene Nachrichten an Proband II zu »denken«. Und tatsächlich, es soll funktioniert haben. Zwar nicht durchgängig, aber immerhin einige Male. Auch in Deutschland wurden nach strengen wissenschaftlichen Kriterien und unter öffentlicher Beobachtung ähnliche Experimente veranstaltet. Viele renommierte Zeitungen berichteten darüber. Die meisten sogenannten parapsychologischen Phänomene aber erwiesen sich letztendlich als Humbug, einige ganz wenige allerdings blieben übrig. Sie konnten nie er- oder geklärt werden. Also gab es Vorkommnisse, die mit naturwissenschaftlicher Logik nicht zu fassen waren.

Und genau an diese erinnerte ich mich nun wieder und versuchte mich so selbst zu begreifen. Das war ein Glück. Denn auf diesem Wege entkam ich dem Irrsinn. Ich baute mir eine Erklärung zusammen, die mir zu einer veränderten Identität verhalf. Vermutlich war dies die unbedingte Voraussetzung dafür, ein selbstbestimmtes Leben zu führen. Ansonsten wäre ich wohl in der Psychiatrie gelandet.

Mein neues Leben aber sollte mit meinem alten nicht mehr viel gemein haben.

Als wäre es ein ungeschriebenes und unter allen Umständen einzuhaltendes Gottes-Gesetz für alle »Gedankenleser«, schwieg ich vom ersten Tag an über meine neu gewonnene Fähigkeit. Seltsamerweise erwog ich nicht einmal, mich irgendjemandem mitzuteilen, auch nicht Anna. Ich verschwendete nicht einen Gedanken daran. Später wurde mir klar, dass ich mich genau richtig verhalten hatte. Und ich war sehr froh darüber. Denn natürlich hätte man mich zunächst für verrückt erklärt, und eine Odyssee von Psychiater zu Psychiater wäre die Folge gewesen. Welch grauenhafte Vorstellung. Vermutlich hätte ich dabei meine seelische Gesundheit tatsächlich eingebüßt.

Was aber vielleicht noch viel wichtiger war, und schon damals ahnte ich es: Kein Mensch würde in der Nähe eines Gedankenlesers leben wollen. Verständlicherweise. Wie schauerlich, nie etwas für sich geheim halten zu können. Ein jeder wäre in Angst vor mir geflohen, hätte ich meine Fähigkeit offen kundgetan.

Also behielt ich das Ungeheuerliche für mich.

7

Seit jenem Sonntagnachmittag, als ich zum ersten Mal bewusst in die Seele meiner Frau hineingelauscht hatte, waren knapp drei Wochen vergangen. Ich fühlte mich weder gut noch schlecht, sondern eher wie benommen. Der Schock, den die unheimliche Erkenntnis ausgelöst hatte, saß tief. Anna beäugte mich misstrauisch, da ich ihre unmittelbare Nähe, soweit irgend möglich, mied. So etwas hatte es während der vielen Jahre unseres Zusammenseins noch nie gegeben. Ich glaube, sie vermutete nun wirklich einen ernsthaften Schaden meiner Psyche, thematisierte mein seltsames Verhalten jedoch nicht mehr. Nur einige Gedankenfetzen hatte ich hin und wieder von ihr aufgeschnappt, wenn ich doch zu nahe an sie herangekommen war. Trat ich dann aber sofort einen Schritt zurück, verblasste *die Stimme* innerhalb von Sekundenbruchteilen und war ganz schnell verschwunden.

Der Schock hatte mich menschenscheu gemacht. Und so hielt ich mich viel im Haus auf, in meinem Arbeitszimmer. Nur ab und zu ging ich allein über die Wiesen und Felder hinter unserem Grundstück. Keinem Menschen, außer Anna, war ich seit meiner Entlassung aus dem Krankenhaus nahegekommen, und nur wenige hatte ich während meiner Spaziergänge überhaupt gesehen.

Und nun klingelte es an der Tür. Erst einmal kurz, dann zweimal lang. Ich war allein zu Hause und spürte den Pulsschlag an meinen Schläfen. Wer konnte das sein? Es war später Vormittag. Besuch um diese Zeit? Nein, niemals. Zudem bekamen wir fast nie unangemeldeten Besuch.

Unsere schicke Eingangstür hatte leider keinen Spion, und die beiden Flurfenster waren mattiert. Ich konnte also nicht heimlich nach draußen spähen. Auch von den anderen Fenstern aus war es nicht möglich, direkt auf den Eingangsbereich zu schauen. Es klingelte noch einmal. Und dann machte ich, ohne weiter darüber nachzudenken, die Tür auf.

»Guten Morgen, Sie sind doch Herr Stahl, oder?«
»Ja, das bin ich.«
Es war der Postbote mit einem Einschreiben. Er stand direkt vor mir.
»Muss ich irgendwas unterschreiben?«

Blöde Frage.

»Ja bitte, hier unten rechts.«
Der Briefträger reichte mir einen Kugelschreiber, und ich versuchte zu unterschreiben, aber irgendetwas stimmte mit der Mine nicht.

Unsereins muss arbeiten – und der hängt um diese Zeit in seinem Traumhaus rum. Scheißbonzen. Das Einschreiben ist vom Finanzamt. Hoffentlich kriegt er eine saftige Steuernachzahlung aufgebrummt ...

Ich schaute von dem Papier auf, blickte dem Mann in die Augen, und meine rechte Hand zitterte.

Was ist denn jetzt? Warum gafft der mich so an?

»Ich glaube, die Mine ist leer«, sagte ich.
»Oh, entschuldigen Sie bitte. Hier ist ein anderer Stift.«
Ich nahm ihn an und unterschrieb.

Ich muss kacken, hoffentlich beeilt der Kerl sich jetzt, gleich geh ich rüber in den »Bieresel«.

Der Postbote händigte mir den Brief aus, faltete den unterschriebenen Zettel zusammen und steckte ihn in seine Umhängetasche. Ich gab den Kugelschreiber zurück.

Bin mal gespannt, ob ich von dem zu Weihnachten ein Trinkgeld kriege.

»Den Garten haben Sie aber prima hinbekommen«, sagte der Postmann, »sieht wirklich sehr gut aus. Jetzt muss ich aber weiter. Ihnen noch einen schönen Tag.«
»Vielen Dank, Ihnen auch. Auf Wiedersehen.«

Das Einschreiben war nichts Besonderes gewesen. Dafür umso mehr die Tatsache, die Gedanken eines *fremden* Menschen *bewusst* wahrgenommen zu haben. Nach der kurzen Episode an der Tür bewegte ich mich wie in Trance zurück in mein Zimmer.

Der Mann hatte mir eine saftige Steuernachzahlung gewünscht, er war neidisch auf unser Haus und fand mich offenbar mehr als unsympathisch (obwohl er mich nicht kannte) ...

Nach ein paar Stunden hatte ich mich wieder einigermaßen sortiert – und verspürte zum ersten Mal seit Wochen die Lust, mich unter Menschen zu begeben. Und das möglichst bald. Ich wollte mich nicht mehr in unserem Haus verstecken, nicht mehr allein über Felder laufen, nicht mehr nur über meine neue Fähigkeit nachgrübeln.

Ich war wie elektrisiert. Die Eindrücke während der Begegnung mit dem Postboten hatten mich zwar zunächst verwirrt, letztendlich aber wahnsinnig neugierig gemacht.

Was verbarg sich hinter den Gesichtern der Menschen?

Welche Geheimnisse trugen sie in sich?

Woran dachten sie, wenn sie schwiegen?

Ich zog mich an, legte Anna einen Zettel auf den Küchentisch, dass ich ausgegangen sei und es spät werden könnte. Dann verließ ich das Haus. Erst auf der Straße dachte ich darüber nach, wie sehr mein Verhalten sie befremden würde. Noch nie in all unseren Jahren war einer von uns einfach so weggegangen, ohne dem anderen zu erzählen, warum und wohin. Aber es war mir egal, zu sehr war ich damit beschäftigt, mir zu überlegen, was denn nun mein erstes Ziel sein sollte.

Ich entschied mich für ein belebtes Café in der Innenstadt, das Café Walldorf. Da Anna mit unserem Auto unterwegs war, blieb mir nichts anderes übrig, als per Bahn in Richtung City zu fahren. Ich kaufte mir ein Ticket, begab mich zum Gleis und wartete.

Schon nach ein paar Minuten fuhr der Zug ein. Er war ungewöhnlich voll für diese Tageszeit, so dass ich erst nach längerem Suchen einen Sitzplatz fand. Und da saß ich nun, umgeben von fremden, äußerst unterschiedlichen Menschen. Direkt neben mir am Fenster schien ein etwa Zwanzigjähriger eingenickt zu sein. Sein Kopf war an die Scheibe gelehnt. Unmittelbar vor mir saß eine ältere Dame mit pechschwarz gefärbtem Haar, links neben ihr ein Mann, ich schätzte ihn auf Mitte vierzig, der eine altmodische Hornbrille trug, und hinter mir quasselten zwei Schulkinder.

Ich hatte mich kaum hingesetzt, da waren meine inneren Ohren auch schon einem Gewirr von Sätzen und Wörtern ausgesetzt. Die Gedanken aller mich umgebenden Personen schienen mein Gehirn zu erreichen. Ausgenommen die der Kinder, da sie ununterbrochen quatschten. Plötzlich aber trat *die Stimme* in den Vordergrund.

Ich brauch unbedingt drei Gramm. Aber ich krieg das Geld nicht zusammen. Ich könnte irgendwas vertickern. Koks ist das Geilste. Ich muss Lisa rumkriegen, es sich auch reinzuziehen. Und dann fick ich sie die ganze Nacht. Die abgefahrene Schlampe ...

Franz wird also sterben. Alle Behandlungen waren umsonst. Alle. So ein Unglück. Gut, dass der Arzt es zuerst nur mir gesagt hat. Das war sehr rücksichtsvoll von ihm. Aber jetzt muss ich es Franz sagen. Oder soll ich es ihm verschweigen? Ich hab Angst. Was mach ich bloß ohne ihn? Fünfzig Jahre liegen hinter uns. Was für ein schmucker Kerl er damals war. Und wir hatten ein ganzes Leben vor uns. Wie schnell die Zeit vergangen ist. Ja, es war nicht immer leicht, aber im Grunde haben wir uns doch gut verstanden. Wie soll ich ihm sagen, dass er sterben muss? Wie sagt man das einem Menschen? Ich weiß es nicht. Ich hab so große Angst. Jetzt gleich, wenn ich nach Hause komm, werd ich ihm noch nichts sagen. Aber er wird fragen. Stängelchen, werd ich dann antworten, die haben nichts Neues rausbekommen, du sollst in ein paar Wochen nochmal in die Röhre, und bis dahin machen wir es uns so richtig schön ...

Dieser Mistkerl, dieser Hund, er hat meinen Urlaubsantrag nicht unterschrieben. Am liebsten würde ich ihm die Fresse polieren. Bin jetzt schon so lange in der Firma, hab so viele Aufträge reingeholt wie keiner, und nicht ein einziges Mal hat das Schwein mich gelobt. Wenn er krepieren würde, mir wär's egal. Und im-

mer diese Demütigungen vor den anderen Kollegen. Hodenkrebs wünsche ich ihm an den Hals ...

Der HSV war schwach gestern. Wenn ich wählen müsste zwischen einer geilen Nacht mit einer Maus und einem Männer-Abend mit ein paar Spielern, ich würde mich für die Jungs entscheiden, yeah! Cool, was die mir alles erzählen könnten. Zehn Millionen im Jackpot. Wenn ich den knacke, bin ich der King. Eine Woche Koks für alle und Weiber ohne Ende. Ich muss mir noch die Konzertkarten für nächste Woche besorgen. Boah, ein Hummer, geiles Teil ...

Ich drehte den Kopf hin zu meinem Sitznachbarn, der jetzt aus dem Fenster starrte, und in letzter Sekunde konnte ich einen riesigen amerikanischen Geländewagen, einen hellgelben Hummer, sehen.
»Toller Schlitten«, sagte ich zu dem jungen Mann.

Was labert der mich an?

»Ja, nicht schlecht.«
»Wie fandest du die Farbe?«

Was soll das? Hab keinen Bock auf Gequassel.

»Okay.«
»Ich finde Silber oder Tiefschwarz besser.«

Mann, Alter, biste schwul oder was?

Der junge Mann schloss wieder die Augen und beendete so unseren kleinen Dialog.
Jetzt bemerkte ich, dass die Kinder hinter mir schwiegen.

Ich muss noch Klavier üben. Ob Papa und Mama sich heute wieder streiten? Dann möchte ich immer am liebsten tot sein. Wäre doch alles wieder gut ...

Das Training war langweilig heute. Was gibt's wohl gleich zu essen? Heut Abend gucke ich wieder heimlich Fernsehen. Hoffentlich kriegt Tim keine bessere Note in der Mathearbeit. Der Angeber. Die Lehrer sind immer viel netter zu ihm als zu mir. Ob ich ihm mal was klaue? ...

Der Wagenlautsprecher plärrte: »Nächste Haltestelle – Florentinertor.« Ich musste aussteigen. Worüber ich froh war, denn das Belauschen der fremden Gedanken empfand ich zu jenem Zeitpunkt noch als anstrengend. Trotz aller Faszination. Später, als ich mich mehr und mehr an meine Fähigkeit gewöhnt hatte, erschien es mir weniger kräftezehrend, in die Köpfe anderer Menschen zu horchen.

Ich stieg aus – und konnte das alles noch immer nicht richtig fassen.

Alle Lügen würden ab jetzt vor mir zerfallen.

Jeden Menschen könnte ich nun so sehen, wie er wirklich ist.

Keine Maske, und wäre sie noch so schillernd, würde mich beeindrucken können.

Ich zündete mir eine Zigarette an, was ich sonst auf offener Straße nie tat, und rauchte im Gehen. Weit war es nicht mehr bis zu meinem Ziel, dem Café Walldorf. Ich mochte diesen Ort sehr. So oft war ich in den letzten Jahren dort gewesen, immer ausgerüstet mit Zeitungen oder Illustrierten, und hatte sogar schon so etwas wie einen Stammplatz. Der wurde zwar nicht eigens für mich freigehalten, aber soweit irgend möglich, saß ich immer dort. Ich konnte den Raum von dieser Position aus gut überblicken und hatte keine unmittelbaren Nachbarn, da sich rechts und links neben dem kleinen Tisch zwei Säulen befanden.

Das Walldorf war bestimmt schon hundert Jahre alt. Und so wirkte auch der gesamte Innenraum. Alles erinnerte an ein Wiener Kaffeehaus. Schnörkel, roter Samt, viel Gold, Plüsch, Kronleuchter, in der Ecke ein alter Flügel und an den Wänden Marmorverkleidungen. Das Publikum war gemischt. Viele ältere Damen, aber auch junge Leute, Studenten, Künstler und einige Touristen. Leer war das Lokal eigentlich nie. Immer gab es etwas zu beobachten, stets geschah irgendetwas. Dabei stand meistens der alte Flügel im Vordergrund. Er schien die Leute magisch anzuziehen. Immer wieder kam es vor, dass sich Gäste einfach an das Instrument setzten und aufspielten. Die Geschäftsführung tolerierte es, sofern alles in einem zeitlichen Rahmen von ungefähr fünf bis zehn Minuten blieb und der Pianist nicht die Ohren der anderen Gäste beleidigte.

Ich trat ein.

Eine bunte Geräuschkulisse tat sich vor mir auf. Durcheinandersprechende Menschen, Lachen, Husten, schepperndes Geschirr, gedämpfte Musik im Hintergrund. Die Raumluft war erfüllt von allerlei Düften. Es roch nach Kaffee, Kuchen, Schokolade und Parfüm. Am Klavier allerdings saß heute niemand.

Auf den ersten Blick schien das Lokal überfüllt zu sein, und mein Stammplatz war natürlich besetzt. Was mich aber nicht sonderlich ärgerte, denn gerade heute suchte ich ja die Nähe zu anderen Gästen. Also schaute ich mich um und versuchte irgendwo einen freien Stuhl oder Sessel ausfindig zu machen. Ein schwieriges Unterfangen, denn es war wirklich viel los an jenem Nachmittag. Schließlich entdeckte ich einen leeren Platz, und zwar mitten im Raum an einem großen runden Tisch. Dort saßen bereits vier Leute. Zwei elegante Frauen mittleren Alters, die offensichtlich zusammengehörten, da sie sich sehr angeregt miteinander unterhielten, und zwei Männer, die wohl wie ich auch Einzelgäste waren. Der eine, ein Mann von etwa dreißig Jahren und sehr gepflegtem Äußeren, war in seine Zeitung vertieft, die *Times*. Der andere wirkte einfacher und bodenständiger, ich schätzte ihn auf etwa siebzig Jahre, er hatte eine Glatze und trug ein rot kariertes langärmliges Hemd, das bis zum Hals zugeknöpft war. Schweigend rührte er in seinem Kaffee. Ich ging hin zu dem Tisch, fragte, ob der Stuhl zwischen den beiden Männern noch frei sei, alle nickten, und ich setzte mich.

»Was darf ich Ihnen bringen?«, fragte die Kellnerin.
»Schwarzen Tee und einen Brandy, bitte.«
»Sehr gerne.«

Kaum hatte ich meine Bestellung aufgegeben, da meldete sich auch schon *die Stimme*. Aber diesmal sprach sie Englisch, was mich zunächst verwirrte, zudem sagte sie seltsame Dinge, auf die ich mir keinen Reim machen konnte.

Von der wirtschaftlichen Situation in Saudi-Arabien war da die Rede, von Aktienkursen, Investmentfonds, der Entwicklung des Goldpreises und von Freihandelsabkommen. Und dann, mitten im Redefluss, ohne nennenswerte Pause, wechselte *die Stimme* ins Deutsche, und ich hörte sie sagen:

Morgen kauf ich mir neue Schuhe.

Was war nun das? Verblüfft schaute ich mich um, blickte meinen Nachbarn ins Gesicht, nahm einen Schluck Tee, der inzwischen serviert worden war, und konnte das Gehörte nicht einordnen.

Sie müssen teurer aussehen, als sie sind. Irgendwo hab ich doch von einem Laden gelesen, der gute Imitate verkauft. Aber ich hab die Adresse vergessen, shit.

Als ich bemerkte, dass der gut gekleidete jüngere Mann an unserem Tisch jetzt ziellos in der Gegend herumschaute, begriff ich.

Er hatte zuvor in der *Times* gelesen.

Ich konnte also auch das hören, was Menschen still lasen. Das Gelesene wurde quasi zu Gedanken, die sich mir dann offenbarten. So war es gerade gewesen. Und mitten im Text hatte der junge Mann plötzlich innegehalten und über seinen Schuhkauf nachgedacht. Ich verstand und war erleichtert.

Eine wohlige Wärme erfüllte mich, als ich den ersten Schluck Brandy nahm. Ich lehnte mich entspannt zurück und dann ein wenig zur Seite, in Richtung des älteren Herrn, der, genauso wie ich, seine Blicke nun über das Geschehen im Café schweifen ließ.

Ich möchte mein Leben nicht noch einmal leben. Es gab viel zu wenig gute Jahre. Und jetzt sind alle tot. Ich bin alleine. Würde ich morgen früh nicht mehr aufwachen, so wär es auch egal.

»Darf ich Ihnen noch etwas bringen?«, fragte die Kellnerin den älteren Herrn.

»Ach ja, gerne. Ein alkoholfreies Bier, bitte!«

Die Frau nickte wortlos und war sehr schnell wieder verschwunden.

Je älter ich werde, desto merkwürdigere Gedanken hab ich ... Sind das die Anfänge einer Demenz, werd ich schwachsinnig?

Das Gefühl, schon sehr oft gestorben zu sein. Sehe mich mit dem Tod ringen. Immer und immer wieder. Mal als Ertrinkender. Mal als Schwerstkranker. Mal als Soldat mit einer Schusswunde in der Brust. Manchmal sogar als Tier, von einer Raubkatze verfolgt und dann zerbissen. Wie absurd. Woher kommen diese Vorstellungen? Ich bin sicher, ich war schon mal tief im Weltall. Aber nicht als Mensch, sondern irgendwie anders – als Geistwesen. Überall göttliche Stille und Unendlichkeit. Vielleicht zerfällt mein Gehirn allmählich. Deshalb diese Fantasien. Warum guckt mich der Mann so an?

Ich fühlte mich ertappt. Denn tatsächlich hatte ich mich, angezogen von den Gedanken des Alten, etwas herumgedreht und ihn dann wohl mit tumber Mine angestarrt.

Sofort schaute ich zur Seite, räusperte mich, strich mir verlegen übers Kinn und trank schließlich den Rest meines Brandys.

Ich war fasziniert.

Von meiner Fähigkeit.

Die mir einfach so in den Schoß gefallen war.

Die mir ungeahnte Möglichkeiten eröffnete.

Schon immer hatte in mir ein domestizierter Voyeur gelebt, der sich ab und zu meinem moralischen Urteil widersetzte und hemmungslos versuchte, auf seine Kosten zu kommen. Nach mehr oder weniger heftigen inneren Kämpfen war es mir dann aber fast immer gelungen, ihn wieder in seine Schranken zu weisen. Jetzt allerdings sah die Lage anders aus. Meine »Gabe« hatte ihn entfesselt. Der Voyeur in mir konnte ungehindert seiner Lust frönen. Nichts stellte sich ihm in den Weg. Nur bei Anna hatte sich kurzfristig mein Gewissen gemeldet, weil ich es für unredlich hielt, ihre Seele zu belauschen. Dies bei fremden Menschen zu tun brachte mich zu jenem Zeitpunkt aber keineswegs in einen moralischen Konflikt. Ich sah darin nicht einmal ein Problem. Meine Gier, die Geheimnisse der Menschen zu erfahren, überschattete alles.

Der Alte und seine absonderlichen Gedanken interessierten mich sehr. Wieder lehnte ich mich ein wenig in seine Richtung und blickte mal nach rechts, mal nach links. Aber diesmal hörte ich nichts. Dafür sahen meine inneren Augen ein Meer von Grün. Der alte Mann dachte also nichts Konkretes, sondern war ergriffen von einer tiefen Traurigkeit. Er schaute ernst auf die vor ihm stehende kleine Bierflasche und drehte sie ein wenig hin und her. Ich empfand Mitleid für ihn. Er lebte offenbar in großer Einsamkeit und Bitternis. Wahrscheinlich wie so viele alte Menschen. Da ich auch nach einigen Minuten nichts weiter von ihm empfing als die Farbe Grün, wandte ich mich ab und rückte mit meinem Stuhl ein paar Zentimeter zur Seite, in Richtung des jüngeren Mannes, der seine Zeitung inzwischen in einen schicken, dunkelbraun glänzenden Aktenkoffer gesteckt hatte. Und sofort war *die Stimme* präsent, sie sprach so schnell, wie ich es vorher noch nie gehört hatte:

... wenn ich am Wochenende das Essen gebe und mein Chef mit Anhang kommt, muss alles perfekt laufen. Mit was beeindrucke ich den Affen wohl am meisten? Seine Alte ist ja ein geiles Stück. Darf mir nicht anmerken lassen, dass ich auf sie steh. Muss vorher noch auf die Sonnenbank, zum Friseur ... Ich freu mich wie bekloppt auf das Cabriolet. Noch zwei Wochen, dann ist es da. Das wird die Kollegen beeindrucken. Gut, dass meins eine Nummer kleiner ist als das vom Chef. Er hat's nicht gern, wenn man besser dasteht als er ... Wie lästig, muss bald die Tante im Pflegeheim besuchen, sonst nerven die Eltern wieder. Ich hasse dieses Heim. Allein schon der Geruch dort. Und sie gafft mich ja

doch nur dämlich an, die kriegt doch nichts mehr mit ... Was sitzen hier eigentlich für zwei Idioten neben mir? Der Alte könnte gerade vom Bau kommen. So ein Hemd würde ich nicht mal zum Joggen anziehen. Und wie ekelhaft die Pickel auf seiner Glatze sind. Tränensäcke und dreihundert Falten im Gesicht. Bah ... Und der andere?

Damit meinte er wohl mich.

Auch kein Vorzeigestück. Was macht der wohl beruflich? Pauker? Beamter? Keine Ahnung. Ebenfalls scheiße angezogen. Poloshirt, na super. Und die Schuhe? Wanderschuhe. Dacht ich's mir doch. Hat wohl gerade eine Bergtour durch die Stadt gemacht.

Der Mann musterte eingehend meine Füße und grinste hämisch. Bis er dann langsam an mir hochschaute und sich unsere Blicke für einen ganz kurzen Moment begegneten. Ich tat so, als sei das reiner Zufall gewesen, und vertiefte mich in die Speisekarte.

Groß ist der Kerl, bestimmt eins neunzig. Wär ich auch gerne. Kommt bei den Weibern besser an. Aber er hat null Stil. Passt hier ebenso wenig rein wie der Alte. Vielleicht ist er arbeitslos. Bingo, so wird's sein. Hätt ich auch gleich draufkommen können. Der Kerl ist arbeitslos. Und ich füttere ihn mit durch. Wenn ich die ganzen Abgaben auf meiner Gehaltsabrechnung seh, könnte ich das große Kotzen kriegen. Und für was wird die viele Kohle ausgegeben? Für solche Penner wie den hier. Trinkt auch noch Cognac auf meine Kosten und sitzt mit seinem Arsch hier faul rum. Man müsste gegen diese Parasiten viel härter vorgehen ...

Das war zu viel! Was maßte sich der Mistkerl da an? Dieser Lackaffe! Ich geriet komplett außer Kontrolle.

»Haben Sie noch alle Tassen im Schrank? Sie kennen mich doch überhaupt nicht! So was Dämliches ist mir ja noch nie untergekommen!«, schrie ich ihn an.

Er zuckte zusammen, riss seinen Kopf herum, wurde knallrot und starrte mich entgeistert an. Die beiden plaudernden Damen an unserem Tisch verstummten auf der Stelle, ebenso wie ein paar andere Gäste an benachbarten Tischen.

Nun hatte sich der junge Mann gefangen, hob seinen Kopf etwas, streckte die Brust heraus und sagte in harschem Ton: »Sie Idiot, was ist denn mit Ihnen los? Ich habe kein Wort zu Ihnen gesagt. Überhaupt, für mich sind Sie Luft, so einen wie Sie nehme ich gar nicht wahr. Was wollen Sie eigentlich?«

Immer noch hoch erregt und provoziert von seiner Arroganz, antwortete ich: »So ein verlogenes Arschloch ist mir ja noch nie begegnet!«

Mein Gott! Genau in diesem Augenblick kam ich zur Besinnung und mir wurde klar, in welch peinliche Situation ich mich gebracht hatte.

»Beruhigen Sie sich doch«, sagte der alte Mann neben mir freundlich und beschwichtigend. Die beiden Damen an unserem Tisch schüttelten empört den Kopf. Und schon stand eine Kellnerin direkt neben mir, und mein Feind zischte sie an: »Ich möchte sofort den Geschäftsführer sprechen!«

Vor Scham wäre ich am liebsten mehrere Hundert Meter tief im Boden versunken. Meine Arme zitterten. »Es ist sicher alles nur ein Missverständnis«, hörte ich den alten Mann noch sagen, da spürte ich auch schon eine kräftige Hand an meiner Schulter. Es war der Geschäftsführer, den ich flüchtig kannte. »Es ist wohl besser, wenn Sie jetzt zahlen und gehen. Und dann wollen wir Sie hier nicht mehr sehen!«

Mein Mund war staubtrocken, mein Kopf glühte, und meine rechte Hand fand zunächst vor lauter Aufregung nicht den Weg in die Gesäßtasche, wo sich mein Portemonnaie befand. Aber dann gelang es doch. Ich warf hektisch zwanzig Euro auf den Tisch, stand auf, wollte schon gehen, blieb dann aber doch noch ein paar Sekunden stehen und schaffte es, meinem Feind kurz in die Augen zu schauen und ein verhuschtes »Entschuldigen Sie bitte« hervorzubringen. Eine Reaktion wartete ich nicht mehr ab, sondern hastete quer durch das Café nach draußen auf die Straße. Dann machte ich mich so flott davon, als hätte ich gerade eine Bank überfallen. Erst als der »Tatort« außer Sichtweite war, blieb ich stehen und besann mich.

Was für eine Blamage.

Wie sehr ich mich hatte gehenlassen.

In der ersten Zeit nach dem Blitzunfall war so ein Verhalten ja noch verständlich gewesen. Immerhin hatte ich auf den Arzt und auch auf Anna in ähnlicher Weise reagiert, wenn auch nicht so heftig. Nun aber, da ich über mich und meine »Gabe« Bescheid wusste, war ein solches Benehmen unfassbar dumm und unverzeihlich.

Ich fühlte einen stechenden Schmerz in der Magengegend, das Herz war immer noch in Aufruhr, und erschöpft lehnte ich mich an den Mast einer Straßenlaterne.

Ich hatte in einem Lokal Hausverbot bekommen. Zum ersten Mal in meinem Leben. Ich konnte es kaum glauben.

Hoffentlich war unter den Gästen kein Bekannter gewesen. Hoffentlich erstattete mein Feind nicht noch Anzeige gegen unbekannt wegen Beleidigung – und irgendwann würde man dann meine Identität herausbekommen.

Hoffentlich versuchte der Geschäftsführer nicht, etwas

über mich in Erfahrung zu bringen. Immerhin kannten wir uns vom Sehen ja schon viele Jahre ...

Ich wusste nicht mehr, wo mir der Kopf stand.
Für diesen Tag hatte ich genug vom Gedankenlesen. Ich beschloss, sofort nach Hause zu fahren und mich in mein Zimmer zurückzuziehen. Bloß keine Menschen mehr in meiner Nähe!

Der Eklat im Café Walldorf hatte jedoch auch eine gute Seite. Er war mir eine so deutliche Lehre, dass mir (mit zwei kleinen Ausnahmen) danach nie wieder ein solches Missgeschick passiert ist. Ich hielt stets meinen Mund, waren die Gedanken, die ich hörte, auch noch so absonderlich, beleidigend oder erschreckend.

8

Schon einen Tag nach meinem Ausflug in das Kaffeehaus hatte ich mich wieder gefangen.

Was mich wunderte, denn mir war nach meiner Disziplinlosigkeit hundeelend zumute gewesen, und am liebsten hätte ich dieses sonderbare neue Leben schnell wieder in mein altes zurückverwandelt. Alles sollte so sein, wie es früher gewesen war. Das wünschte ich mir. Normal und berechenbar. Ich wollte diese »Gabe« nicht. Ich hatte nicht um sie gebeten. Warum war sie gerade mir zugefallen? Alles geriet durch sie aus den Fugen. Ich hatte Angst, fühlte mich machtlos und einsam.

Ob es noch andere »Gedankenleser« auf der Welt gab? Die auch schwiegen und unentdeckt lebten? Oder war ich der einzige?

Ich grübelte die halbe Nacht darüber nach und schlief schließlich verzweifelt ein.

Am nächsten Morgen jedoch schienen die Ereignisse des Vortages und die quälenden Gedanken weit weg zu sein. Ich hatte einen klaren Kopf und war entschlossen, mich mit Anna auseinanderzusetzen. Ich wollte *ihr* nicht mehr aus dem Weg gehen. Ich wollte *uns* nicht mehr aus dem Weg gehen. Ich musste das Gespräch mit ihr suchen.

Es war ein sonnenschöner Spätsommertag. Der Himmel vergissmeinnichtblau, und ein lauer Wind wehte über unsere Terrasse. Dort hatten Anna und ich den Frühstückstisch gedeckt. Das machten wir seit dem Einzug in unsere Traumvilla bei jeder Gelegenheit, soweit das Wetter mitspielte. Normalerweise saß ich ihr beim Essen immer genau gegenüber: sie an dem einen Kopfende des Tisches, ich an dem anderen. Heute jedoch war es anders. Ich hatte mein Gedeck direkt neben dem ihrigen platziert, so dass wir uns über Eck anschauen konnten. Ich wollte ihr nahe sein. Jeder ihrer Gedanken sollte in mich eindringen können. Jede Wahrheit wollte ich nun hören.

Diese neue Sitzordnung verwunderte Anna offensichtlich, denn bevor sie Platz nahm, blieb sie ein paar Sekunden neben ihrem Stuhl stehen und schaute etwas ratlos auf die Tischplatte, sagte aber nichts.

Wir begannen zu frühstücken – und quasselten viel. Über ihre Arbeit, ihre Kollegen, unser defektes Gartentor, den tags zuvor gelaufenen Wallander-Krimi, die neue Rasensprenganlage, das verstopfte Abflussrohr in der Gästetoilette, die Rechnung vom Dachdecker, ihre Öko-Kosmetik, das neue Auto der Nachbarn.

»Wir müssen miteinander reden«, sagte ich, als sie gerade anhob, von der Urlaubsreise ihrer Freundin Simone zu berichten.

»Reden? Wir reden doch die ganze Zeit!«

»Ich meine über uns, über unser Leben.«

Ein erdrückendes Grau zog vor meinen inneren Augen auf, eindeutig, ohne andere Farbnuancen. Anna hatte also Angst, vielleicht sogar große Angst.

Er hat eine Neue. So musste es ja mal kommen. Oder hat er am Computer gesehen, dass ich nach Max gesucht habe?

»Was ist denn los?«, fragte sie mit dünner Stimme.

»Bist du glücklich?«, fragte ich zurück.

Noch nie in all unseren gemeinsamen Jahren hatten wir uns gegenseitig diese Frage gestellt.

Sie hörte auf zu kauen, nahm einen Schluck Kaffee und blickte ernst auf ihren Frühstücksteller, der mit Brötchenkrumen und kleinen Marmeladenklecksen übersät war.

»Glücklich?«

»Ja, bist du mit unserem Leben zufrieden? *Mehr* als zufrieden?«

»Na, zufrieden und glücklich ist ja wohl ein Unterschied.«

»Führen wir ein glückliches Leben?«, fragte ich, mittlerweile etwas ungehalten.

»Was denkst du?«

»Himmel, Anna! Ich habe dich gefragt!«

Sie atmete einmal tief durch, setzte sich ganz aufrecht auf ihren Stuhl und starrte in unseren Walnussbaum.

Das ist jetzt genau das Gespräch, vor dem ich immer so große Angst hatte. Was soll ich denn bloß antworten? Ich hätte ihm viel früher die Wahrheit sagen müssen. Wenn ich jetzt nicht aufpasse, mach ich alles kaputt.

»Ich weiß nicht«, sagte sie leise.

»Wie, du weißt nicht? Entweder bist du glücklich und zufrieden – oder du bist es nicht.«

Während ich sprach, wunderte ich mich über meinen entschiedenen Ton. So hatte ich noch nie mit Anna geredet.

Was ist denn nur los mit ihm? Alles ist anders seit seinem Unfall. Ich kann ihm doch nicht von meiner Kindersehnsucht erzählen. Er würde mir vorwerfen, dass ich ihn so lange belogen habe.

»Vielleicht ist alles ein bisschen langweilig geworden«, sagte sie zögernd.

»Wie meinst du das?«

»Na ja, ich komme mir so alt vor. Es passiert so wenig. Ich habe Angst, dass wir etwas versäumen.«

»Du meinst, dass *du* etwas versäumst?«

Wenn ich ihm jetzt alles sage, ist unsere Ehe am Ende.

»Was fehlt dir denn? Was wünschst du dir?« Ich hatte meine Stimme wieder etwas besänftigt.

Anna sprang von ihrem Stuhl auf und lief ein paar Schritte in unseren Garten. Ich blieb sitzen.

»Ach«, sagte sie, »es erscheint mir alles so eintönig. Besonders jetzt, wo das Haus fast fertig ist ... jeder Tag gleicht dem andern.«

Ich stand nun ebenfalls auf und begab mich in ihre Nähe.

Warum hab ich es so lange in dieser Ehe ausgehalten? Ich würde Arne gerne zum Freund haben, aber nicht zum Mann.

Das saß.

Ein Sekundenschwindel überkam mich. Ich hockte mich hin und rang nach körperlicher und seelischer Fassung.

»Was ist?«, fragte sie.

»Nichts, geht schon wieder ... Warum schlafen wir nicht mehr miteinander?«, hörte ich mich sagen.

Anna wurde knallrot und schaute mich an, als hätte ich gefragt, wann sie vorhabe, sich ihre Schamlippen verkleinern zu lassen. Aber nach kurzer Pause erwiderte sie: »Dasselbe könnte ich dich auch fragen.«

Nun befand ich mich in einer Sackgasse. Was sollte ich antworten? Hatte ich zuvor das Gespräch geführt, so war jetzt sie in der besseren Position. Ich schwieg.

Er wird genauso wenig die Wahrheit sagen können wie ich. Ich möcht ihn nicht verletzen. Wie schlimm das alles ist. Er würde für mich durchs Feuer gehen, das weiß ich, aber ich begehre ihn überhaupt nicht. So ist es nun mal. Hab mich lange genug selbst belogen. Wer guckt der Wahrheit schon gerne ins Gesicht? Ich habe ihn noch nie begehrt. Noch nie. Nicht mal damals beim ersten Mal. Ich hab ihm immer was vorgespielt. Ich wollte nur einen guten Freund, eine Familie, Sicherheit. Die Zeit davor mit Max war so zermürbend.

Ich ging zurück zur Terrasse und setzte mich. Mir war, als hätte ich einen Blick ins Jenseits getan. Mein Herz schlug langsam, fast zögerlich, ich spürte einen merkwürdigen Druck auf meinen Ohren und wusste nicht, was in diesem Moment mit mir passierte.

Dann kam auch Anna zurück auf die Terrasse, blieb vor mir stehen und streichelte meinen Kopf.

Bei ihm war es früher anders. Da bin ich mir sicher. Er fand meinen Körper anziehend. Wann hat er aufgehört, mich zu begehren? Wir haben so gute Zeiten erlebt. Aber eigentlich hing immer ein Schatten über uns. Er tut mir so leid. Ich bin an allem schuld. Ich hab die Zweifel und Bedenken verdrängt und geschwiegen, all die Jahre. Was soll ich jetzt bloß sagen?

»Vielleicht haben wir zu hohe Ansprüche«, meinte sie dann.

Ich entwand mich mit einer kurzen Drehung aus ihrer Liebkosung, denn noch immer lag ihre Hand auf meinem Kopf.

»Zu hohe Ansprüche? So nennst du das?«
»So nenne ich was?«
»Unsere Sprachlosigkeit. Unser fehlendes Begehren füreinander. Unsere Angst vor konkreten Fragen.«

»Du dramatisierst! Wir haben doch ein so schönes Leben gehabt. Ach, was rede ich? Wir *haben* ein schönes Leben!«

»Jetzt auf einmal? Gerade hast du noch gesagt, unser Leben sei eintönig.«

Sie zog sich einen Gartenstuhl heran und nahm neben mir Platz. Für ein paar Sekunden hielt sie beide Hände vors Gesicht.

Jetzt bricht alles zusammen, ich spür es, alles werd ich verlieren. Und wer will mich dann noch haben? So, wie ich mittlerweile aussehe? Eingefallen, grau, alt, faltig. Ich bin für keinen Mann mehr attraktiv. Niemand wird mehr mit mir schlafen wollen. Meine besten Jahre habe ich an Arne verplempert.

Ich blickte über unseren säuberlich geschnittenen Rasen und schwieg. Denn auch mein Leben brach nun vollkommen auseinander.

Von Anna hörte ich plötzlich nichts mehr, sondern sah nur noch ihre Angst und ihre Traurigkeit. Auch ich brachte keinen vernünftigen Gedanken zustande, stattdessen rasten bruchstückhaft Gedichte, die ich oft gelesen hatte und sehr mochte, durch meinen Kopf:

Nebelland hab ich gesehen,
Nebelherz hab ich gegessen ...
   Alles was schön ist, doch dem Tode
   geboren
Dies ist deine Stunde, o Seele, dein freier Flug in das
Wortlose
   Die Welt – ein Tor
   Zu tausend Wüsten stumm und kalt ...
 Wo kein Meer wogt, drängt das Herzwasser
 Seine Gezeiten herein ...

»Wir sollten jetzt aufhören, über uns zu sprechen. Wir sind zu aufgewühlt. Lass es uns verschieben«, sagte Anna.

»Verschieben? Auf wann? Und warum? Denkst du, dadurch wird die Situation besser? Das ist doch absurd«, erwiderte ich mit leiser Stimme.

Ich trau mich nicht, noch irgendwas zu sagen. Wenn wir uns trennen, was wird dann aus dem Haus? Und wie soll ich es Mutter erklären? Ich hab noch nie alleine gelebt ... Könnte ich das überhaupt? Ich will Arne nicht verlieren. Es gibt keinen besseren Mann. Ich steh vor einem Scherbenhaufen. Ich hatte immer weniger Luft zum Atmen in unserer Ehe. Ja, so war es. Wir haben uns betäubt und abgelenkt mit all unseren albernen Aktivitäten. Das ewige Reisen. Das Fallschirmspringen. Der Reiseführer. Und dann das Haus. Das verfluchte Ding. Tausend Gespräche haben wir über jedes Detail geführt. Aber über die Details unseres Lebens haben wir nicht gesprochen. Bitte, bitte, Arne, verlass mich nicht.

Ich hatte kein Interesse mehr, ihren Gedanken weiter zuzuhören. Warum auch? Es führte zu nichts. Außer zu immer neuen und tieferen Verletzungen. Sie hatte alles Entscheidende nur allzu genau gedanklich zum Ausdruck gebracht. Was wollte ich noch mehr? Ich hatte das Gefühl, erschöpft und mit leerer Seele am Boden zu liegen.

»Was wird nun?«, fragte sie.

Und ohne zu überlegen und die Tragweite meiner Worte zu bedenken, sagte ich: »Es geht nicht mehr, Anna. Ich finde, wir sollten uns trennen. Lass uns alles schnell abwickeln. Ich möchte, dass wir die Achtung voreinander nicht verlieren.«

Ich stand auf, verließ die Terrasse, ging ein paar Schritte auf unsere Wiese und schaute, von Anna abgewandt, in den azurnen Himmel. Ich empfand nichts. Keine Traurigkeit, keine Angst, keinen Zorn.

»Ich ziehe in ein Hotel, heute schon«, sagte ich.

Anna begann zu weinen, aber das interessierte mich nicht.

»Lass uns zu einem Eheberater gehen«, schluchzte sie nach einer Weile.

»Es gibt nichts mehr zu beraten.«

»Ich möchte dich nicht verlieren.«

»Wir haben uns längst verloren.«

»Wie kannst du so etwas sagen?«

»Weil ich es so empfinde! Weil wir uns lange genug etwas vorgemacht haben. Weil die Zeit zu kostbar ist, als dass man sie mit Lügen vergeuden dürfte.«

Die Worte kamen einfach so aus mir heraus. Ich überlegte sie mir nicht.

Anna schluchzte immer noch, aber sie sagte nichts mehr.

In diesem Moment berührte die Sonne das Wasser unseres kleinen Gartenteiches, und die gebrochenen Strahlen blitzten so hell und funkelnd in meine Augen, als würden sie mir mitteilen wollen: Das Leben ist schön. Das Leben ist verrückt. Das Leben will immer wieder neu beginnen.

So stand ich eine Weile da und genoss dieses plötzliche Lichtspiel, konnte gar nicht genug davon bekommen.

Dann sagte ich: »Es gibt kein Zurück mehr, ich werde jetzt gehen.«

Anna saß zusammengesunken auf dem Terrassenstuhl, sie schien unter sich zu blicken, ihre grauen, langen Haare verdeckten das Gesicht. Sie hatte aufgehört zu weinen.

9

Wir haben nie mehr über uns gesprochen. Unsere vierzehn gemeinsamen Jahre fanden ihren Abschluss mit jenem nicht zu Ende gebrachten Frühstück auf unserer Sonnenterrasse.

Wie erschütternd, dass nur ein paar Sätze schnell und zielgenau ein ganzes Leben zerstören können. Das Anna-Arne-Leben war unwiederbringlich vernichtet. Daran gab es für mich keinen Zweifel. Wobei ich natürlich im Vorteil gewesen war, weil ich die ganze bittere Wahrheit aus Annas Gedanken herausgehört hatte. Worüber hätte ich noch mit ihr sprechen sollen (ohne mich zu verraten)? Ich war restlos bedient. Anna jedoch hatte wenig gesagt und mich noch weniger gefragt, trotzdem war offensichtlich auch für sie alles klar. Auch sie schien nicht mehr zurückzuwollen und verspürte wohl kein Bedürfnis, weitere klärende Gespräche zu führen. Sie nahm alles so hin, wie es sich entwickelt hatte. Ich habe oft darüber nachgedacht, wie ich mich wohl verhalten hätte, wären mir ihre Gedanken verborgen geblieben. Hätte ich überhaupt ein Beziehungsgespräch begonnen? Zu jenem oder zu einem späteren Zeitpunkt? Wäre es nicht auch für mich nur allzu bequem gewesen, im gewohnten Trott weiterzuleben? Hätte Anna irgendwann den ersten Schritt getan und ihren Unmut geäußert? Oder wären wir in den festgefahrenen Ritualen unserer Ehe alt geworden und allmählich verkümmert? Wie es so vielen Paaren ergeht ... Und nach vierzig Jahren, weil dann nichts anderes mehr möglich gewesen wäre, hätten wir uns als glücklich bezeichnet, hätten die lange Zeit des Zusammenseins sogar als Triumph oder besondere Leistung angesehen.

Auch ich war ja ein Meister der Verdrängung gewesen, so wie Anna. Nach unseren Neubauaktivitäten wäre uns bestimmt wieder etwas anderes eingefallen, das uns von unserer Beziehung hätte ablenken können.

In der ersten Zeit nach unserem »Todesfrühstück« fühlte ich mich verletzt, ja zerstört, und war wütend. Wie hatte Anna mir all das antun können? Noch nie war ich so anhaltend und perfekt belogen worden. Zumindest hatte ich es nicht bemerkt. Mir war, als hätte sie mir einen beachtlichen Abschnitt meiner Lebenszeit geraubt. Hätte ich um ihre wahren Gefühle und Einstellungen gewusst, wir wären damals nie und nimmer zusammengekommen. Ich hätte mich nicht auf sie eingelassen, mein Leben wäre ganz anders verlaufen. Ehrlicher. Vielleicht hätte ich eine Frau kennengelernt, die eine wirkliche Geliebte und Partnerin für mich gewesen wäre. Mit der ich mich körperlich und auch geistig bestens verstanden hätte. Vielleicht wäre ich auch allein geblieben und hätte so eher den Mut gefunden, mich meinen Unzulänglichkeiten zu stellen. Vielleicht aber wäre ich auch völlig vereinsamt, was jedoch allemal besser gewesen wäre als ein Leben in Lüge.

Seltsamerweise hielt sich mein Zorn auf Anna in Grenzen, denn der Schock unserer Trennung hatte mich gewaltig aufgerüttelt. Schließlich gehören zu jeder gescheiterten Ehe immer zwei Personen. Auch ich trug ein gehöriges Maß an Schuld. Ich hatte es mir in unserer Zweisamkeit bequem gemacht, ich war träge geworden, und jede Gefühlsregung, die einen kritischen Gedanken über Anna und mich hätte hervorbringen können, verdrängte ich oder betäubte sie durch irgendwelche Aktivitäten. Nie stellte ich mir rigorose Fragen und zwang mich damit zu ebenso rigorosen Antworten.

Unser gemeinsames Leben, im Grunde eine blutleere Routine, war allzu verlockend für einen ängstlich veranlagten und harmoniebedürftigen Menschen wie mich gewesen. Nicht nur, dass ich jede Auseinandersetzung unsere Ehe betreffend gescheut hatte, ebenso war ich in diesen Jahren allen grundsätzlichen Lebensfragen aus dem Weg gegangen. Als junger Mann hatte ich mit Freunden ganze Nächte durchdiskutiert: Gibt es Gott? Warum bin ich? Was ist der Sinn des Lebens? Welche Werte sind maßgeblich? Was ist gut? Was ist böse? Hat Nietzsche Recht – oder Kant? Wie lebt man richtig? Was ist der Tod? Gibt es ein Lebensziel? Wie fremdbestimmt sind wir? Wäre es besser, niemals geboren worden zu sein? ...

Irgendwann verlor ich das Interesse an den philosophischen Gesprächen, die Freunde verstreuten sich in alle Winde, ich wollte in meinem Beruf vorankommen, hatte eine Affäre nach der anderen und lernte schließlich Anna kennen. Und die war, das spürte ich schnell, ohnehin keine Gesprächspartnerin für existenzielle Fragen. Die Welt hinter den Dingen interessierte sie nicht. Selbst ihren Beruf als Psychologin sah sie eher als handwerkliche Tätigkeit. Es galt, die Seele zu reparieren, die Menschen wieder lebenstüchtig zu machen.

Was denn nun aber das Leben sei – diese Fragestellung war Anna gänzlich fremd. Auch über den Tod mochte sie nicht sprechen. Ich erinnere mich an einen gemeinsamen Spaziergang über den legendären Pariser Friedhof Père-Lachaise. Am Grab von Jim Morrison sagte sie: »Ich finde das alles schrecklich hier, lass uns zurück in die Stadt gehen. Von so vielen Toten umgeben zu sein ist ja grauenhaft. Ich lebe – und über alles andere möchte ich gar nicht nachdenken.« Ich weiß noch, dass ich ein wenig zusammenzuckte. Denn tief in mir empfand ich ihre Äußerung als Provokation. Zeugte sie doch von Kleinmut oder gar Erbärmlichkeit. Eine solche Haltung hätte ich meiner damaligen Arbeitskollegin Nadine, die am Ende eines Telefonats gerne »Okeydokey« sagte, zugetraut, nicht jedoch meiner Frau Anna. Aber schnell wischte ich die irritierenden Gefühle beiseite, und gemeinsam schlenderten wir zurück in die pulsierenden Gassen von Paris.

Im Nachhinein betrachtet, gab es sicher unzählige Situationen, die mich an Anna hätten zweifeln lassen können, ich wollte dergleichen aber partout nicht wahrhaben. Ich ignorierte alles, was *sie* oder auch *uns* infrage gestellt hätte. Unglaublich, wie gefühlsbetoniert ich gelebt hatte. Und das aus reiner Bequemlichkeit. Anna war nie ein wirklicher Gegenpol für mich gewesen. In den meisten Fällen schloss sie sich meinen Gedanken und Meinungen an. Mit einer Ausnahme: Ein Kind wollte sie im Gegensatz zu mir nicht adoptieren. In diesem Punkt war ihre Haltung eindeutig. Das hatte ich gespürt und deshalb nicht einmal versucht, sie zu überreden. Gott sei Dank. Denn wäre noch ein dritter Mensch, ein Kind, im Spiel gewesen – ich weiß nicht, welchen Lauf die Dinge genommen hätten. Sicherlich wäre mir die Trennung wesentlich schwerer gefallen. Trotz meines Wissens um ihre wahren Gefühle.

Die schlimmsten Anna-Gedanken, die ich gehört hatte und die mir schwer zu schaffen machten, waren:
»Meine besten Jahre habe ich an Arne verplempert ... Ich habe ihn noch nie begehrt, nicht mal damals beim ersten Mal ... Ich habe ihm immer was vorgespielt.«

Sätze wie Atombomben. Die auch den letzten Rest von Wehmut in mir vernichteten. Was Gnade und Unheil zugleich war. Gnade, weil ich meiner Ehe nicht im Geringsten nachtrauern musste – und Unheil, weil mein Menschenbild in nie gekanntem Ausmaß erschüttert worden war. So also konnte sich eine Person verstellen? Sogar gegenüber dem Menschen, der ihr der vertrauteste war? Und das über so viele Jahre hinweg?

Hätte ich die schreckliche Wahrheit nicht gewusst, bestimmt wären mir nach unserer Trennung unzählige Situationen aus dem Arne-Anna-Leben in den Sinn gekommen, die ich verklärt hätte. Nur selten erscheint einem ja im Rückblick alles nur düster und schlecht. Zumal der Mensch dazu neigt, das Traurige oder Schlimme zu vergessen und das Schöne zu konservieren. Ich aber hatte nun nichts mehr zu konservieren. Ich musste mit der Tatsache fertigwerden, vierzehn Jahre lang sinnlos gelebt zu haben. So zumindest war mein Empfinden.
Und die Liebe? Was war mit der Liebe gewesen?
Ich für meinen Teil hatte geliebt. Nicht unbedingt euphorisch, dafür aber tief und aufrichtig. Wie lange, kann ich nicht sagen, nicht mehr rekonstruieren. Später wurde daraus eine vertraute Gewohnheit, aber ich wagte es nicht, sie bei diesem Namen zu nennen. Ich nannte auch sie ganz einfach »Liebe«. Und so vergingen die Jahre.

Das Gefühl der Demütigung, das mich bis heute überschwemmt, wenn ich an unser Sexleben denke, kann ich gar nicht zum Ausdruck bringen.
Nie hatte sie mich begehrt!
Offensichtlich kein einziges Mal!
Immer war sie mit den Gedanken woanders gewesen, vermutlich bei Max. Jedes Stöhnen, jedes lustvolle Röcheln (ja, das hatte es gegeben), jeder leidenschaftliche Schrei (auch so etwas kam ab und zu vor) war gespielt gewesen? Hatte sie je

einen Orgasmus mit mir erlebt? Wahrscheinlich kein einziges Mal. Aber selbst wenn es dazu gekommen sein sollte, hatte sie sich in jenem kulminierenden Moment alles andere vorgestellt als mich, meinen Körper, mein Geschlecht oder unsere Liebe. So verlogen also konnte das Leben sein. Und ich hatte von alldem nichts gemerkt oder auch nur geahnt. Jedenfalls nicht, solange wir noch regelmäßig miteinander schliefen. Vor meinen Füßen hatte sie sich geekelt – ob ihr mein Körper überhaupt zuwider gewesen war? Meine Gerüche, meine Haut, mein Atem, mein Sperma?

Sie hatte sich auf mich lediglich aus strategischen Erwägungen heraus eingelassen. Wie sie zu jener Zeit wohl über sich selbst dachte? Wusste sie, was sie tat? Oder handelte sie intuitiv? Wie auch immer – sie wollte eine Familie gründen, einen loyalen Mann haben, in geordneten Verhältnissen leben und sich von der für sie so schwierigen Zeit mit Max erholen. Gewundert hatte ich mich damals schon, dass sie so schnell zu heiraten wünschte. Mir war der Trauschein egal gewesen. Meinetwegen hätten wir nie ein Standesamt von innen gesehen. Sie aber drängte darauf. Und so kam es, dass wir bereits im ersten Jahr unserer Beziehung, wir waren gerade mal zehn Monate zusammen, das Aufgebot bestellten. Und ich machte mit, weil sie es gern wollte. Auch in diesem Zusammenhang ist mir eine Aussage von Anna im Gedächtnis geblieben, die mich, so wie ihr Satz über den Tod, kurz stutzig werden ließ. Als es mal wieder um das Thema Ehe und Heiraten ging und ich mich ein wenig zurückhaltend zeigte, sagte sie: »Ich möchte eine ganz normale Frau sein, die ein ganz normales Leben führt und ganz normale Dinge tut.« Da flackerte für Sekunden Verachtung für sie durch mein Herz. Obwohl ich selbst durchaus normgerecht, ja spießig lebte, entsprach dies nicht meiner wirklichen Überzeugung. Im Stillen hegte ich Sympathien für das Rebellische, Unangepasste, Anarchische. Schon allein die Formulierung »normales Leben« weckte in mir eher abschreckende Assoziationen denn sehnsuchtsvolle. Das alles aber war schnell wieder vergessen, und schon einen Monat später standen wir vor dem Standesbeamten. Ich ließ die Zeremonie über mich ergehen, danach gab es noch ein schönes Essen mit ein paar Freunden und Verwandten – und schon war der Spuk vorbei. Übrigens hatten wir zu jener Zeit noch Freunde. Später nicht mehr. Ein Kontakt nach dem anderen schlief allmählich ein – und zu guter Letzt gab es nur noch ein paar Bekannte. Allesamt ohne Bedeutung für mich. Wir hatten uns so sehr in den Kokon unserer Beziehung eingesponnen, dass schlichtweg weder Zeit noch Interesse für andere Menschen übrig geblieben war. Selbst mein bester Freund Moritz, den ich seit der Schulzeit kannte, entfernte sich von mir. Irgendwann rief er einfach nicht mehr an. Zu oft hatte ich ihm einen Korb gegeben, und so verloren wir uns aus den Augen. Erst nach der Trennung von Anna versuchte ich den Kontakt wiederzubeleben. Aber dazu später.

Warum hatte ich mich eigentlich damals in Anna verliebt?

Diese Frage ist für mich aus heutiger Sicht sehr schwer zu beantworten. Das Entsetzen und die Enttäuschung lassen kaum eine objektive Analyse zu. Und mir widerstrebt es beinahe, Positives über Anna und unsere gemeinsame Zeit zu formulieren. Aber ich will es dennoch versuchen.

Als ich Anna kennenlernte, übrigens auf einer Maifeier bei einem Arbeitskollegen, fiel sie mir wohltuend auf. Sie hatte so gar nichts Weibchenhaftes an sich. Sie wirkte bodenständig, wenig eitel, nicht zickig, sondern freundlich und sogar etwas kumpelhaft. Alle meine Partnerinnen vor Anna waren das genaue Gegenteil gewesen, was ich erotisch und sexuell anziehend fand, aber ansonsten ging mir dieser Frauentyp zunehmend auf die Nerven. Vielleicht witterte ich damals etwas Ähnliches in Anna wie sie offenbar in mir: Mit diesem Menschen kann man eine solide Partnerschaft aufbauen, jenseits der üblichen Mann-Frau-Rituale. Denn ich war dieser Rituale so überdrüssig geworden und sehnte mich nach einem ruhigen Zuhause. Aber Anna gefiel mir auch. Das muss ich sagen. Besonders ihre Beine und ihre Augen waren mir sofort aufgefallen. Und ihr Lächeln. Zudem war sie eine gute Gesprächspartnerin, wenn auch nicht für alle Themen; wir lachten über dieselben Dinge und entdeckten schnell viele gemeinsame Interessen. Das Reisen zum Beispiel. Ich glaube, wenn wir nicht so viel und so oft durch die Welt gefahren wären, wir hätten uns schnell angeödet. Das Reisen aber war eine wunderbare Droge. Wir konnten gar nicht genug davon bekommen. Wochen, ja Monate waren wir manchmal mit den Planungen und Vorbereitungen für einen ungewöhnlichen Trip beschäftigt. Da blieb weder Zeit noch Lust, über uns nachzudenken oder gar zu sprechen. Der beiderseitige Wunsch nach einem Kind lenkte unsere Aufmerksamkeit dann noch mehr von unserer Beziehung ab. Ich hegte vielleicht sogar die diffuse Hoffnung, dass ein Kind unsere Ehe würde beleben können. Denn schon in jenen Jahren, als wir uns so sehr um Nachwuchs mühten, empfand ich in Annas Gegenwart manchmal Langeweile, was ich mir aber natürlich nicht eingestand. Es war eher eine stille Ahnung, die nie wirklich in mein Bewusstsein drang. Von Jahr zu Jahr jedoch wurde sie mächtiger. In der Zeit vor meinem Blitz-Unfall hatte ich ja in besonders bedrückter Stimmung gelebt. Ich war mit meinem Leben, das von außen betrachtet durchaus positiv verlief, gar nicht mehr zufrieden gewesen. Die beiden Hauptgründe dafür waren, heute kann ich sie klar benennen:

meine Arbeit und Anna. Ich hatte das Interesse an meiner Frau völlig verloren. Und so kam es, dass Paul, unser Hund, meinem Herzen um ein Vielfaches näherstand als meine Frau Anna. Als Paulchen starb, glaubte ich für kurze Zeit, die Erde würde aufhören, sich zu drehen.

Was ich wohl empfunden hätte, wenn zu jenem Zeitpunkt Anna verstorben wäre?

Überhaupt, der Hund: Noch mehr als das Reisen lenkte er uns von unserer ruinösen Ehe ab. Eigentlich war er ein Kindersatz. Wir trugen ihn auf Händen und verbrachten ungezählte Stunden damit, uns über ihn zu unterhalten. Wie er zu erziehen sei, wie man alle nur erdenklichen Hundekrankheiten von ihm fernhalten könnte, welche Fellpflege denn nun die beste wäre oder welcher Urlaubsort auch für ihn besonders schön sein würde.

Bevor Paul in unser Leben trat, war es immer wieder vorgekommen, dass Anna und mir der Gesprächsstoff ausging. Wir hatten uns einfach schon alles erzählt, jeder kannte die Ansichten des anderen. Also sprachen wir über dieselben Dinge, über die wir schon dutzendmal geredet hatten, noch ein weiteres Mal, was, zumindest bei mir, stets einen schalen Geschmack hinterließ. Waren wir der alten, wiedergekäuten Storys endgültig müde, so wichen wir auf belanglose Themen aus. Was wir jedoch nicht bewusst taten, es geschah von selbst, und ich fand es normal. An eine Situation allerdings erinnere ich mich, da funktionierte dieser Automatismus nicht, da überkam mich plötzlich eine beklemmende Leere. Wir saßen an einem kühlen Sonntagnachmittag in unserem sehr nett und gefällig eingerichteten Wohnzimmer. Der Kamin brannte, und draußen regnete es heftig. Man konnte die Tropfen auf die Blätter der Bäume prasseln hören. Wir hatten gerade Kaffee getrunken und dazu Sachertorte gegessen. Das sonntägliche Kaffeetrinken gehörte zu unseren unumstößlichen Ritualen. Anfangs hatte mir diese Zeremonie auch immer gut gefallen, und ich freute mich geradezu darauf, mit den Jahren aber erschien sie mir fast zwanghaft, und meine einzige Freude bestand nur noch darin, reichlich Kaffee zu trinken und viel Kuchen zu essen. Wir saßen also da, ich pappsatt und vom Koffein etwas nervös geworden, als Anna ein Gespräch über den verregneten Sommer begann.

Genau in diesem Moment packte mich für Sekunden eine beinahe unbändige Lust, die gottverdammte Kaffeetafel kurz und klein zu schlagen, die schmierige Torte an die Wand zu klatschen und Anna anzuschreien: Halt den Mund! Halt den Mund! Ich kann nicht mehr! Mich kotzt dieses Gequassel unendlich an!

Aber dazu kam es nicht. Mir gelang es, meine Gefühle zu bändigen und die aggressiven Gedanken schnell wieder zu unterdrücken. Ich stand lediglich wortlos auf, ging zum Fenster, schob die Gardinen zur Seite und schaute hinaus. Nach ein paar Minuten sagte ich dann in fast ruhigem Ton: »Ich muss mal zum Auto, ich glaube, ich habe es vorhin nicht abgeschlossen.«

Als ich von der Straße zurückkam, war alles wieder beim Alten.

So befremdend es angesichts meines Rückblicks auf unsere Ehe klingen mag – bis zum Schluss gab es auch Erlebnisse, Situationen, Vorkommnisse, die ich als sehr schön und zu Herzen gehend empfand. Diese Erinnerungen vagabundierten noch lange durch meinen Kopf. Sie hatten beinahe etwas Exotisches für mich. Denn perfekt spiegelten sie Glück und Lüge in einem Bild wider.

Da denke ich zum Beispiel an diese Szene:

Anna und ich sitzen in der sonnendurchfluteten Stille eines Hochsommernachmittags auf einer Bank am Lago Maggiore. Wir essen große, süße Pfirsiche. Flüchtiger Wind kräuselt das Wasser, und die Luft riecht nach Oleander und Lavendel. »Jetzt müsste die Zeit stehenbleiben«, sage ich zu Anna, »und zwar für immer.« Sie legt ihren Arm um meine Schultern und nickt.

Oder:

18. Februar, mein Geburtstag, in unserem Trennungsjahr. Anna weckt mich. Sie steht mit einem großen, in gelbes Papier gepackten Karton vor meinem Bett. »Es ist dein Glückstag heute, Tiger, der Frühstückstisch ist gedeckt, der Champagner geöffnet, und das hier ist mein Geschenk für dich. Ich gratuliere dir von Herzen zu deinem Geburtstag!« Ich bin noch ganz benommen vom Schlaf, richte mich auf, sie gibt mir einen Kuss auf den Mund und reicht mir das große Paket. Es ist recht schwer. Ich bleibe im Bett sitzen und mache mich daran, es zu öffnen. Was mir zunächst nicht gelingt, da es rundherum gut verklebt ist. Aber dann schaffe ich es, und eine große Menge Holzwolle quillt mir entgegen. Ich greife mit beiden Händen hinein, taste, fühle, packe zu – und hole schließlich eine etwa fünfzig Zentimeter große Bronzereplik des Dornausziehers aus dem Karton heraus. Das ist eine Freude! Hatten Anna und ich das Original doch gemeinsam bei unserer letzten Romreise im Palazzo dei Conservatori so sehr bewundert.

Oder:

Palmsonntag, zwei Jahre vor unserer Trennung. Richard Strauss, »Letzte Lieder« in der Philharmonie, interpretiert von Jessye Norman. »Vielleicht ist Musik in ihren besten Momenten eine Brücke zu Gott, eine Brücke zum Höheren«, denke ich, nehme Annas Hand, drücke sie. »Es ist das Bewegendste, was wir je gehört haben«, flüstert Anna mir ins Ohr.

Diesen Rückblenden stellte ich stets entgegen:
»... meine besten Jahre habe ich an Arne verplempert ...«

Die meisten schönen Erinnerungen aber, die mich mit meiner Frau verbanden, waren durch ihre eindeutigen Gedanken in sich zusammengefallen und hatten sich zu Staub und Dreck verwandelt. Vierzehn Jahre Lug und Trug.

Zweimal hatte Anna während unserer Zeit sogar die berühmten drei Worte gesagt.
Ich nur einmal. Und zwar auf unserer Hochzeitsreise, in Rio de Janeiro. Es war eine sternendurchflutete, heiße Sommernacht, und wir saßen am Strand von Copacabana. Ich meinte es ernst, fühlte mich rundherum glücklich und machte mir keine Gedanken darüber, dass sie *nicht* sagte: »Ich dich auch.«
Als Anna mir ihre Liebe bekundete, einmal in der Silvesternacht zum neuen Jahrtausend, einmal direkt nach dem Kauf von Paulchen, schwieg *ich*.
Wäre es nicht zum Bruch zwischen uns gekommen – ob sie es noch einmal zu mir gesagt hätte? Vielleicht in einer besonderen Situation, in der sie sich ihr Leben, trotz widersprüchlicher Gefühle und Überlegungen, schönmalen wollte?
Wann hatte sie wohl aufgehört, sich selbst zu belügen?
Ich wusste es nicht. Und im Prinzip war es auch egal.

Alles in allem musste ich mir eingestehen, dass Annas drastische Gedanken im Wesentlichen das ausdrückten, was ich eigentlich auch schon lange empfunden hatte. Ich war unserer Ehe überdrüssig, ich hatte keine Lust mehr, ich langweilte mich maßlos und steckte voller geheimer Sehnsucht nach einem wie auch immer gearteten anderen Leben. Im Gegensatz zu mir allerdings hatte Anna den Mut aufgebracht, dies alles für sich in Gedanken zu formulieren. Ich war zu feige oder zu behäbig dazu gewesen. Mich musste erst der Blitz treffen, damit ich die Dinge beim Namen nennen konnte.

Ohne den Unfall und seine Folgen hätte ich mich wohl verloren.

10

Nach unserem »Todesfrühstück« habe ich nicht eine Nacht mehr mit Anna unter einem Dach verbracht. Ich nahm mir ein Zimmer in einem kleinen Hotel, ließ mich noch eine weitere Woche krankschreiben und hatte nur eines im Sinn: die Trennungsformalitäten so schnell wie möglich zu erledigen. Als ich in das Hotel einzog, wurde mir zum ersten Mal klar, wie wenige Dinge man eigentlich braucht – und wie angenehm es ist, sich auf das Nötigste zu beschränken. Hatte ich doch zeit meines Lebens eine Menge Tand mit mir herumgeschleppt. Und jedes Jahr waren es mehr Gegenstände geworden, die mir den Blick auf die Gegenwart verstellten. Was sich in den Dekaden meiner Existenz so alles angesammelt hatte: unzählige Fotografien, Uhren, Bilder, Poster, Figuren, Spielzeug aus der Kindheit, nie gelesene oder für schlecht befundene Bücher, nicht mehr getragene Kleidungsstücke, Ringe, edle Füllfederhalter, alte Schallplatten, Kerzenständer, Geschirr, Gläser, Bilderrahmen, antike Lampen, ein Radio aus der Nachkriegszeit, Souvenirs …

Ich wollte all das Zeug nicht mehr. Sollte Anna damit machen, was sie wollte.

Nun bestand meine Habe lediglich aus zwei Koffern, gefüllt mit Kleidung, und zwei Reisetaschen, gefüllt mit Büchern und CDs. Darunter eine Rilke-Biografie, die gesammelten Werke von Novalis sowie sämtliche Sinfonien Mahlers, Beethovens, Tschaikowskys, eine Bach-Edition und einige CDs von Johnny Cash und Frank Sinatra.

Die ersten Tage ohne Anna und in der neuen Umgebung waren atemberaubend. Plötzlich steckte ich in einem fremden Leben. Nie zuvor hatte ich einen derart großen Schritt gewagt, und nie zuvor waren binnen weniger Stunden die wichtigsten Säulen meiner Existenz komplett weggebrochen. Ich hatte kein Zuhause mehr, und meine Ehe gab es nur noch auf dem Papier. Ich war fasziniert und zugleich beängstigt von den neuen Lebensumständen.

Als ich mich das erste Mal nach unserem denkwürdigen Sonntagsfrühstück mit Anna traf, in einem Biergarten unweit unseres Hauses, empfand ich weder Wehmut noch Zorn. Ich hatte mir einige Notizen gemacht, über was ich alles mit ihr sprechen wollte. Dahinter steckte die Sorge, etwas Wichtiges zu vergessen, aber noch mehr die Angst, während des Gespräches den Faden zu verlieren. Ich wollte auf keinen Fall etwas Unbedachtes sagen oder mich von Gefühlsausbrüchen übermannen lassen. Ich wollte ruhig und sachlich sein. Also hielt ich mich an meinem Spickzettel fest wie an dem Geländer einer Hängebrücke. Die zu überqueren ich gezwungen war; so jedenfalls kam es mir vor. Anna passte sich meinem Verhalten sofort an. Sie reagierte eigentlich nur auf das, was ich sagte, wirkte konzentriert und beherrscht. Ihre Gedanken wollte ich keinesfalls hören, davon hatte ich genug, und deshalb setze ich mich in gebührendem Abstand zu ihr an den Tisch.

Die Unterredung, so möchte ich unsere Zusammenkunft einmal nennen, dauerte kaum mehr als eine Stunde. Wie seltsam, dachte ich, während wir über den Verkauf unseres Hauses sprachen, alles ist ohne Bestand. Auch unsere vierzehn gemeinsamen Jahre waren von heute auf morgen in der Weitläufigkeit der Zeit verschwunden. Vor mir saß eine Frau, die ich zwar kannte, die jedoch wie eine Fremde auf mich wirkte. Selbst die Konturen ihres Gesichts schienen mir plötzlich nicht mehr vertraut, zu grell war das neue Licht, in dem ich sie sah.

Ich wunderte mich, dass ich gleichzeitig reden und nachdenken konnte. Mit Anna sprach ich über verschiedene Immobilienmakler, in meinem Inneren aber war ich mit der Frage beschäftigt:

Was bedeutet die neue Freiheit nun für mich?

Unser Haus, in das wir so viel Herzblut investiert hatten, war mir egal geworden. Auch Anna erweckte den Anschein, als hegte sie keinerlei sentimentale Gefühle für das Gemäuer. Ob das allerdings wirklich so war, weiß ich nicht. Vielleicht spielte sie mir auch nur etwas vor. Ihr neutrales, ja fast distanziertes Verhalten kam mir jedoch sehr entgegen. Hätte sie geweint und gefleht, gar gebettelt, ich solle zu ihr zurückkommen, wäre mir die Unterredung schwerer gefallen. An meiner Entscheidung, unsere Ehe aufzulösen, hätten jedoch auch die aus tiefstem Herzen kommenden Tränen nichts mehr ändern können.

Als wir uns verabschiedeten, mit einem sachlichen Händedruck, hatten wir die anstehenden organisatorischen Aufgaben unter uns aufgeteilt. Ich verließ den Biergarten. Anna blieb noch sitzen. Ich meinte ihren Blick auf meinem Rücken zu spüren, aber ich schaute mich nicht mehr um.

Die nächsten Tage verbrachte ich vorwiegend in meinem kleinen Hotelzimmer. Die meisten Angelegenheiten, die es zu erledigen galt, regelte ich per Telefon. Ansonsten las ich viel oder saß gedankenfern am Fenster und blickte auf die Linden und Eichen des gegenüberliegenden Parks. Dabei war ich keineswegs entspannt oder gar in gelassener Stimmung; tief in meinem Unterbewusstsein brodelte es. Wahrscheinlich ging es dort zu wie in einem gestörten Navigationsgerät, das ständig neue und einander widersprechende Richtungsanweisungen erteilt. Die alte Programmierung war zusammengebrochen. Ich benötigte ein neues Ziel.

Aber ich hatte keine Ahnung, wohin es gehen sollte. Ich war nicht einmal in der Lage, darüber nachzudenken. Nur wirre Empfindungen beherrschten mich. Vernunft und Logik hatten keine Chance.

Dem Personal im Hotel ging ich, soweit das irgend möglich war, aus dem Weg oder blieb zumindest auf gehörigem Abstand. Ich hatte keine Lust auf die Gedanken fremder Menschen.

Nur einmal gab es kein Entrinnen. Ich war für einige Minuten zusammen mit einem Zimmermädchen und einem Mann meines Alters im engen Hotelaufzug stecken geblieben. Wir befanden uns auf der Fahrt vom Erdgeschoss in den fünften Stock.

Ich blickte auf die Zahlenreihe über der Tür. Die 1 leuchtete, kurz darauf die 2 und die 3 – und dann passierte es. Ein schrilles Quietschen war zu hören, die Kabine ruckelte etwas und sackte ein paar Meter nach unten.

Das Zimmermädchen kreischte auf, der Mann versuchte sie zu beruhigen, und ich drückte sofort den Alarmknopf. »Es wird bestimmt gleich Hilfe kommen«, sagte ich. Der Mann nickte, das Mädchen wimmerte und glotzte auf die Zahlenreihe, die von U bis 5 angefangen hatte zu flackern. »Baujahr 1968«, sagte der Mann. »Schauen Sie sich das mal an, die ganze Konstruktion gehört auf den Schrott, nicht mal eine Sprechanlage oder ein Telefon hat das Ding.«

»Haben Sie kein Handy dabei?«, fragte uns das Mädchen mit fast flehendem Gesichtsausdruck. Ich verneinte. »Und ich habe meins oben im Zimmer vergessen«, sagte der Mann. »So ein Mist, dann können wir nur abwarten.« Ich nickte, das Mädchen trat ängstlich von einem Bein auf das andere, und alle schauten wir schließlich zu Boden und schwiegen. Wohin genau die Augen des Mannes wanderten, konnte ich nicht sehen. Seinen Kopf jedenfalls bewegte er nicht.

Was für eine geile Schnitte. Ob ihre Muschi schön glatt rasiert ist? Schwarze Strapse soll sie für mich tragen. Das Luder. Auslecken will ich die Kleine. Wenn der Typ jetzt nicht hier wäre, würde ich sie anbaggern, könnte sie ganz einfach beschützend in den Arm nehmen, oder so. Ich kriege einen Ständer ...

Es wird schon nichts passieren. Ich freue mich so, dass Mama wieder gesund ist. Wenn sie gestorben wäre, ich weiß gar nicht ...

Mit ihrem nackten Arsch soll sie sich auf mein Gesicht setzen, die süße kleine Schnecke. Und dabei soll sie mir die Latte wichsen ...

Das war der schönste Augenblick in meinem Leben, als die im Krankenhaus gesagt haben: Alles überstanden, sie wird wieder ganz gesund.

Ihre kleinen Füße will ich lecken. Und sie soll es mir mit ihren Füßen machen. Wie sie wohl duften?

Muss unbedingt nachher noch Cola und Bier holen für heute Abend.

Plötzlich waren laute Männerstimmen über uns zu hören. Der Aufzug bewegte sich ein wenig. Die Anzeige über der Tür flackerte zunächst noch schneller, dann erlosch sie ganz. Das Zimmermädchen schrie aus Leibeskräften: »Hallo, Hilfe! Hilfe! Holen Sie uns hier raus. Können Sie mich hören?«

»Ja, wir hören Sie! Bewahren Sie Ruhe! Noch ein paar Minuten Geduld! Wir haben es gleich!«

»Na, hoffentlich«, sagte der Mann. »Ich muss dringend telefonieren, und meine Frau wartet bestimmt auch schon.«

Und tatsächlich, kurz darauf gab es einen heftigen Ruck, und der Aufzug fuhr hoch zum vierten Stock, wo sich die Tür sofort reibungslos öffnete.

»Na, das ging ja schneller, als wir dachten, oder?«, sagte der Mann in freundlichem Ton, während wir den Aufzug verließen. Ich schwieg. Das Mädchen plapperte erleichtert: »Ja, ich dachte schon, das würde ewig dauern, es ist so eng da drin, na ja, aber Gott sei Dank ist das Licht nicht auch noch ausgefallen, ich glaube, demnächst nehme ich lieber die Treppe, bin mal gespannt, was meine Kolleginnen sagen, wenn ich ihnen alles erzähle, aber jetzt muss ich wieder an die Arbeit, auf Wiedersehen!«

Auch ich verabschiedete mich und blickte den beiden nach, wie sie sich in verschiedene Richtungen entfernten.

Plötzlich empfand ich Angst vor dem nächsten Tag. Ich würde wieder zu arbeiten beginnen, so war es geplant. Und mir wurde klar, dass ich mir noch kein einziges Mal wirklich vor Augen geführt hatte, was es bedeutet, als Gedankenleser viele Stunden am Tag eng mit anderen Menschen zusammen sein zu müssen.

11

Mein erster Tag in der Redaktion war die Hölle.

In vielerlei Hinsicht.

In den Wochen nach meinem Unfall hatte ich mich völlig aus der Welt der Nachrichten verabschiedet. Ich wusste zwar grob, was auf den Kontinenten passiert war, aber damit hörte es auch schon auf. Und so saß ich während unserer Neun-Uhr-Konferenz schweigend am Tisch und verspürte ein ähnliches Gefühl wie früher in der Schule, wenn ich meine Hausaufgaben nicht gemacht hatte. Der Vergleich hinkt etwas, da mir ja keine Arbeit nach Hause geschickt worden war, die es zu erledigen gegolten hätte. Aber zum Selbstverständnis eines jeden Journalisten gehört, dass er auch während des Urlaubs oder einer Erkrankung die Zeitung liest, politische Sendungen im Fernsehen oder im Radio verfolgt, sich schlichtweg auf dem Laufenden hält. Genau das jedoch hatte ich nicht getan, und so saß ich angespannt in der Runde und hatte Angst wie ein Pennäler, dass mein Versäumnis auffliegen könnte. Zwar bemühte ich mich um eine wissende und professionelle Mimik, aber ich war mir keinesfalls sicher, ob meine Tarnung ausreichen würde. Ich hatte zudem keine Ahnung, worüber die Kollegen so engagiert debattierten – und im Grunde war es mir auch egal. Es ging um einen parlamentarischen Untersuchungsausschuss, um irgendwelche Äußerungen des Außenministers während einer Asienreise, die siebenhundertfünfzigste EU-Krise, um einen Geheimdienstskandal und die gestiegenen Milchpreise. Wie fern mir das alles lag und mit wie viel Widerwillen ich zuhörte! Gleichzeitig überkam mich Panik, denn ich würde ja nun so schnell wie möglich all meine Wissenslücken auffüllen müssen, um wieder normal arbeiten zu können. Aber dazu fehlte mir jeglicher Antrieb. Meine berufsbedingte Neugierde war fast auf den Nullpunkt gesunken. Wie sollte ich das alles schaffen?

Neben dieser Angst, meiner grundsätzlichen Unsicherheit und dem Missbehagen, überhaupt wieder im Büro sein zu müssen, war ich einem ständigen Bombardement von Gedanken oder Gedankenfetzen ausgesetzt, sowohl während der Konferenz als auch in den darauffolgenden Arbeitsstunden. Ich hatte das Gefühl, verrückt zu werden. So viele Informationen musste ich verarbeiten, so viel Fremdes und Absonderliches bekam ich zu hören. Dabei galt es, akribisch aufzupassen, denn ich durfte ja nur auf das wirklich Gesprochene reagieren, niemals auf das, was ich über *die Stimme* wahrnahm. Den ganzen Tag lang versuchte ich, meinen Kollegen auszuweichen und sie auf Abstand zu halten, was aber in der Betriebsamkeit des Großraumbüros unserer Redaktion kaum möglich war.

Schon an diesem ersten Arbeitstag brach eine weitere Welt für mich zusammen. Ich hörte Gedanken von meinen beiden besten Kollegen, die mich fassungslos machten.

Isabelle und Lars kannte ich schon über zehn Jahre. Isabelle war eine unserer Redaktionssekretärinnen, und Lars arbeitete wie ich als Redakteur. Zwischen uns bestand, zumindest war ich bis zu jenem ersten Arbeitstag nach meinem Unfall davon ausgegangen, ein enges Vertrauensverhältnis. Ich hätte für beide meine Hand ins Feuer gelegt. Weder Lars noch Isabelle hatten mich in den vielen gemeinsamen Jahren je enttäuscht. So manchen beruflichen Kampf hatten wir Seite an Seite ausgetragen und uns auch oft über Privates unterhalten. Wie das unter vertrauten Arbeitskollegen eben so üblich ist.

Außerhalb des Dienstes allerdings waren wir immer eigene Wege gegangen. Das hatte ich auch nie bedauert. Und ich war sicher, Lars und Isabelle hatten es ebenso empfunden.

Als ich kurz nach halb neun die Redaktion betrat, saß Lars bereits an seinem Schreibtisch. Ich ging lächelnd auf ihn zu, und auch er lächelte, aber noch ehe einer von uns etwas sagen konnte, meldete sich *die Stimme*:

Schöne Scheiße. Jetzt muss ich mit Isabelle wieder Theater spielen, und er hängt uns auf der Pelle. Waren gute Wochen ohne ihn.

Das war ein Schlag ins Gesicht. So dachte Lars? Und was meinte er mit »Theater spielen«?

»Mensch, Junge, prima siehst du aus«, sagte er und umarmte mich, so wie Männer sich umarmen – als ginge es darum, einer ansteckenden Krankheit auszuweichen. »Wir haben dich hier vermisst, aber sensationell, wie du das alles überstanden hast!«

»Ich freue mich auch, wieder hier zu sein«, log ich. »Was gibt's denn so Neues?«

In diesem Moment kam ein anderer Kollege in den Raum und rief mir ein paar freundliche Worte zu, auf die ich allerdings nichts erwidern konnte, da ich zu sehr von *der Stimme* abgelenkt war.

Ich hab jetzt keinen Bock auf Smalltalk. Ich muss mich mit dem Artikel beeilen, sonst schaff ich es nicht.

»Ach, nichts Weltbewegendes. Der Chef hatte einen Blechschaden mit seinem Benz, die Kantine bietet jetzt auch Bio-Essen an, und Isabelle hat eine kleine Gehaltserhöhung bekommen«, sagte Lars.

»Wie geht es Isabelle?«

Sie fickt wie eine Sau.

»Wie bitte?«, rutschte es mir heraus.

Aber ich fing mich sofort wieder und sagte: »Wie bitte hat sie das denn geschafft, dem Alten eine Gehaltserhöhung abzuringen?«

»Keine Ahnung. Ich war nicht dabei. Aber vermutlich hat sie ihn um den Finger gewickelt, du kennst ja unsere Bella. Und entsprechend gut ist sie drauf. Sie kommt heute übrigens etwas später, muss ihren Liebsten mal wieder zum Flughafen bringen.«

Isabelle war seit fünfzehn Jahren verheiratet. Mit Martin, einem Ingenieur, der für eine große Hilfsorganisation arbeitete und immer wieder zu längeren Auslandseinsätzen abberufen wurde. Lars hingegen lebte allein, hatte aber schon seit längerem eine feste Freundin, Karoline, die ihn manchmal von der Arbeit abholte.

Ich rang um Fassung. »Sie fickt wie eine Sau«, hatte Lars soeben über Isabelle gedacht. Das konnte ich nicht glauben. Die beiden hatten ein Verhältnis? Aber nie war mir auch nur das Geringste aufgefallen. Wie lange lief die Sache schon? Wir hatten in den vergangenen Jahren so gut wie jede Pause miteinander verbracht und unsere Köpfe tausendmal zusammengesteckt. Ich war vollkommen ahnungslos gewesen. Warum hatten sie mich nicht eingeweiht? Aus Angst vor Verrat? Aus Scham? Ich fühlte mich hintergangen und war gekränkt. Was sie mir wohl alles vorgegaukelt hatten? Wie viele heimliche Blicke waren an mir vorbeigegangen? Wie oft hatten sie mich vielleicht sogar als Alibi missbraucht? Ein Dritter im Bunde war ja die perfekte Tarnung.

Und überhaupt, wie mochten sie hinter meinem Rücken über mich gesprochen haben?

Als Isabelle in die Redaktion kam, war unsere Konferenz gerade zu Ende. Wir begegneten uns auf dem Flur. Ich wollte zur Toilette, sie stürmte aus dem Fahrstuhl und sah mich sofort.

Oje!

»Arne, mein Lieber! Ich habe schon gehört, dass du heute wieder da bist. Lass dich umarmen. Wie schön, dich zu sehen.«

Sie umarmte mich sehr herzlich.

»Was meinst du, wie sehr wir dich hier alle vermisst haben, besonders natürlich Lars und ich. Die Mittagspausen ohne dich haben einfach keinen Spaß gemacht!«

Sie rieb mir den Rücken, so wie Frauen das bei Umarmungen häufig tun. Was sie damit zum Ausdruck bringen wollen, ist mir schleierhaft. Ich käme nie auf die Idee, jemandem während einer innigen Umarmung den Rücken zu massieren.

Ich hätt ihn doch mal im Krankenhaus besuchen sollen, oder zu Hause.

»Du hast eine neue Frisur«, sagte ich, nachdem ich mich diskret aus der Umklammerung befreit hatte.

»Ja, Martin meinte, nach so vielen Jahren blond und lang

wäre jetzt mal braun und kurz angesagt. Ich war mir nicht sicher und habe eine Weile überlegt, bis mein Friseur mir dann diesen Schnitt vorschlug. Martin ist hellauf begeistert.«

Er hat abgenommen und guckt so komisch. Er wird von mir enttäuscht sein. Ja, ich hätte zumindest mal anrufen können.

»Du kannst dir gar nicht vorstellen, Arne, was hier los war. Ich bin zu nichts gekommen. Und dann ist Martin auch noch krank geworden,

Gut, dass mir das gerade einfällt.

nichts Schlimmes, Magen-Darm, da musste ich ihn umsorgen und hatte große Angst, andere auch noch anzustecken.«

Eine Notlüge halt.

»Ich hoffe, er ist jetzt wieder fit!«
   »Ja, bestens. Ich habe ihn gerade zum Flieger gebracht. Er muss für drei Monate nach Sri Lanka. Dann habe ich wieder sturmfreie Bude.« Und jetzt lachte Isabelle so lauthals, als hätte sie gerade einen ziemlich guten und deftigen Witz erzählt.
   Ihr Lachen aber wurde übertönt von *der Stimme:*

Wenn du wüsstest. Und wenn du ahnen würdest, was alleine in deiner Anwesenheit schon alles passiert ist.

Ich lachte mit und sagte: »Sturmfreie Bude? Na, da habe ich bei dir aber keinerlei Bedenken. Und Martin wird es ebenso gehen.«

Martin ist zu blöd, sich so was vorzustellen.

»Ja, du hast wie immer Recht, Arne«, prustete sie heraus. »Und sollte ich mich je noch einmal verlieben, dann in eine Frau, aber das wird erst im nächsten Leben passieren. Ihr Kerle seid mir zu anstrengend, und Martin ist eh der Beste für mich.«

Ich lächelte, nickte und legte es geradezu darauf an, eine kurze Gesprächspause entstehen zu lassen. Ich wollte noch mehr von ihrem wahren Ich hören. Wie ein Gaffer am Unfallort stand ich vor Isabelle und wartete gebannt ab.

Ich nahm eine seltsame Farbmelange wahr, die ich später als Unsicherheit zu deuten vermochte.

Warum sagt er nichts? Alle haben doch behauptet, sein Kopf ist wieder völlig in Ordnung. Aber vielleicht stimmt das nicht. Irgendwie sieht er dämlich aus, wie er so dasteht. Er ist und bleibt ein Langweiler. Wie Anna es mit dem aushält? Aber die scheint ja nicht anders zu sein. Zwei Scheintote halt ...

»Wie geht's denn Anna?«, fragte sie dann in sehr freundlichem Ton.

»Danke, recht gut! Sie lässt übrigens schön grüßen.«

Stimmt im Leben nicht.

»Das ist nett! Bist du denn wieder rundherum fit?«

Ich machte erneut eine kurze Pause und räusperte mich, bevor ich antwortete.

Wo ist denn Lars? Kann ihn gar nicht sehen. Hoffentlich hat er heute sein sexy Hemd für mich angezogen. Wenn ich seine Brusthaare durch den Stoff sehe ...

»Ja, mir geht's bestens. Ich fühle mich kerngesund und sehr erholt!«

Na super, erholt fühl ich mich nicht.

»Das freut mich! Komm, wir gucken mal, wo Lars ist. Hast du ihn schon gesehen?«
»Ja, klar!«
Wir gingen zusammen in unser Großraumbüro, wo sich Lars und Isabelle kollegial begrüßten.

Das erste Gespräch mit meinem Chef, Herrn Großbogenbelt, verlief ebenfalls ernüchternd, um nicht zu sagen schockierend. Ich hatte schon immer ein angespanntes Verhältnis zu ihm gehabt, kein feindseliges, aber ich war stets auf der Hut gewesen. Ich traute ihm nicht über den Weg. Zu oft hatte er mich und auch andere Kollegen belogen oder uns im Regen stehen lassen. Sein Wort war nicht einen Cent wert. Erst nach einem heftigen Streit, etwa fünf Jahre vor meinem Unfall, waren die Machtverhältnisse zwischen uns geklärt worden. Und das bedeutete, dass er mich zwar in Ruhe ließ, alle interessanten Aufgaben aber an andere vergab. Interviews mit hochrangigen Politikern zum Beispiel, Auslandsreisen oder Korrespondentenvertretungen in Paris, Washington, London oder Moskau. Hatte mich dies anfangs noch sehr geärgert, so arrangierte ich mich schnell damit und war froh, meine Ruhe zu haben. Die Spannungen und Streitereien hatten mir doch sehr zugesetzt.

Er war ein kleiner, gedrungener Mann, Mitte fünfzig, mit Halbglatze und Bierbauch. Niemand kam gern in seine unmittelbare Nähe, da aus seinem Mund seit Jahren schon ein ranzig-fauler Geruch quoll. Wobei das Wort Geruch eigentlich viel zu harmlos ist. Der Kerl stank aus dem Maul, als würde dort eine Ratte verwesen. Es war unerträglich. Ich fragte mich immer, wie seine Frau das aushalten konnte. Ob sie ihn noch küsste? Gar ihre Zunge in seinen Mund schob? Und welche bestialische Ausdünstung mochte diese Kloake wohl am Morgen direkt nach dem Aufwachen haben? Ich wollte es mir gar nicht vorstellen.

Großbogenbelt hatte sich direkt neben mich an meinen Schreibtisch gesetzt. Zu meinem Entsetzen hustete er ein paarmal, ohne sich die Hand vor den Mund zu halten, und sofort war ich umwölkt von einem jaucheartigen Nebel.

»Also, Herr Stahl, da sind Sie ja wieder. Ich hoffe, dass Sie wieder ganz hergestellt sind!«

»Es ging mir nie besser.«

Warst ja auch lang genug weg.

»Ist schon eine verrückte Sache, die Ihnen da passiert ist, kommt bestimmt nicht oft vor.«

Und während ich antwortete: »Es gibt immer wieder Überlebende nach einem Blitztreffer«, hörte ich schon *die Stimme:*

Ja, dein Glück, mein Dreck. Hätte es dich erwischt, hätte ich jetzt eine freie Stelle, die ich mit einem Neuen besetzen könnte – und dich wäre ich ein für alle Mal los gewesen.

»Durchaus«, sagte Großbogenbelt, »aber ich habe noch nie einen kennengelernt.« Er lachte linkisch und zog an seinen Hemdmanschetten. »Hatten Sie denn Schmerzen, als Sie getroffen wurden?«

Ich muss gleich zum Alten hoch. Wieder neue Einbrüche bei den Auflagezahlen. Er wird mich fertigmachen.

»Nein, Schmerzen nicht. Es ging alles sehr schnell, und dann bin ich im Krankenhaus aufgewacht.«

Es entstand eine Gesprächslücke. Ich schaute ihm in die Augen, und nur wenige Sekunden konnte er meinem Blick standhalten. »Ähm ... ja«, stammelte er, »vielleicht können wir aus Ihrem Fall eine Geschichte machen.«

Mein Arsch tut mir weh. Diese Scheiß-Hämorrhoiden. Die ganze Unterhose war vorhin voller Blut.

»Wie stellen Sie sich das vor?«
»Na ja, ein Kollege aus der Wissenschaft könnte Sie interviewen, oder Sie schreiben einen Artikel für die Panorama-Seite über Ihren Fall.«

Dann hab ich ihn erst mal beschäftigt.

»Nein, ich möchte nicht gerne über mich selbst schreiben ... und ein Interview? Ja, wenn wir meinen Namen ändern. Ich will aus dieser Geschichte kein Kapital schlagen.«

Ich fass es nicht, kaum hier, und schon wieder beginnen die Zickereien. Du Piss-Schwarte!

»Nun, ich würde das nicht ›Kapital daraus schlagen‹ nennen, mein Gott«, erwiderte er etwas gereizt, »aber darüber sollten wir nochmal reden. Könnten Sie sich heute dann erst mal um die Haushaltsdebatte des Bundestags kümmern?«

Großbogenbelt nannte mich also in Gedanken Piss-Schwarte. Und er hätte nichts dagegen gehabt, wenn ich durch meinen Unfall zum Pflegefall geworden wäre oder wenn ich gar mein Leben verloren hätte.

Obwohl mir dieser Mann alles andere als nahestand, er mir sogar äußerst unsympathisch war, so taten mir seine Gedanken doch sehr weh. Ich konnte mich nicht dagegen wehren. Natürlich war mir immer klar gewesen, dass er schlecht über mich dachte – das tat ich ja auch über ihn. Dass er mir aber in seinem Inneren Leid und Tod an den Hals wünschte, um seines eigenen Vorteils willen – damit hätte ich nicht gerechnet. Vielleicht hatte ich es manchmal geahnt, aber nicht wirklich geglaubt. Es dann unverhohlen zu hören, klar und deutlich, war sehr bitter.

Und ich sah die Bilder vor mir: meine Beerdigung, anwesend sind alle Kollegen, auch Großbogenbelt, wie er mit Trauermiene eine Schaufel Erde in mein offenes Grab wirft, dabei an seinen blutenden Hintern oder sonst was denkt, vielleicht für ein paar Augenblicke ernsthaft ergriffen ist, jedoch nicht wegen meines Schicksals, sondern aufgrund der kurzfristigen Einsicht, dass auch er irgendwann einmal in so einem Erdloch wird liegen müssen, dann Anna kondoliert und die verlogenen Floskeln wie geölt aus seinem stinkenden Maul quellen ...

Ich hatte noch nie jemandem den Tod gewünscht. Darüber war ich froh – und das sollte auch so bleiben. Aber es fiel mir eine andere Person ein, die genau das getan hatte. Es war der Mann mit Hornbrille gewesen, im Zug, auf meiner Fahrt ins Café Walldorf. Er hatte seinem Chef Hodenkrebs gewünscht. Wie schrecklich. Wahrscheinlich war die Welt voll von derartigen Flüchen. Ich hatte nie eingehend darüber nachgedacht.

»Hallo! Hallo! Wo sind Sie denn mit Ihren Gedanken? Ich habe Sie etwas gefragt«, hörte ich Großbogenbelt aus der Ferne sagen.

»Oh, entschuldigen Sie, so ein besonderer Fall bin ich nun auch nicht. Jährlich werden – ich weiß nicht wie viele Menschen vom Blitz getroffen und ...«

»Ja, ja, schon gut. Die Sache hatten wir bereits abgehakt. Also kümmern Sie sich um die Haushaltsdebatte?«

Herrgott! Kotzt mich deine Visage an! Und die seh ich jetzt wieder jeden Tag.

»Ich werde mich dransetzen«, antwortete ich.

»Gut.« Er stand auf und wollte sich schon von mir abwenden. Genau in dem Moment aber kam ein anderer Kollege an meinen Schreibtisch, um mich zu begrüßen. Da hielt Großbogenbelt in seiner Bewegung kurz inne – und sagte noch zu mir:

»Wir freuen uns, dass Sie wieder bei uns sind!«

Nun dachte *ich*: Herrgott! Kotzt mich deine Visage an!

Ich quälte mich durch die Stunden. Und wusste nicht, wo mir der Kopf stand. Mit größtem Widerwillen versuchte ich mich in das mir zugefallene Thema einzuarbeiten, aber meine Gedanken schweiften immer wieder ab. Ich hatte Angst. Mir wurde plötzlich bewusst, dass ich ganz allein war. Ohne eine Liebe, ohne einen Freund, ohne eine vertraute Person. Da tauchten aus den Tiefen der Erinnerung meine Eltern auf. Freundlich lächelnd schauten sie mich an. »Junge, wir würden dir jetzt so gerne beistehen und helfen«, sagte meine Mutter. »Aber das können wir leider nicht«, seufzte mein Vater, »wir dürfen ja nicht in eure Welt eingreifen, du musst es alleine schaffen.« »Das werde ich auch«, flüsterte ich ihnen in Gedanken beschwichtigend zu. Schon seit achtzehn Jahren waren sie tot. Die Tragik ihres frühen Sterbens hatte ich nie wirklich überwunden. Ihr kleiner Opel Kadett war auf der Autobahn an einem Stauende von einem Dreißigtonner überrollt worden. Anschließend hatten mehrere Autos Feuer gefangen, und im Grab meiner Eltern lag vermutlich ein Gemisch aus verbranntem Gummi, Plastik, Tiermehlasche (denn mit Tiermehl war der Lkw beladen gewesen), Menschenasche und Knochenresten. Zwölf Personen waren bei dem Inferno ums Leben gekommen. Eine Identifizierung der Leichen und eine Zuordnung der Überreste waren nicht mehr möglich gewesen. Also hatte man an der Unfallstelle wohl einfach alles zusammengekehrt und auf zwölf Särge verteilt. Ich war nach der Beerdigung nie wieder auf den Friedhof gegangen. Die Gedenkstätte an meine Eltern befand sich in meinem Kopf, nicht dort, wo man einen Haufen Sondermüll vergraben hatte.

Während ich auf die neuesten Meldungen der Nachrichtenagenturen starrte, schoss mir eine Frage durch den Kopf:
 Gibt es mehr Lüge auf der Welt denn Ehrlichkeit?
 Ich wunderte mich, dass ich mir diese Frage früher nie gestellt hatte. Die dunklen Seiten des Menschen waren mir durchaus bewusst gewesen, das brachte allein schon mein Beruf als politischer Journalist mit sich, aber im Grunde hatte ich doch immer an die Stärke und Dominanz des Guten geglaubt. Dieser Glaube aber war nun erheblich ins Wanken geraten. Obwohl ich noch gar nicht so viele fremde Gedanken gehört hatte. Jene allerdings, die mir zu Ohren gekommen waren, hatten es in sich gehabt.

Vielleicht verliert man als Gedankenleser über kurz oder lang den Verstand? Auch darüber dachte ich nach. Weil das Gehirn überfordert ist. Weil böse fremde Gedanken wie Viren das eigene Denken verseuchen. Weil man keine Hoffnung mehr hat. Oder die Einsamkeit nicht mehr erträgt.

Würde ich je wieder jemanden lieben können?

Wie sollte das möglich sein?

Ich müsste einen umfassend aufrichtigen und guten Menschen finden. Das wäre die Grundvoraussetzung. Jede verborgene charakterliche Unvollkommenheit würde ich ja sofort erkennen und davon abgestoßen sein. Zudem müsste ich für diese Person auch noch Großes empfinden können. Und sie für mich. Zwei weitere Prämissen. Doch danach, wie ginge es weiter? Anna hatte ich noch fast ohne Skrupel in die Seele geschaut und sie heimlich belauscht, aber einer neuen, mir in tiefer Ehrlichkeit verbundenen Person würde ich so etwas nicht antun wollen. Darüber war ich mir im Klaren. Um allerdings das Reine in jemandem erkennen zu können, müsste ich mich zunächst ja doch meiner »Gabe« bedienen. Und überhaupt: Wie sollte ich neben dem geliebten Menschen leben? Wenn ich auch nicht gezielt in ihn hineinhorchte, meine Fähigkeit zwang mich doch geradezu zur Indiskretion. Es sei denn, ich würde stets auf Abstand bleiben. Schwer vorstellbar in einer Liebesbeziehung.

Mir wurde ganz schwindelig zumute.

Ist unser Gehirn überhaupt konzipiert für die reine Wahrheit?

Zum ersten Mal seit dem Tod meiner Eltern trat plötzlich Gott wieder auf den Plan. Hatte ich ihn damals beschimpft und dafür verflucht, uns ein solches Unglück angetan zu haben, so hätte ich jetzt sehr gern ein paar Worte mit ihm gewechselt und seine Meinung erfahren. Steckt hinter der

»Gabe« ein Sinn? Ist sie eine Prüfung? Oder gar eine Bestrafung? Wie könnte man sich ihrer entledigen? Und vor allem: Was soll ich jetzt tun?

Lichtung. Manche meinen, Lechts und Rinks kann man nicht velwechsern. Werch ein Illtum!

Ich erschrak und fühlte mich wie herausgerissen aus einer Trance. Was war denn das? Werch ein Illtum? Ich war mir ganz sicher, dass *die Stimme* das gerade gesagt hatte. Langsam und überdeutlich artikuliert.

Ich blickte von meinem Schreibtisch auf, aber weder vor noch neben mir stand oder saß jemand.

Ludwig liebte Lottes Lüsternheit. Lockender Locken Liebenswürdigkeit. Lotte liebte Ludwig leichtberitten. Ludwigs Lagerstättes Latten litten. Lottes lebensfrohe Liebeslust lädierte leider Ludwigs Lattenrost. Lottes liebster Ludwig lachte lediglich. Lädierte Latten? Lamentieren? Lächerlich. Liebkoste lieber Lottes Leberflecken. Liebte lückenloses Lendenlecken. Lothar leimte Ludwigs Lattenrost lattenweise. Lotte leckte lieber Ludwigs Latte leise.

Beliebte *die Stimme* mit mir zu scherzen? Oder wollte Gott mir auf diese Weise kryptisch etwas mitteilen? Ich wusste nicht, wie mir geschah. Da kam ich endlich auf die Idee, mich einmal umzuschauen. Und genau hinter mir stand, den Rücken mir zugewandt, unser Volontär Sebastian. Er schien träumend aus dem Fenster zu blicken.

In Hamburg lebten zwei Ameisen, die wollten nach Australien reisen. Bei Altona auf der Chaussee, da taten ihnen die Beine weh. Und da verzichteten sie weise denn auf den letzten Teil der Reise.

Er zitierte in Gedanken Gedichte!

Ja, das war es.

Ich hatte ihn schon seit langem für einen komischen Kauz gehalten, jedoch durchaus Sympathie für ihn empfunden. Witterte ich bei ihm doch eine gewisse Seelenverwandtschaft. Obwohl wir uns nie privat unterhalten hatten. Meine Ahnungen beruhten lediglich auf Beobachtungen. Er wirkte immer etwas gelangweilt, dabei sehr verschlossen, und hatte in meiner Anwesenheit noch nie eine besondere Leidenschaft für die Welt der Politik gezeigt. Er schrieb zwar ordentliche Artikel, aber von ehrgeizigem Engagement keine Spur. Er hatte sich sogar einmal mit Großbogenbelt angelegt. Ungewöhnlich und sehr mutig für einen Volontär.

Er mochte also Verse. Das gefiel mir. Nach meiner trüben Grübelei zuvor wäre ich nun einem Gespräch mit ihm nicht abgeneigt gewesen. Nur, wie sollte ich es beginnen? Er schien sich für mich nicht zu interessieren, und ich hatte ihn bislang auch links liegengelassen. Ich überlegte kurz, gab mir dann aber einen Ruck und fing etwas unbeholfen an:

»Wie lange werden Sie eigentlich noch bei uns sein, Sebastian?«

Er drehte sich um und schaute mich überrascht und etwas misstrauisch an.

Warum fragt er mich das?

»Noch zwei Monate.«

»Ist Ihr Volontariat dann beendet – oder müssen Sie noch in eine andere Abteilung?«

Warum interessiert er sich dafür?

»Nein, meine Zeit ist dann rum, und danach fahre ich erst mal für ein halbes Jahr nach Australien.«

»Tolles Land. Ich war auch schon einige Male dort.«

»Würden Sie dort leben wollen?«

»Ja, das könnte ich mir durchaus vorstellen. Oder in Skandinavien«, antwortete ich, ohne auch nur eine Sekunde darüber nachzudenken.

Aber du lebst hier und bist seit Jahr und Tag fest angestellter Redakteur. Alles stinknormal. Wie kann man das bloß aushalten?

Seine in Gedanken formulierte Frage traf mich, und ich hatte das Gefühl, etwas zu erröten.

Warum wird er rot? Hat er mich belogen?

»Welche ist für Sie die schönste Gegend in Skandinavien?«

Mal sehen, ob er spontan antworten kann.

»Die Lyngenalpen in Nordnorwegen und der Inari-See in Finnisch-Lappland.«

Okay! Überzeugt.

»Waren Sie auch schon in Skandinavien?«, fragte ich ihn.

»Ja, öfter, mein Vater ist Norweger.«

Jetzt sag bitte nicht: Wie interessant!

Genau das wollte ich gerade tun, schluckte meine Worte jedoch schnell hinunter und fragte: »Mögen Sie Literatur?«

Hallo! Was ist denn das für ein merkwürdiges Gespräch hier? So kenn ich den ja gar nicht. Ah ... die persönlichkeitsverändernden Folgen eines Blitzes ... spooky ...

»Ja, ich mag Literatur«, antwortete Sebastian sarkastisch, »so wie ich Fleischwurst und Frauen mag.«
    »Ich mag Goethe lieber als Fleischwurst.«

He, he. Gut gekontert.

»Und ich Ernst Jandl lieber als Goethe«, gab er sofort zurück.
    »Jandl? Ist das nicht dieser Gaga-dada-Dichter?«

Sehr witzig, du Gaga-Redakteur.

»Er war ein experimenteller Lyriker. Schon mal was von *Laut und Luise* oder *Hosi und Anna* gehört?«
    »Nein.«

Dachte ich mir.

»Na ja, auch egal. Wie ist das so, vom Blitz getroffen zu werden?«
    »Banaler, als man es sich vorstellt.«

Man könnte trotzdem ein paar gute Verse drüber machen. Kenne nix dergleichen.

»Sind Sie ins Koma gefallen?«
    »Ja.«

Nicht schlecht. Überschrift für den Reim vielleicht: Gottes elektrischer Piss-Strahl. Oder so ähnlich.

»Warum wollen Sie Journalist werden?«, fragte ich ihn.

Oh, Mann! Was soll denn das nun wieder? Und was antworte ich jetzt? Irgend so einen Senf von »Die vierte Gewalt im Staate«, Aufklärung der Menschen, Kontrolle der Mächtigen oder so?

»Ich habe Spaß am Schreiben. Und was ich nach Australien machen werde, weiß ich noch nicht. Vielleicht bleibe ich auch dort.«

Ist eher unwahrscheinlich. Aber es klingt gut.

Ich verlor das Interesse an dieser merkwürdigen Unterhaltung und überlegte, wie ich sie beenden könnte.
»Ja, lassen Sie die Reise erst mal auf sich wirken. Sie werden dann schon die richtige Entscheidung treffen.«

Holla. Was für eine gelungene Plattitüde. Vielen Dank für das Gespräch.

Ich glaube, ich wurde wieder rot. Denn er hatte absolut Recht. Wie konnte ich so etwas Abgedroschenes von mir geben?
»Ich werde Ihnen mal eine Mail schreiben.«
Das würde er nie im Leben tun. Davon war ich überzeugt. Also machte er sich über mich lustig, oder auch er wollte dieses Gespräch so schnell wie möglich beenden.
Gedanken von ihm konnte ich nicht mehr wahrnehmen. Dafür zog ein Farbengemisch vor meinen inneren Augen auf, das ich damals noch nicht zu deuten wusste. Erst viel

später begriff ich, dass sich Sebastian, der Volontär, zu diesem Zeitpunkt in meiner Anwesenheit gelangweilt hatte.

»Ja, tun Sie das, ich würde mich sehr darüber freuen, und schicken Sie ein paar Fotos mit«, antwortete ich.

Und ärgerte mich ein weiteres Mal über mich selbst. Warum war es mir nicht gelungen, diese Unterhaltung mit einem aufrichtigen Satz zu beenden? »Ich wünsche Ihnen Glück«, zum Beispiel, das wäre so ein kurzer und ehrlicher Satz gewesen. Stattdessen schwadronierte ich etwas über Fotos, die mich ja doch nicht interessierten, denn ich kannte die Landschaften Australiens nun wirklich gut. Wie oft in meinen siebenundvierzig Lebensjahren hatte ich wohl schon ähnlichen Wörtermüll von mir gegeben? Ich wollte gar nicht darüber nachdenken.

»Ich muss dann jetzt mal los, zu einem Termin«, sagte Sebastian, und ohne eine Antwort von mir abzuwarten, war er auch schon verschwunden.

Die Mittagspause nahte, und ich überlegte, wie ich mich verhalten sollte. Denn Lars und Isabelle würden bestimmt bald zu mir kommen und vorschlagen, gemeinsam in die Kantine zu gehen. Da war ich mir ganz sicher. Sie würden vor mir den Schein wahren wollen – und gleichzeitig konnten sie mich ja nun wieder hervorragend als Tarnung für ihre geheime Affäre missbrauchen. Ich sah schon ihre verlogenen Gesichter vor mir, ihre gespielte Freude, ihr aufgesetztes Interesse und stellte mir all die Erbärmlichkeiten vor, die ich dabei von *der Stimme* zu hören bekommen würde. Ekelhaft. Nein, mit den beiden wollte ich meine Mittagspause nicht verbringen.

Ich räumte kurzerhand meine Unterlagen zusammen, stand auf und ging, ohne lange darüber nachzudenken, zu Helga. Sie war die dienstälteste Sekretärin in unserer Redaktion, einundsechzig Jahre alt, und ich hatte sie immer recht sympathisch gefunden. Ihr resolutes und patentes Auftreten war genau nach meinem Geschmack. Zudem hatte ich das Gefühl, dass auch sie mich mochte oder zumindest respektierte. So arbeiteten wir seit vielen Jahren zusammen, reibungslos, freundlich im Umgang und ohne jegliche Spannungen. Es hatte sich aber nie ein engeres kollegiales Verhältnis zwischen uns entwickelt. Warum, kann ich nicht sagen. Und nun stand ich neben Helgas Schreibtisch, schaute zunächst auf ihre kurzen, hennarot gefärbten Haare, dann in ihre stark geschminkten Augen und fragte sie, ob sie Lust hätte, mit mir zum Chinesen zu gehen.

Der Chinese galt unter uns Kollegen in Sachen Mittagstisch als attraktive Alternative zur verlagseigenen Kantine.

Sie wirkte völlig überrascht, zögerte kurz und sagte dann: »Na, das ist aber mal eine gute Idee, Arne! Gerne! Mir knurrt auch schon der Magen.«

Bedauerlicherweise aber, daran hatte ich nicht gedacht, gab es beim Chinesen nur ziemlich kleine und schmale Tische. War das Lokal gut besucht, herrschte dort immer eine drangvolle Enge. Zwar bekamen Helga und ich einen Vierertisch für uns allein, aber die Distanz zwischen ihrer und meiner Stirn mag gerade einmal fünfzig bis siebzig Zentimeter betragen haben. Was das bedeutete, muss ich nicht erklären.

Während des kleinen Fußmarsches zu unserem Ziel hörte ich weder Gedanken von Helga, noch nahm ich irgendwelche Gefühlsregungen von ihr wahr. Wir redeten so schnell und viel, dass *die Stimme* wohl keine Chance hatte. Sie fragte nach dem Ablauf meines Unfalls, kommentierte vieles, erzählte von einem Starkstromschlag, den einer ihrer Neffen erlitten hatte und an dem er fast gestorben wäre, sie gratulierte mir zu meinem Glück, so gut davongekommen zu sein, erkundigte sich nach den Zuständen im St. Katharinen Hospital, denn vor Jahren war auch sie einmal dort behandelt worden, und ich fragte nach einigen Kollegen, der Stimmung in der Redaktion, wir kamen auf das vergangene Sommerfest zu sprechen, das ich versäumt hatte, darauf, wie der Big Boss, so nannte sie immer unseren Verlagsleiter, von einem besoffenen Azubi ausgebuht worden war – und schon standen wir im Chinarestaurant und nahmen an unserem Tisch Platz.

Das harmlose Geplauder hatte mir gutgetan. Ich unterhielt mich entspannt mit einer Person, hörte nur deren reale Stimme und konnte sofort, ohne von den Informationen aus ihrem Inneren abgelenkt zu sein, auf sie reagieren. Für kurze Zeit war alles so wie früher gewesen.
    Auf den Boden der neuen Tatsachen aber wurde ich zurückgestoßen, als wir uns gerade gesetzt hatten und schweigend die Speisekarte studierten.

Glutamat. Hier ist bestimmt überall Glutamat drin. Igitt. Das kann ich nicht essen. Und die Hühner? Bestimmt aus Massentierhaltung. Die armen Geschöpfe. Pfui Teufel! Hätte vorschlagen sollen, dass wir woanders hingehen. Immer dasselbe. Ich will freundlich sein und mach dann Sachen, die mir gegen den Strich gehen. Ich trau diesen Chinesen überhaupt nicht über den Weg. Wer garantiert mir, dass sie keine Katzen braten? Na ja, dann nehm ich eben was Vegetarisches. Aber auch da ist Glutamat drin. Ich will nicht zunehmen. Nicht ein Gramm. Die Diät vorigen Monat war anstrengend genug.

»Hast du schon was gefunden?«, fragte sie interessiert und sehr freundlich.

»Noch nicht. Vielleicht nehme ich Ente.«
»Ich bin mir noch unsicher.«

Ente. Das war immer Rainers Lieblingsessen. Zehn Jahre sind wir jetzt schon auseinander. Ich werd die gebratenen Nudeln nehmen.

»Also, ich nehm nun doch die gebratenen Nudeln«, sagte ich mit einem innerlichen Grinsen.
»Das gibt's doch nicht, genau dasselbe habe ich auch gerade gedacht, ist ja lustig.«
Wir gaben die Bestellungen auf und stießen mit unserem alkoholfreien Bier an, das inzwischen serviert worden war. Es entstand eine kleine Gesprächspause.

Ich muss heut unbedingt noch zum Friseur. Hoffentlich schaffe ich das auch. Werd dann schon um halb fünf gehen.

»Wie war denn eigentlich euer letzter Urlaub? Hat es dir in Neuseeland gefallen?«, fragte Helga.
»Schon, aber der Flug dorthin war einfach zu lang. Das Land allerdings ist ein Traum. Fast ein kleines Paradies. Wir waren mit dem Wohnmobil unterwegs ...«
Und während ich ein wenig von unserer Route und den Reiseeindrücken erzählte – Helga schaute mir dabei fest in die Augen – vernahm ich *die Stimme*:

Wenn ich es schaff, jeden Monat zweihundert Euro zu sparen, kann ich mir im Frühjahr die neue Couch kaufen. Ich werde den Alcantara-Bezug nehmen. Der ist gut abwaschbar.

»Tja, Neuseeland würde mich auch mal interessieren. Aber es gibt ja so viele Flecken auf dieser Erde, die ich noch nicht

gesehen habe und die sicher wunderschön sind«, sagte Helga mit einem kleinen Seufzer.
»Wo hast du denn deinen letzten Urlaub verbracht?«

Daran will ich gar nicht zurückdenken.

»In Spanien. Ungefähr fünfzig Kilometer westlich von Málaga. Eine tolle Gegend. Ich war mit einer Freundin dort ...

Diesem Biest.

... wir haben uns ein Auto gemietet und sind dann viel rumgefahren.«
»Ja, ohne Auto ist man zu sehr an einen Ort gefesselt und sieht kaum was.«

Ich werd die Nudeln nur zur Hälfte essen. So spar ich jede Menge Kalorien.

»Da hast du Recht. Aber zu Hause ist es ja auch schön. Was macht denn euer neues Haus? Ist jetzt alles fertig?«
Ich putze mir kurz die Nase.

Oh, was für ein ungewöhnlicher Ring.

Helga blickte auf meine rechte Hand.
Der Ring fiel ihr erst jetzt auf? Wir kannten uns nun schon so viele Jahre, und ich hatte ihn immer getragen. Am Mittelfinger. Es war ein breiter Silberring mit eingravierten germanischen Runen. Meinen Ehering übrigens habe ich nur am Tag unserer Hochzeit getragen. Später nie wieder. Im Gegensatz zu Anna. Noch bei unserem Treffen im Biergarten hatte sie ihn am Finger gehabt.

»Es ist so weit alles in Ordnung«, antwortete ich, »aber es hat viel Arbeit gemacht und uns noch mehr Zeit gekostet.«

»Und wahrscheinlich Geld.«

»Ja, natürlich viel mehr, als wir veranschlagt hatten. Aber jetzt ...«

Ich überlegte kurz, ob ich Helga von den radikalen Veränderungen in meinem Privatleben erzählen sollte, entschied mich aber dagegen.

»... jetzt sind die wichtigsten Arbeiten alle getan.«

»Na, das ist doch super. Dann könnt ihr ja nun die Frage ›Wohnst du noch oder lebst du schon?‹ ganz eindeutig beantworten.«

Helga lachte eine Nuance zu laut und zu lange über ihren eigenen Witz. Ich bemühte mich um ein Lächeln und dachte über diesen albernen Werbeslogan eines Möbelhauses nach. Für mich bedeutete *leben* nun endlich nicht mehr, in der wohldekorierten und kuscheligen Atmosphäre einer Wohnung oder eines Hauses meine Zeit zu verbringen.

Er hat einen merkwürdigen Gesichtsausdruck.

»Unsere Helga ist immer für einen Scherz gut«, sagte ich. »Aber erzähl mal ein bisschen von dir und deinen Plänen. Von Lars weiß ich, dass du überlegst, nächstes Jahr in den Vorruhestand zu gehen. Hast du das wirklich vor?«

Genau darüber will ich jetzt überhaupt nicht reden.

»Ja, ich denke ernsthaft darüber nach. Aber ob ich ganz ohne diesen verrückten Haufen im Büro auskommen kann, weiß ich nicht. Andererseits ist es jetzt vielleicht auch bald genug. Man wird ja nicht jünger.«

»Hast du Pläne, was du dann mit deiner freien Zeit so alles anfangen willst?«

Helga nahm einen Schluck Bier.

Ich mag nicht über dieses Thema sprechen. Ich mag nicht.

»Ach, das wird sich dann schon finden. Ich habe ja so viele Hobbys.«

Hoffentlich kommt das Essen bald.

»Was sind das für Hobbys?«

»Ich male doch so leidenschaftlich gerne, weißt du das nicht? Ich hatte doch sogar schon mal eine Ausstellung bei uns in der Kantine.«

Findet er bestimmt blöd. Und gleich wird er das Gegenteil sagen.

»Klar, ich erinnere mich. Ist aber sicher schon ein paar Jahre her. Da waren sehr nette Sachen dabei. Du hast wirklich Talent.«

Das meinte ich in der Tat nicht ehrlich. Aber sollte ich ihr sagen, der ganze Kram hätte mich angeödet? Nein. Warum? Sie wäre verletzt gewesen – und das wollte ich nicht. Sie hatte Spaß am Malen. Nur das zählte. Warum sollte ich mich als Kritiker aufspielen?

»Vielen Dank für die Blumen«, sagte sie.

Ich muss heute unbedingt noch den Brief an den Bundestagsabgeordneten rausschicken, sonst tobt Großbogenbelt.

Mich ermüdete diese quälende Konversation, an der ja auch Helga ganz offensichtlich keinerlei Spaß oder Interesse hatte. Was aber sollte ich tun?

»Na, Arne, du wirkst aber sehr abwesend. Ist bestimmt der Schock, uns alle wiedergesehen zu haben.« Helga lachte etwas bemüht. »Der erste Tag im Büro ist ja nie besonders schön. Aber das gibt sich, glaub mir. Morgen sieht die Welt schon ganz anders aus.«

Ob er vorhin mit Großbogenbelt Streit hatte? Oh, das ist aber eine schicke Brille. Genauso eine könnte ich mir für mich auch vorstellen.

Helga schaute auffällig zur Eingangstür. Und auch ich wandte meinen Blick dorthin. Ein Paar war gerade eingetreten. Die Frau Anfang vierzig, elegant gekleidet, und auf der Nase trug sie eine Designer-Brille.

In diesem Moment kamen endlich unsere gebratenen Nudeln.

Wir saßen noch über eine Dreiviertelstunde beim Chinesen. Was mindestens gefühlten fünf Stunden entsprach. Nach langem Hin und Her entschied sich Helga nämlich für einen Nachtisch. Was mich wunderte, da sie doch unbedingt auf die Kalorien achten wollte. *Ach, einmal ist keinmal,* hörte ich sie in Gedanken sagen. Und so wurden meine Qualen wegen einer matschigen, von Honig überzogenen Banane ins schier Endlose hinausgezögert. Ich war gleichermaßen gelangweilt, angestrengt und wütend. Es kostete mich immense Kraft, die banale Unterhaltung fortzuführen. Mir fiel einfach nichts mehr ein, was ich noch hätte sagen oder fragen können. Zudem war ich zornig auf mich selbst. Was für eine sinnlose Verschwendung von Lebenszeit! Und ich trug dafür die Verantwortung. Zum einen, weil ich mir die Suppe selbst eingebrockt hatte, und zum anderen, weil ich nicht Manns genug war, irgendetwas zu unternehmen. Ich hätte unseren Restaurantbesuch unter einem fadenscheinigen Vorwand abbrechen können. Das wäre zwar nicht höflich gewesen, aber allemal besser, als dort sitzen zu bleiben. Oder ich hätte mich der banalen Konversation auch einfach verweigern können. Wer weiß, was geschehen wäre, wenn ich nichts mehr gesagt hätte. Stattdessen quasselte ich mit Helga fast um die Wette, nur um den Schein zu wahren.

Einmal versuchte ich, dem Gespräch doch noch eine radikale Wendung zu geben. An zugegebenermaßen unpassender Stelle (denn es gab keine passende Stelle) fragte ich sie, wie sie vor drei Jahren den plötzlichen Tod ihrer Mutter verarbeitet habe. Sie schaute mich überrascht an, denn eigentlich war diese Frage für unser Verhältnis zu persönlich. Aber dann sagte sie: »Es war sehr schwer, die ersten Monate habe ich abends immer geweint und bin jeden Tag zum Friedhof gegangen. Erst nach einem halben Jahr fing ich an zu begreifen, dass sie nicht mehr da ist.«

Ich nickte und wollte gerade nachfragen, wie alt denn die Mutter geworden sei, da hörte ich sie denken:

Hätt ich mir damals bloß nicht den teuren Sarg aufschwatzen lassen. Überhaupt, die Beerdigungskosten. Ein Vermögen. Unglaublich. Könnte mich immer noch darüber schwarzärgern. Ich hätt nur einen größeren Grabstein nehmen sollen. Der jetzt sieht aus wie ein Arme-Leute-Stein. Macht doch gar nix her. Die ganze Verwandtschaft hat schon drüber hergezogen.

Danach hatte ich kein Interesse mehr, mich mit Helga über ihre Trauer und ihre tote Mutter zu unterhalten.

Die anderen Themen, die wir während des Essens noch

anschnitten, sind nicht der Rede wert. Als wir endlich fertig waren und der Kellner die Rechnung brachte, dachte Helga:

Ich werd mein Portemonnaie jetzt mal stecken lassen. Nein, ich werd so tun, als fände ich es nicht sofort. So kann ich ein paar Sekunden herausschinden. Dann muss er zahlen.

Und genau so sollte es dann auch kommen. Erst als ich einige Scheine aus meiner Hosentasche gezogen hatte, tat sie so, als hätte sie ihre Geldbörse gefunden. Ich gab dem Kellner das Geld und sagte zu Helga: »Du bist eingeladen.« Darauf sie: »Ach, das wäre aber nicht nötig gewesen, vielen Dank.« Und die Sache war erledigt.

Wieder in der Redaktion, zog ich mich in eine durch mannshohe Trennwände geschützte Ecke unseres Großraumbüros zurück und versuchte mich weiter mit meinem Thema Haushaltsdebatte zu beschäftigen. Die Kollegen ließen mich allesamt in Ruhe. Ich glaube, sie wollten mich schonen und mir Zeit lassen, mich wieder in den Alltag einzufinden. Wäre ich nach einer Blinddarmoperation oder einer profanen Grippe ins Berufsleben zurückgekehrt – ich bin sicher, man hätte sofort wieder vollen Einsatz von mir verlangt. So aber begegneten sie mir mit einem gewissen Respekt. Denn vom Blitz getroffen worden zu sein war nichts Alltägliches, hatte für einige vielleicht sogar etwas Unheimliches. Zumal ich offensichtlich etwas wesensverändert wirkte. Mir sollte das alles nur recht sein. Sogar Lars und Isabelle verhielten sich eher distanziert. Was aber sicher an meiner Mittagsverabredung mit Helga lag. Diesen Wink mit dem Zaunpfahl hatten sie verstanden. Denn unter normalen Umständen wäre ein gemeinsames Mittagessen mit den beiden an meinem ersten Arbeitstag ein absolutes Muss gewesen. Was sie nun genau über mich dachten, weiß ich nicht, da ich ihnen ebenfalls aus dem Weg ging. Nur einmal machte Isabelle eine Andeutung. Sie lugte hinter meine Trennwand und sagte: »Na, so kennen wir dich ja gar nicht. Sitzt hier ganz zurückgezogen in der Ecke. Hast wohl keine Lust auf uns alle? Aber das gibt sich hoffentlich in den nächsten Tagen.«

»Ich muss viel nacharbeiten und mich einlesen«, antwortete ich. »Hier habe ich noch am ehesten Ruhe.«

Während des Nachmittags schaute ich immer und immer wieder auf die Uhr. Was mich sehr erschreckte. Das hatte ich seit Jahrzehnten nicht mehr getan. Ich wollte, dass die Stunden so schnell wie möglich vergingen. Ich sehnte den Feierabend herbei, also meine Freiheit.

Genau wie damals, als ich in den Semesterferien am Fließband einer Autofabrik gearbeitet hatte. Das waren furchtbare Wochen gewesen. Ich hatte nur eins im Sinn: die Zeit.

Tausendmal stierte ich während meiner Schicht auf die Uhrzeiger, in der Hoffnung, so das Verstreichen der Stunden, Minuten und Sekunden beschleunigen zu können. Was die Sache natürlich noch viel schlimmer machte. War dann endlich Feierabend, trottete ich missmutig nach Hause. Und statt dass ich die freie Zeit genossen hätte, plagte mich die Angst vor dem nächsten Tag, den es ja auch wieder so schnell wie möglich zu vernichten galt. War es erlaubt, so zu leben?

Mein Thema bekam ich Gott sei Dank einigermaßen in den Griff, was mich etwas entspannte. Nicht auszudenken, hätte ich vor Großbogenbelt und den anderen Kollegen eingestehen müssen, dass ich trotz stundenlanger Recherche keinen Schritt vorangekommen war.

Als ich am späten Nachmittag eine Weile am Kopierer zu tun hatte, war plötzlich *die Stimme* wieder da. Ein paar Stunden hatte ich ihr aus dem Weg gehen können, was mir gut bekommen war. Nun aber verlangte sie mir meine ganze Aufmerksamkeit ab.

Überall ist der Tod.

Hörte ich zunächst. Und dann zog ein überwältigendes Grün durch mein Inneres. Irgendjemand in meiner Nähe war also in trauriger Stimmung. Ich drehte mich um und sah Karl-Heinz. Er galt als der große Außenseiter in unserem Team. Ende fünfzig, verschlossen, immer distanziert, und niemand wusste Genaueres über ihn und sein Leben. Er erledigte seine Arbeit, war ein durchschnittlicher Schreiber, kam pünktlich und ging pünktlich. Ich hatte mit ihm in all unseren gemeinsamen Kollegenjahren noch nie ein längeres Gespräch geführt. Was schon erstaunlich war, da wir damals fast zeitgleich in unserem Verlag angefangen hatten. Ich mochte ihn einfach nicht, und er war mir fremd. Ich muss gestehen, dass ich ihn sogar für einen schlechten Menschen hielt. Was ein ungerechtes Urteil war, denn er hatte sich mir oder, soweit ich das beurteilen konnte, den anderen gegenüber kein einziges Mal übel verhalten. Er war nur verschroben und eigentlich immer unfreundlich.

Nun stand er schräg hinter mir, wartete offensichtlich darauf, dass ich mit dem Kopieren fertig würde, und blickte dabei ausdruckslos in unser Großraumbüro.

Überall ist der Tod.

Hörte ich erneut.

Jeder hier im Raum wird in hundert Jahren zerstört sein. Verfault. Verbrannt. Ausgelöscht. Auch ich. In Anbetracht des Todes

ist alles sinnlos. Es gibt keine Hoffnung. Der letzte Herzschlag wird mich ins Nichts reißen. Warum überhaupt leben, wenn es doch so endet? Warum sich mühen? Überall Dunkelheit. Am liebsten würde ich nur schlafen. Ich hab Angst vor den Menschen. Vor ihren Blicken. Warum bring ich mich nicht um? Niemand würde mich vermissen. Niemand.
Ich war nichts. Bin nichts. Werde nichts sein.

Mir lief ein Schauder über den Rücken. Mit einer schnellen Kopfdrehung wandte ich mich zu Karl-Heinz und schaute ihn wohl entsetzt oder auch fragend an, ich weiß es nicht. Er erwiderte sofort meinen Blick und deutete meine Mimik vermutlich dahingehend, dass ich mich von ihm bei meiner Kopierarbeit gehetzt oder bedrängt fühlte. So sagte er trocken und ernst: »Na gut, dann komme ich eben später wieder.« Und weg war er.

Die wenigen Gedanken meines Kollegen Karl-Heinz machten mir deutlich, dass ich ihm wohl all die Jahre Unrecht getan hatte. Er war ein deprimierter und einsamer Mensch. Vielleicht litt er sogar an einer seelischen Erkrankung. Soweit man das Verzweifeln an der Welt und dem Leben immer unbedingt als seelische Erkrankung einordnen muss.

Um siebzehn Uhr dreißig war mein erster Arbeitstag zu Ende. Ich packte schnell meine Sachen zusammen, nahm meine Tasche, und mit einem hastigen Tschüss-dann-bis-morgen verabschiedete ich mich von den anderen. Als sich die Haupteingangstür unseres Verlagshauses hinter mir schloss, atmete ich auf. Sofort war mir leichter zumute. Kein Mensch in meiner Nähe und einen freien Abend vor mir. Ich setzte mich in mein Auto und fuhr los.

An diesem Tag fing ich mit dem Cruisen an. Also dem ziel- und eigentlich auch sinnlosen langsamen Umherfahren durch die Stadt oder übers Land. Früher hatte ich so etwas nie getan. Es wäre mir absurd vorgekommen, und mein ökologisches Gewissen hätte es niemals zugelassen. Aber darum scherte ich mich nun nicht mehr. Ich genoss es, über die Straßen zu gleiten, hörte dabei Frank Sinatra oder Johnny Cash und ließ meinen Gedanken freien Lauf.

12

Nach ungefähr vier Wochen lagen meine Nerven blank.

Jeder Arbeitstag wurde qualvoller als der vorhergegangene.

Zwar schaffte ich es so eben noch, einigermaßen akzeptable Artikel zu schreiben, aber der Widerwille gegen meinen Alltag war kaum mehr auszuhalten.

Ich hasste es schon, jeden Morgen um die gleiche Zeit in unserer Redaktionskonferenz zu sitzen. Überhaupt – diese Konferenz. Ich schaute in die trüben, müden oder von Ehrgeiz zerfurchten Gesichter meiner Kollegen, hörte dabei die entlarvenden Gedanken der direkt neben mir Sitzenden und konnte es nicht glauben, dass erwachsene Menschen, die um den Tod, das Leid, die Liebe, den Frühling und das Schöne wussten, mit einer derartigen Ernsthaftigkeit über im Grunde belanglose Dinge sprachen. Ja, sie stritten sogar und ereiferten sich heftig.

Mir war es egal, ob ein Artikel nun auf Seite zwei oder auf Seite drei platziert wurde. Mir war es egal, wer welche Meinung auf der Kommentarseite pointiert oder weniger pointiert zum Besten gegeben hatte. Und mir war es egal, ob unsere Zeitung nun ein neues Layout bekäme – oder eben auch nicht. Einfacher und ehrlicher könnte ich auch sagen: Mir war einfach alles egal. Hatte ich vor meinem Unfall schon eine große Distanz zu den Hauptinhalten meiner Arbeit, also den politischen und gesellschaftlichen Themen, empfunden, so war jetzt aus der Distanz eine Abkehr geworden. Ich hörte die Kollegen über die aktuelle Wirtschaftskrise diskutieren, über Koalitionsgedankenspiele einer Oppositionspartei, über Äußerungen eines Staatssekretärs zu den Auslandseinsätzen der Bundeswehr, über den bevorstehenden Besuch des amerikanischen Präsidenten in Deutschland und so weiter und so weiter ... Und ich? Ich saß da und wusste, dass all dies mit mir nichts mehr zu tun hatte. Sollten sich andere damit beschäftigen. Zumal in mir die Überzeugung gewachsen war, dass achtzig bis neunzig Prozent der täglich über uns hereinbrechenden Informationsflut ohnehin keine Bedeutung hatten. Man konnte gut leben, ohne von diesen Nachrichten zu wissen. Es fehlte einem nichts. Diese Erfahrung hatte ich oft genug gemacht, wenn ich mit Anna auf längeren Reisen in fernen Ländern gewesen war. Ab und zu hörten wir dann die Nachrichten der BBC – und das reichte. So viele Jahre hatte mir diese Erkenntnis nicht zu denken gegeben. Ich nahm sie einfach hin und ließ mich nach der Rückkehr von einer Reise manchmal binnen Stunden wieder von den vermeintlichen Wichtigkeiten des Alltags aufsaugen. Vielleicht wäre das Wort »auffressen« noch treffender gewählt. In den letzten zwei, vielleicht drei Jahren allerdings hatte sich in mir etwas verändert. Ich konnte es nicht genau benennen, ich spürte nur am Ende meines Urlaubs immer häufiger ein Unbehagen, wenn ich an die vor mir liegende Arbeit dachte. Früher hatte ich mich immer darauf gefreut, wieder loslegen und mich einbringen zu können. Diese Freude war mir abhandengekommen. Jetzt erschienen mir die Erinnerungen an meinen Elan, meine Motivation und auch an meinen journalistischen Ehrgeiz wie eine exotische Fiktion. Derjenige, der einst so gedacht und empfunden hatte, war ein anderer Mensch gewesen.

So, wie ich die allmorgendliche Konferenz verabscheute, so verabscheute ich auch die stets gleiche Struktur der Tage. Ich schrieb zwar täglich neue Artikel und beschäftigte mich mit anderen Themen, eigentlich aber war alles immer dasselbe. Um drei Minuten vor sieben klingelte der Wecker, und ich stand auf, um sieben hörte ich die Nachrichten. Währenddessen putzte ich mir die Zähne und rasierte mich. Dann ging ich unter die Dusche, zog mich an, und gegen sieben Uhr fünfundvierzig frühstückte ich im eher trostlos anmutenden Speiseraum meines Hotels. Oft saß ich dort allein. Ich aß immer das Gleiche: zwei Brötchen, eins belegt mit geschmacklosem, kaltem Goudakäse, das andere bestrichen mit, ich nenne es mal so, Industriemarmelade. Denn egal ob Kirsche, Erdbeere oder Johannisbeere auf den kleinen Döschen stand, es schmeckte alles gleich. Dazu trank ich zwei Tassen schwarzen Kaffee und ein Glas Orangensaft. Danach ging ich kurz zurück auf mein Zimmer, um mir ein zweites Mal die Zähne zu putzen, und fuhr anschließend in die Redaktion.

Punkt neun trafen sich alle am Konferenztisch. Die Arbeit wurde verteilt. Danach telefonierte man, recherchierte, las aufmerksam die Agenturmeldungen und schrieb drauflos. Die Mittagspause fand zwischen halb eins und halb zwei statt. Bis zum Feierabend meistens Hektik und Stress. Alles musste fertig werden. Und in der Regel saß ich kurz nach halb sechs in meinem Auto.

Früher hatte mir der immer gleiche Tagesablauf nichts ausgemacht. Im Gegenteil. Jahrelang war er fester Bestandteil meines Lebens gewesen, und ich hätte nicht darauf verzichten wollen. Er war auch allzu praktisch. Denn auf diese Weise konnte ich die Verantwortung für meine Zeit aus der Hand geben. Nur in den ersten Wochen meiner Anstellung als Redakteur hatte mir die feste Tagesstruktur etwas zu schaffen gemacht. Ich war das ungebundene Leben als Student und freiberuflicher Journalist gewohnt gewesen, und dann plötzlich, von heute auf morgen, musste ich jeden Tag zur selben Zeit am selben Ort sein. Mit der Aussicht, dass sich daran in den nächsten Jahrzehnten bis zur Rente nichts mehr verändern würde. Bei diesem Gedanken fuhr mir damals ein Stich durchs Herz, den ich aber so schnell wie möglich zu vergessen suchte. Was auch gut gelang, denn die Gewissheit, ab sofort ein festes Gehalt in der Tasche zu haben, samt all den damit verbundenen Vorzügen und Annehmlichkeiten, war zu verführerisch und entsprach meinem eher vorsichtigen Naturell.

Jetzt aber, nach so vielen Jahren und nach all dem, was geschehen war, spürte ich den Stich wieder – und er war bohrender denn je.

Die Mittagspausen verbrachte ich fast immer allein. Sehr zum Erstaunen meiner Kollegen. Das kannten sie von mir nicht, und niemand, außer Karl-Heinz, verhielt sich so. Mit Lars und Isabelle war ich anfangs noch zwei- oder dreimal in die Kantine gegangen. Danach nicht mehr. Ich fand es unerträglich. Ihre Gedanken prasselten auf mich ein, und *ich* schämte mich für ihre Unaufrichtigkeiten. Es lag ihnen nur daran, mich als Tarnung zu benutzen, sie interessierten sich überhaupt nicht für mich. Ihre Worte heuchelten zwar Neugierde, mit ihren Gedanken aber waren sie ganz woanders. Und besonders Lars, was ich nie für möglich gehalten hätte, dachte schlecht und herablassend über mich. Bei unserem letzten gemeinsamen Mittagessen, Isabelle war gerade zur Toilette gegangen, hörte ich aus seinem Kopf:

Was bist du doch für eine öde Nummer. Deiner Alten treu bis ins Grab. Moralinsauer, wenn es darum geht, mal ein paar Falsch-

meldungen zu platzieren, was unserer Auflage sehr guttäte. Und ich könnte schwören, du hast den Sauhaufen hier noch kein einziges Mal mit Überstunden beschissen.

Der Einzige, zu dem ich Kontakt suchte, war Karl-Heinz. Damit aber hatte ich keinen Erfolg. Er war misstrauisch und konnte meine Initiative nicht verstehen. Er blockte ab. Vielleicht war er nach all den Jahren der Einsamkeit gar nicht mehr fähig, sich auf einen anderen einzulassen. Vielleicht war er mittlerweile so in sich verkapselt, dass er das Interesse einer anderen Person an ihm, dem Außenseiter, dem Eigenbrötler, nicht mehr als solches zu erkennen vermochte.

Die restlichen Kollegen bedeuteten mir nichts mehr. Ihre Gedanken hatten mich enttäuscht, erschüttert oder angewidert.

So also waren die Menschen? Zumindest die, mit denen ich in den vergangenen Jahren die meiste Zeit des Tages verbracht hatte. Ich sah in niemandem ein gutes Herz. Was zu akzeptieren mir sehr schwerfiel. Weil es so traurig war. Einzig von Karl-Heinz hörte ich immer wieder Gedankenfetzen, die mich anrührten. Er war ein ausgesprochen mitfühlender Mensch. Das wurde mir klar, als ich ihn einmal heimlich beobachtete und belauschte, während er eine ausgedruckte Agenturmeldung über einen Brand in einem Mehrfamilienhaus las. Acht Menschen, darunter drei Kinder und zwei Säuglinge, waren qualvoll verbrannt. Ein Kind hatte, so berichtete ein Nachbar, mit brennendem Kopf hinter den verschlossenen Scheiben eines Fensters gestanden und schweigend nach draußen gestiert.

Karl-Heinz wiederholte in Gedanken immer wieder:

Mit brennendem Kopf, mit brennendem Kopf ...

Er saß einfach da, bewegungslos über den Text gebeugt. Niemand achtete auf ihn. Und dann sah ich, wie Tränen aus seinen Augen quollen – und konnte es kaum glauben. Inmitten eines lauten Redaktionsbüros weinte ein Mann aus Mitleid. Ein Mann, der in seinem beruflichen Leben sicher schon Tausende vergleichbare Nachrichten auf den Tisch bekommen hatte.

Kein Kollege bemerkte, was sich gerade in Karl-Heinz abspielte – und er schien die Betriebsamkeit in unserer Redaktion vollkommen zu ignorieren. Als wäre er in einer anderen Welt. Und das war er sicher auch. Er ließ es dann aber nicht dazu kommen, dass die Tränen auf das Papier tropften. Mit den Fingern seiner rechten Hand wischte er sie schnell beiseite, griff zu einer vor ihm liegenden Zeitung und tat so, als würde er darin lesen. Aber er las gar nicht darin. *Die Stimme* war stumm. Dafür zog vor meinen inneren Augen ein roter Ozean auf. Die Farbe des Mitgefühls.

Von anderen Kollegen hatte ich ganz andere Sachen wahrnehmen müssen. Natürlich waren wir alle im Laufe der Jahre hartgesottener geworden. Ich selbst sicher auch. Und die meisten Tragödien, über die wir schrieben, erreichten nicht mehr unsere Seelen. Wir gingen professionell mit dem Leid um und bewahrten uns so die nötige Distanz. Wahrscheinlich wären wir sonst nicht fähig gewesen, unseren Beruf dauerhaft auszuüben. Dass sich der ein oder andere in Zynismus flüchtete, war nichts Ungewöhnliches. Ich hätte mir allerdings nie vorstellen können, wie viel Lebensverachtung sich oft dahinter verbarg.

Da war zum Beispiel Bert. Ende vierzig, Halbglatze mit fast schulterlangem Resthaar hinten und an den Seiten. Ich habe nie verstehen können, warum Männer ihren Kopf derartig verschandeln. Gibt es eine absurdere Herrenfrisur? Ich glaube nicht. Bert rauchte wie ein Schlot und war süchtig nach Cola. Ich hatte ihn nie besonders gemocht, zu bissig und spöttisch gab er sich. Das gefiel mir nicht. Zudem hatte ich ihn immer wieder bei kleinen Lügereien ertappt. Wer im Kleinen lügt, lügt auch im Großen, dachte ich mir, und deshalb war er mir im Laufe der Zeit immer unsympathischer geworden.

Als die gesamte Redaktion an einem Nachmittag zu einer Sonderkonferenz wegen eines schweren Zugunglücks zusammenkam, setzte sich Bert unmittelbar rechts neben mich. Der linke Stuhl blieb frei. Großbogenbelt referierte den aktuellen Stand der Dinge, ein anderer Kollege berichtete über ein Telefonat, das er kurz zuvor mit einem Augenzeugen geführt hatte. Offenbar war das Ausmaß des Unglücks viel größer als ursprünglich angenommen. Erschütternde Szenen sollten sich abgespielt haben. Zu diesem Zeitpunkt sprach man schon von dreizehn Toten und mindestens hundert Schwerverletzten.

Bert saß stumm neben mir. Kritzelte mit einem Bleistift Karomuster auf ein leeres DIN-A4-Blatt und wippte mit dem rechten Bein. Aus seinem Inneren *hörte* ich zunächst nichts, dafür nahm ich Braun über Braun wahr, was mich angesichts der Thematik unserer Konferenz sehr verwirrte. Sex? Bert hatte erotische Gefühlswallungen? Der Kollege sprach von zerrissenen Leibern, von durch Stahldraht geköpften Reisenden – und Bert war geil? Offenbar ja! Dann meldete sich *die Stimme:*

Mhmm, nachher geh ich zu Moni. Heut muss sie mich blutig schlagen. Mit der Gerte. Sie soll mir ins Gesicht pissen. Hoffentlich fesselt sie mich ans Bett. Ich werd die neue Ledermaske ausprobieren. Geil. Und dann brüllt sie mich an: Du dreckiger Bulle! Du dreckiger Ficker! Das Shit-Zugunglück. Dreizehn Tote.

Dreihundert wären besser. Aber so? Eine Nullachtfuffzehn-Nummer ist das. Wahrscheinlich muss ich den Mist auch noch schreiben und komm zu spät zu Moni. Scheiße.

Seine Gedanken widerten mich dermaßen an, dass ich aufstand und zur Toilette ging. Ich wusch mir die Hände, trank etwas Wasser und stellte mich für ein paar Minuten ans geöffnete Fenster. Als ich zurück an den Konferenztisch kam, setzte ich mich auf einen anderen noch freien Stuhl. Neben Marion: um die dreißig, seit einem Jahr bei uns angestellt, übergewichtig, strohblond gefärbte mittellange Haare, rot lackierte Fingernägel, dezentes Make-up, ehrgeizig. In Sitzungen leitete sie ihre Redebeiträge gern mit den Worten ein: »Nach meinem journalistischen Selbstverständnis ...«

Was mir immer äußerst albern erschien, auf Großbogenbelt aber Eindruck machte. Sie hatte, wie man so sagt, eine freche Schnauze und neigte, ebenso wie Bert, zu spöttischen und bissigen Bemerkungen. War dabei jedoch weitaus moderater und zurückgenommener als er. In ihrer Freizeit spielte sie Golf und ging, das hatte mir Isabelle einmal verraten, auf Ü-30-Single-Partys. Solange wir Marion kannten, war sie solo gewesen.

Gewundert hatte mich immer, dass sie sich mir gegenüber stets nett und zuvorkommend verhielt. Ich konnte es mir nicht erklären, denn mit Sicherheit entsprach ich nicht ihrer Idealvorstellung von einem engagierten Journalisten. Da sie mir aber relativ egal war, verschwendete ich keine großen Gedanken an diese Ungereimtheit.

Nun also saß ich neben Marion.

Oh, er setzt sich neben mich. Sein Rasierwasser, super, das riecht aber toll. Muss mich auf die Konferenz konzentrieren. Ich will den Kommentar schreiben. Wenn ich nicht aufpasse, schnappt ihn mir noch ein anderer weg. Gut, dass das Unglück heute passiert ist. Morgen hab ich frei, und die Sache wäre mir durch die Lappen gegangen. Mit so was kann man sich gut profilieren. Viele Tote und Verletzte. Sehr gut. Umso betroffener kann ich schreiben. Ob mein Schreibstil Arne beeindruckt? Oh, sein Oberschenkel hat mich berührt. Absichtlich?

Ich zuckte augenblicklich zurück.

Schade. War schön, ihn zu spüren. Seine Körperwärme. Ich könnt mir für den Kommentar ein paar Zitate von Angehörigen ausdenken. Das drückt immer gut auf die Tränendrüse. Wie süß sein Drei-Tage-Bart ist. Würde jetzt gern sein Gesicht streicheln. Muss morgen unbedingt mit Großbogenbelt essen gehen. Krieg das Arschloch schon noch rum. Ein paar Komplimente, ein bisschen Flirten, und dann hab ich die Urlaubsvertretung in London. London ist genial. Dieses lästige Zugunglück. Ich muss mich jetzt mal einbringen und was Schlaues von mir geben. Vor allem Lars plattquatschen, sonst kriegt der noch den Kommentar. Und mein süßer Arne sagt mal wieder gar nichts ...

Marion war also scharf auf mich. Nichts hatte ich früher davon mitbekommen. Im Nachhinein fielen mir dann durchaus einige Bemerkungen von ihr ein, die mich auf diese Fährte hätten bringen können. Sie aber entsprach so wenig meinem Frauentyp, dass mich solcherlei Signale überhaupt nicht erreichen konnten. Und ich muss gestehen, ihr Begehren war mir unangenehm, ja, ein wenig ekelte ich mich sogar davor. Deshalb zeigte ich Marion nach jenem Nachmittag die kalte Schulter und ging ihr aus dem Weg.

Es waren vor allem die großen Geheimnisse der Kollegen, die meine Meinung über sie formten, aber ebenso die vielen kleinen Gedankenfetzen, kurze Sätze, oftmals nur einzelne Worte, die ich immer wieder aufschnappte.

Ich kann nicht alles berichten. Vieles habe ich vergessen. Deshalb beschränke ich mich hier auf die Erinnerungen, die klar sind, die sich mir tief eingeprägt haben.

Unsere jüngste Sekretärin zum Beispiel, Corinna, vierundzwanzig Jahre alt, hager und durchaus hübsch, war anderen Frauen gegenüber voller Missgunst. Jedes weibliche Wesen, das unsere Redaktion betrat, scannte sie förmlich ab. Und je attraktiver die Frauen waren, desto boshafter wurden ihre gedanklichen Kommentare:

Große Titten, hohle Birne. Der Rock ist viel zu kurz. Schminke viel zu dick aufgetragen. Und wie sie mit ihrem Arsch wackelt, die Ziege. Kann die Kerle absolut nicht verstehen, die auf so eine Heißdüse reinfallen.

Von Jan-Maurice, einem unserer aufstrebenden Nachwuchsredakteure, bekam ich mit, dass er niemandem Lob oder Erfolg gönnte. Zwar war er immer und zu allen überaus freundlich, aber hinter dieser Maske wucherte der pure Neid. Als Lars einmal während einer Betriebsversammlung von unserem Verlagsleiter für eine Reportage ausdrücklich beglückwünscht wurde, saß ich neben Jan-Maurice.

Na großartig, dafür kriegt er Lob vom Alten. Ich hätt die Reportage viel besser geschrieben. Spannender, genauer, eindringlicher. Der Alte wird langsam senil. Und Lars kommt sich jetzt noch toller vor. Dieser Idiot. Wie er da sitzt und eingebildet grinst. Er kann nicht mal mit so einer Situation souverän umgehen.

Wenn auch zu diesem Zeitpunkt mein Verhältnis zu Lars bereits zerstört war, so ergriff ich innerlich doch Partei für ihn. Denn objektiv gesehen war seine Reportage wirklich gut. Daran gab es keinen Zweifel. Die Anerkennung des Verlagsleiters war durchaus gerechtfertigt. Und Lars hatte nicht eingebildet gelächelt, das wusste ich, dazu kannte ich ihn viel zu genau. Er war schlichtweg verlegen gewesen.

Am Ende der Versammlung ging Jan-Maurice gezielt auf Lars zu, klopfte ihm freundschaftlich auf die Schulter, gratulierte zu dem Erfolg und sagte mit ernstem Gesichtsausdruck: »Du hast es wirklich verdient.«

Außerdem war da Markus, einer der Verlagsfotografen, der auch in unserer Redaktion ein und aus ging. Ich hatte ihn stets recht nett gefunden. Wir hielten seit Jahren immer wieder mal ein Schwätzchen, und ich genoss dabei seine sensationell tiefe Stimme. Er hätte bestimmt eine große Karriere als Radio-Moderator oder Synchronsprecher machen können, aber seine Leidenschaft war seit jeher die Fotografie gewesen. Sein Bass klang manchmal so dröhnend, dass mir die Genitalien vibrierten. Ich glaube, alle Frauen im Verlag träumten davon, nur einmal im Leben morgens von einer solchen Stimme geweckt zu werden. Markus hatte pechschwarze kurze Haare, einen starken Bartwuchs, und sein Alterungsprozess schien bei etwa fünfunddreißig Jahren auf wundersame Weise gestoppt zu haben. Mittlerweile war er fünfzig, aber das sah man ihm nicht an. Während einer kleinen Plauderei mit ihm, ich war nach meinem Unfall gerade wieder eine knappe Woche im Dienst, erfuhr ich etwas Ungeahntes.

Wir sprachen über belanglose Dinge, über Fotos, über einen Kinofilm, über sein neues Auto, über das Wetter – und zwischendurch hörte ich immer wieder:

Ich mach es bald. Bald ...

Ich hatte Mühe, den entspannten Smalltalker zu mimen, denn innerlich war ich mit seinen Gedanken beschäftigt.

So wie der, so will ich niemals aussehen.

Dabei schaute er mich eindringlich an. Er meinte offensichtlich mich.

Diese Furchen auf der Stirn. Und diese Falten um die Augen herum.

Du lieber Himmel, ich war keine zwanzig mehr, das wusste ich selbst. Ich hatte aber keinerlei Probleme mit meinem Äußeren. Schon wollte ich das Gespräch beenden, weil ich mich gekränkt fühlte, aber dann siegte doch meine Neugierde. Ich wollte mehr hören.

Ich mach es bald. Wenn ich mir den anschaue, so weit darf es bei mir nicht kommen.

Wir sprachen über seinen Jeep.

Da kommt Karin, muss mich etwas zur Seite drehen. Im Profil sehe ich noch besser aus.

Ich erzählte von einem Testbericht, den ich in einer Zeitschrift für Geländewagen gelesen hatte.

Diesmal wird's schneller abheilen.

Karin rief zu uns herüber: »Hallo, ihr beiden!«

Ich erwiderte den Gruß, und Markus drehte sich mit den Worten um: »Ach hallo, Karin, schöne Frau, hatte dich gar nicht gesehen.«

Tolles Gefühl, die Weiber gucken immer nur mich an. Wirke neben Arne natürlich noch viel besser.

Konsterniert blickte ich in seine tiefblauen Augen – und mir fiel nichts mehr ein, was ich noch hätte sagen sollen.

Kein Mensch wird je erfahren, dass ich geliftet bin.

Das haute mich dann wahrlich um. Markus hatte sich also das Gesicht straffen lassen, vielleicht schon vor vielen Jahren, deshalb sah er so gut aus. Auf diese Idee wäre ich niemals gekommen.

Den ganzen Bürotag über freute ich mich auf das Cruisen.

Weiter machte mir in jenen Wochen überhaupt nichts Spaß.

Ich hatte keine Lust zu lesen, keine Lust auf Menschen und keine Lust, sonst irgendetwas zu unternehmen. Spätabends auf meinem Hotelzimmer zappte ich lustlos durch die TV-Kanäle, trank dabei ein paar Gläser Rotwein, und gegen Mitternacht fiel ich in einen fast immer zermürbenden Schlaf. Meine Träume hinterließen Angst, Beklommenheit und eine bis dahin nicht gekannte Anspannung. Dabei konnte ich mich nie konkret an das Traumgeschehen erinnern. Bis weit in den Tag hinein stand ich unter dem finsteren Eindruck, den die Nacht hinterlassen hatte.

Setzte ich mich nach der Arbeit in mein Auto, kam es mir so vor, als würde ich mich der Realität entziehen.

Schon das Schließen der Tür nach dem Einsteigen war eine Wohltat. Ich konnte zwar die Welt sehen, aber sie blieb draußen. Und dann startete ich den Motor, legte den Schalthebel meines Automatikgetriebes auf D, drückte die On-Taste des CD-Spielers und fuhr zum Beispiel bei Johnny Cashs »I Walk the Line« los.

In diesen Tagen und Wochen dachte ich während des Cruisens meistens über den Tod und die Vergänglichkeit nach.

So viel Zeit hatte ich nicht mehr. Die Hälfte meines Lebens lag bereits hinter mir. Vermutlich schon weitaus mehr. Das war eine traurige Erkenntnis. In dieser Deutlichkeit hatte ich mir das in den Jahren zuvor nicht vor Augen geführt.

Ganz früher war es mir sogar immer so vorgekommen, als würde die Endlichkeit mich persönlich nicht sonderlich tangieren. Zumindest nicht in absehbarer Zeit. Der eigene Tod erschien mir wie ein theoretisches Phänomen, nicht jedoch wie ein Faktum, das unabwendbar auf mich zukam. Je älter ich allerdings wurde, desto mehr veränderte sich diese Einschätzung. So kam es, dass der Tod bereits vor meinem Unfall zu einem bedeutenden Thema für mich geworden war. Nun allerdings hatte ich das Gefühl, der Sensenmann würde mir bereits im Nacken sitzen und nach mir züngeln. Zum ersten Mal in meinem Leben gelang es mir, wenn auch nur für wenige Sekunden, diesen Gedanken zu denken und zu begreifen:

Nach deinem Tod wirst du auf ewig nicht mehr sein.

Keine erbauliche Vorstellung. Sie weckte fast klaustrophobische Gefühle in mir, denn meine Zeit schrumpfte ja permanent, es wurde immer enger. Wie gern hätte ich einen Allah, einen Gott oder einen Jesus gehabt, der zu mir gesagt hätte:

»Alles kein Problem. Bei mir ist Zeit im Überfluss. Glaube einfach an mich und komm herüber. Hier ist es hell, warm und friedlich, hier gibt es nur noch Antworten, keine Fragen mehr.«

Aber leider hatte ich keinen Gott dieser Art. Ich musste allein mit meiner Sterblichkeit klarkommen. Und je mehr ich über sie nachdachte, desto größer wurde das Grauen. Ich hatte entsetzliche Angst. Sowohl vor dem Sterben als auch vor dem Tod selbst. Wie tröstlich mir bei all diesen Grübeleien die Stimme von Johnny Cash vorkam. Sie war das Gegenprogramm, die Aufforderung, das Leben zu umarmen, solange man es noch umarmen konnte. »I'm on Fire«, sang der gute Johnny, während ich über die Landstraßen am Rande unserer Stadt glitt.

Und immer wieder musste ich dabei an meine Eltern denken. So lange waren sie nun schon tot, und so viele Jahre hätten sie ihr Leben noch genießen können. Von einer Minute auf die andere war alles vorbei gewesen. Nur weil ein Idiot von Lkw-Fahrer in seinen tragbaren Fernseher geglotzt hatte, anstatt auf die Straße zu achten. Ich weiß noch, wie schier unbegreiflich die Vorstellung für mich war, sie niemals mehr wiedersehen zu können. Das wollte und konnte ich nicht glauben. Geliebte Menschen durften doch nicht einfach so verschwinden. Im Nachhinein bin ich sicher, dass ich die ersten Monate, vielleicht sogar das erste Jahr, nur deshalb weiterleben konnte, weil ich ihren Tod ignorierte. Ich verdrängte meine Trauer. Ich ließ keinen Gedanken zu, der mir ihr Ende erbarmungslos vor Augen geführt hätte. Stattdessen benebelte ich mich mit der Illusion, sie seien lediglich auf einer längeren Reise oder vielleicht zur Kur gefahren. Erst im zweiten Jahr nach ihrem Tod begann ich zu begreifen, dass ich meine geliebten Eltern für immer verloren hatte.

Nie werde ich den letzten Satz meiner Mutter vergessen.

Als hätte sie ihr baldiges Ende geahnt, sprach sie etwas aus, was ihr offensichtlich sehr am Herzen lag. Etwa zwei Stunden vor ihrem tödlichen Unfall hatte ich noch mit ihr telefoniert. Wir redeten über eine bevorstehende Familienfeier, über die überwundene Erkältung meines Vaters und über einige Belanglosigkeiten. Sie war etwas in Eile, und am Ende des Telefonats sagte sie völlig unvermittelt: »Weißt du, Junge, dein Vater und ich, wir sind richtig stolz auf dich.« Ich war irritiert und auch verlegen. So sehr, dass ich mich weder für das Kompliment bedankte noch nachfragte, warum sie es mir gerade zu diesem Zeitpunkt machte. Es war nichts Außergewöhnliches passiert. Ich hatte keinen Preis erhalten, keinen herausragenden Artikel geschrieben oder sonst irgendetwas Bemerkenswertes getan. Ich war so perplex, dass ich nur noch erwiderte: »Na gut, ähm ... dann mal bis morgen – und grüß Papa!«

Soweit ich zurückdenken kann, hatte ich mir Geschwister gewünscht. Aber die Erfüllung dieses Wunsches war mir versagt geblieben. Was mir sehr zu schaffen machte. Eigentlich mein Leben lang. Ständig vermisste ich meinen imaginären Bruder oder meine imaginäre Schwester. Als meine Eltern dann ums Leben gekommen waren, wurde die Sehnsucht nach einem so engen Blutsverwandten größer denn je. Wie gern hätte ich mich damals an die Schulter meines Bruders oder meiner Schwester angelehnt und zusammen mit ihm oder ihr den Verlust der Eltern beweint. Ein auf zwei Seelen verteilter Schmerz wäre leichter zu ertragen gewesen. So aber lastete alles allein auf mir. Und Anna, später? Sie konnte mir nicht helfen, mich nicht trösten. Dabei gab sie sich alle Mühe, war herzlich und mitfühlend. Aber sie erreichte mich nicht. Im Gegenteil, zuweilen empfand ich ihre gut gemeinten Worte sogar als störend. Und wenn sie mich dabei auch noch streichelte, zärtlich über den Kopf oder über die

Wangen strich, hätte ich sie am liebsten weggestoßen. Die düsteren, weitläufigen Räume meiner Trauer durfte sie nicht betreten.

Manchmal fuhr ich nach der Arbeit drei bis vier Stunden lang durch die Gegend. Unterbrochen meist nur von einer kleinen Abendbrotpause an irgendeinem Imbiss. Es gab Johnny-Cash-Abende und Frank-Sinatra-Abende. Je nach Gefühlslage. War ich in einer melancholisch-sehnsuchtsvollen Stimmung, legte ich die Cash-CD ein, fühlte ich mich besonders einsam und traurig, entschied ich mich für Sinatra. Und so blieb es dann während der gesamten Cruising-Tour. Hinter- oder gar durcheinander hörte ich meine beiden singenden Titanen nie.

Einen knappen Kilometer von unserem Verlagshaus entfernt, allerdings noch an derselben Straße, lag der älteste Friedhof unserer Stadt. Jeden Abend fuhr ich an der langen, uralten Friedhofsmauer vorbei. Sie war vom Krieg verschont geblieben und weckte in mir geradezu märchenhafte Fantasien. Dahinter hätte sich durchaus ein verwunschenes Schloss oder eine mittelalterliche Burg verbergen können, so malerisch war sie anzusehen. Ich schätzte ihr Alter auf mindestens zweihundert Jahre. An einigen Stellen war sie mit wildem Efeu überwuchert, und längs der Innenseiten standen ausladende Bäume. Meist Linden und Buchen. Gräber konnte man von der Straße aus nicht sehen. Aber schon vor Jahren war mir ein Kupfertäfelchen mitten am Mauerwerk aufgefallen. Vielleicht dreißig mal dreißig Zentimeter, mit einer kleinen gravierten Inschrift. Fast verloren klebte es auf Augenhöhe an der Steinfläche. Eines Abends entschied ich mich, dem Geheimnis der kleinen Tafel auf den Grund zu gehen. Ich hielt genau davor an, stellte den Motor ab und stieg aus. In Sütterlinschrift, die ich noch von meinem Vater gelernt hatte, stand da zu lesen:

»Geh nicht vorüber ohne fromme Gebete! Du, bald der Unsrige.«

Vielleicht birgt die Endlichkeit ja auch eine große Chance, dachte ich, als ich wieder im Auto saß. Sie könnte ein Ansporn sein. Würde man unendlich lange leben, wäre alles egal. So aber ist jede Stunde, jede Minute wertvoll wie Gold. Aber dann übermannte mich doch wieder die Traurigkeit darüber, dass alles vergeht. Ich dachte an die vielen Toten auf dem Gottesacker. Ein jeder hatte gehofft, geliebt, gelitten ... Und wofür? Einzig für den Tod.

Ich dachte an die tränengetränkte Erde des Friedhofs. An die ungezählten Worte des Abschieds, die dort schon gesprochen oder gedacht worden waren. An die einsam Gestorbenen. An die in ihren Gräbern Vergessenen. An all die, die sich noch mitten im Leben wähnten, aber vielleicht schon morgen hinabgelassen würden in ihre Gruft.

Und ich dachte daran, dass selbst jede Erinnerung einmal sterben wird.

Es fing leicht zu regnen an, und ein dünner Nebel war aufgezogen. Die Welt draußen lag im Zwielicht, viel konnte ich nicht mehr von ihr sehen. Mit knapp vierzig Stundenkilometern rollte ich leise über eine schmale Waldstraße.

Plötzlich schoss mir ein Gedanke durch den Kopf, der alles überstrahlte:

Du lebst noch!

Welch ein Glück. Welch eine Gnade.

Aber dann lebe auch!

Genau in diesem Moment – im Himmel musste es einen guten Hollywood-Regisseur geben, der für mich zuständig war – dröhnten die ersten Takte von »New York, New York« aus den Boxen. Ich gab etwas mehr Gas, öffnete mein Fenster und ließ mir die kühle Abendluft um die Nase wehen.

Ich war sicher, Frank Sinatra hätte mich in meiner Selbstaufforderung zu leben so rigoros bestärkt, mir wäre gar keine andere Wahl geblieben.

Noch am selben Abend beschloss ich, aus meiner selbstgewählten Isolation herauszutreten. Seit so vielen Wochen hatte ich kein privates Wort mehr mit irgendjemandem gewechselt. So einsam war ich noch nie gewesen. Meine Arbeitskollegen hatte ich ja alle abgehakt, und sonst gab es niemanden mehr in meinem sozialen Umfeld. Also musste ich mich auf die Suche nach Menschen machen. Aber wie sollte ich das anstellen? Mich in eine Kneipe setzen und irgendjemanden anquatschen? Einem Sportverein beitreten? Im Internet in einer Single-Börse mitmischen? In meinem Alter gar noch zum Tanzen in eine Disco gehen? Nein, ich wollte ja keine neue Partnerin finden. Danach stand mir nicht der Sinn. Ich hatte lediglich Sehnsucht nach einem vertrauten Menschen. Und da fiel mir Moritz ein. Mein alter Freund Moritz. Über zwanzig Jahre waren wir befreundet gewesen, und nun hatte ich ihn bestimmt schon zehn Jahre nicht mehr gesehen. Schuld daran trug allein ich. Denn ich hatte mich damals nur noch für Anna und mein Eheleben interessiert. So war unsere Freundschaft versandet. Es hatte keinen Streit gegeben, es war nichts vorgefallen. Er hatte lediglich irgendwann mein Desinteresse gespürt und sich zurückgezogen.

Wie mochte es ihm gehen? Wo wohnte er? Wie lebte er? War er inzwischen verheiratet? Hatte er Kinder? Was machte er beruflich? War er glücklich? Hatte er ab und zu an mich gedacht? Oder war er böse auf mich?

Ich hätte es ihm nicht verdenken können.

Nach längerem Suchen fand ich in meinem PC seine alte Mobilnummer, und ich nahm mir vor, ihn am nächsten Tag anzurufen.

13

»Ja, bitte?«
　»Spreche ich mit Moritz?«
　»Ja, wer ist da?«
　»Arne!«
　»Arne?«
　»Ja!«
　»Arne Stahl?«
　»Ja! Ich hoffe, ich störe nicht.«

Die Nummer stimmte also noch, und ich hatte ihn tatsächlich an der Strippe. Ich war aufgeregt und unsicher. Was sagt man zu jemandem, dem man aus offenkundiger Gleichgültigkeit einst den Rücken zugekehrt hat? Ich rechnete mit allen möglichen Reaktionen. Zurückweisung. Zorn. Distanz. Hohn. Misstrauen. Am allerwenigsten jedoch mit Unvoreingenommenheit.

»Nein, du störst nicht. Wie geht es dir?«

Er sprach in einem Tonfall, als hätten wir erst letzte Woche miteinander telefoniert.

»Es ist viel passiert.«
　»Ja, bei mir auch.«
　»Wohnst du noch in deiner alten Wohnung?«
　»Inzwischen wieder, ja. Und ihr?«

»*Ihr* gibt es nicht mehr. Ich lebe zurzeit in einem kleinen Hotel.«
»In einem Hotel? Hast du dich von Anna getrennt?«
»Ja, wir werden uns scheiden lassen.«
»Oh, das hätte ich niemals gedacht.«

Es entstand eine kurze Gesprächspause.

»Hast du eine Freundin oder eine Frau?«, fragte ich ihn.
»Nein. Seit knapp zwei Jahren bin ich wieder alleine.«

Und wieder schwiegen wir. Diesmal jedoch länger.

»Moritz, es tut mir sehr leid, dass ich mich damals nicht mehr gemeldet habe. Vielleicht kann ich dir das alles einmal erklären. Weißt du, ich ...«
»Du brauchst nichts zu erklären. Die Sache ist Schnee von gestern. Hast du eine Neue?«
»Nein, ich muss mit der neuen Situation erst mal klarkommen.«
»Ja, verstehe.«
»Hast du am Wochenende schon was vor?«
»Samstag?«
»Ja, zum Beispiel.«
»Nein, ich hab nichts geplant.«
»Wollen wir uns treffen?«
»Können wir machen.«
»Soll ich bei dir vorbeikommen?«
»Von mir aus.«
»Bin so gegen acht da.«
»Okay!«

Bis zum Wochenende waren es noch drei Tage. Sie erschienen mir endlos. Die Arbeit quälte mich, und ich quälte mich durch die Arbeit. Ich versuchte, meinen Kollegen aus dem Weg zu gehen, und auch sie machten alle einen Bogen um mich. Was mir sehr entgegenkam. Ich war ihnen wohl zu fremd geworden, zu undurchschaubar.

Zweimal telefonierte ich in diesen Tagen mit Anna. Es fiel mir schwer, mit ihr zu sprechen. Nicht, weil ich traurig oder sentimental gewesen wäre, sondern weil es mir ungemein lästig war. Es ging um den Hausverkauf und um einige andere Fragen, die unsere Scheidung betrafen. Nichts davon interessierte mich. Allein Annas Stimme zu hören war mir schon unangenehm. Ich fühlte mich in eine Zeit und eine Rolle zurückversetzt, an die ich gar nicht mehr erinnert werden wollte. Aber unsere Trennung musste nun mal organisiert werden, also nahm ich mich zusammen und zwang mich dazu, sachlich und klar zu sein. Denn das war Anna auch. Wir hakten eine Frage nach der anderen ab, verteilten noch ein paar neue Aufgaben und waren uns in sämtlichen Verfahrensschritten einig. Wenn unser Haus bald einen Käufer finden würde, wäre in ein paar Wochen vielleicht alles erledigt. Während der Telefonate sprachen wir nie über Persönliches. Kein »Wie geht's dir?« oder »Was machst du so?« oder »Welche Pläne hast du?« – nichts! Ich wollte all das nicht von ihr wissen und sie wohl auch nicht von mir. Oder sie traute sich nicht, mir private Fragen zu stellen. Keine Ahnung. Ich meinerseits hatte nur ein Bestreben: Anna endgültig Vergangenheit werden zu lassen. Jeder Kontakt mit ihr schien mir widernatürlich. Für mich war sie tot.

Am Samstag musste ich noch bis mittags arbeiten.

Danach schlenderte ich ziellos durch die Stadt und aß eine Kleinigkeit bei einem Italiener. Wie sollte ich den restlichen

Nachmittag verbringen? Ich war aufgeregt und hatte Angst vor der Begegnung mit Moritz. Wie würde er sich verhalten? War er mir wirklich nicht böse? Ob wir an unsere alte Vertrautheit würden anknüpfen können? Oder waren wir einander gänzlich fremd geworden?

Eines aber durfte auf keinen Fall passieren: Ich wollte nicht einen seiner Gedanken hören. Ich wollte ganz normal mit ihm sprechen, so wie früher. Ich wollte alles daransetzen, ihm unter keinen Umständen zu nahe zu kommen.

Ich ging zurück zu meinem Auto und beschloss einen kleinen Ausflug zu machen, in ein Waldgebiet, etwa vierzig Kilometer von der Stadt entfernt. Dort wanderte ich bis zum frühen Abend umher und fuhr dann direkt zu Moritz.

Er hatte sich äußerlich stark verändert. Früher war er ein recht ansehnlicher Kerl gewesen. Groß gewachsen, blond, schlank, durchtrainiert, immer tadellos gepflegt. Nun erkannte ich ihn im ersten Moment fast nicht wieder. Als er seine Wohnungstür nach längerem Klingeln öffnete, fehlten mir die Worte. Ich stierte ihn an, in meinem Gehirn lief sekundenschnell ein Suchprogramm durch, und dann lächelte er ein wenig. Das war das Erkennungszeichen. Er hatte zwar immer sehr weiße, gesund aussehende Zähne gehabt, aber sie standen alle irgendwie seitlich schief. Ich glaube, man konnte höchstens zwei oder drei völlig normal gewachsene Zähne in seinem Lächeln entdecken, der Rest hätte begradigt werden müssen. Dies war unverwechselbar das Moritz-Gebiss. Der Rest jedoch wich stark von meinen Erinnerungen an ihn ab. Er hatte schätzungsweise vierzig Kilo zugelegt, wenn nicht mehr, die Haare waren ergraut, fettsträhnig und von mittlerer Länge. Ganz im Gegensatz zu früher. Damals hatte er seine strohblonden Haare kurz und nach oben gegelt getragen. Und dann waren da noch seine Augen. Ich hatte ihn immer darum beneidet, mit ihnen war er in unseren jungen Jahren der Schwarm aller Mädels gewesen. Rehbockbraun, groß, klar. Und nun? Glasig wirkten sie, matt und abwesend.

Nach ein paar Schweigesekunden, während derer ich nichts aus seinem Kopf wahrnehmen konnte, gaben wir uns schließlich die Hand, und er bat mich herein. Es war zwar seine alte Wohnung, aber alles dort erschien mir fremd. Kein vertrautes Möbelstück von früher, kein mir bekanntes Bild an der Wand, keine Gegenstände aus unserer gemeinsamen Vergangenheit. Dafür sah es überall ordentlich und etwas steril aus. Was mich wunderte, da Moritz immer ein chaotischer Typ gewesen war, mit nur marginal ausgeprägtem Ordnungssinn.

Er setzte sich auf einen Sessel, und ich nahm in gebührendem Abstand auf der Couch Platz.

Er bot mir Cognac an. Früher hatten wir uns unzählige Male mit Cognac betrunken, dabei Musik gehört, Videos geguckt, uns über Frauen unterhalten, manchmal gekifft oder auch ganz einfach nur herumgealbert.

Ich nahm gern ein Glas, weil ich hoffte, so meine Nervosität etwas in den Griff zu bekommen. Also tranken wir Cognac, wie in den alten Zeiten – und genau über diese begannen wir dann auch zu reden. Weißt du noch? Was macht der oder die? Ist ja verrückt, das hätte ich nie gedacht! Stell dir vor, die beiden haben geheiratet. Von dem habe ich nie wieder etwas gehört. Und so weiter. Dann kamen wir auf unsere Arbeit zu sprechen. Das heißt, er lobte, wie er sich ausdrückte, meine »Schreibe«. Er habe in letzter Zeit immer wieder Artikel von mir gelesen und sei stolz auf seinen alten Freund Arne. »Und du? Bist du immer noch bei Johnen?«, fragte ich. Johnen & Partner war das größte Architekturbüro unserer Stadt. Moritz hatte dort, ein oder zwei Jahre bevor unser Kontakt eingeschlafen war, eine Stelle als Bauingenieur angenommen.

»Nicht direkt«, antwortete er.

»Nicht direkt? Was heißt das?«

»Na ja, ich bin dort nicht mehr angestellt, aber ab und zu fragt man mich für einzelne Projekte an.«

»Und davon kannst du leben?«

»Eher weniger, aber ich komme schon über die Runden.«

»Warum suchst du dir keinen neuen festen Job?«

»Bin ja dabei, mal sehen, was daraus wird. Ist in meinem Alter aber nicht mehr so einfach ...«

Ich hatte den Eindruck, dass er nicht weiter über dieses Thema sprechen wollte. Was mich schon etwas wunderte, da wir früher immer offen und ausführlich über alle beruflichen Belange diskutiert hatten. Ebenso erstaunte mich seine Situation. Warum fand er keine Arbeit? Soweit ich mich erinnern konnte, galt er als Spezialist in seinem Fach, war stets ehrgeizig und erfolgreich gewesen. Aber nun gut, dachte ich, er wird seine Gründe haben, und wir redeten eine Weile über Belanglosigkeiten.

Nach dem dritten Glas Cognac fragte mich Moritz nach Anna.

Und ich berichtete.

Als ich erzählt hatte, was zu erzählen möglich war, fragte ich ihn: »Und bei dir? Damals warst du schwer verliebt. Was ist daraus geworden?«

»Eine ganze Menge. Ich war mit Birte sieben Jahre zusammen, und wir haben eine gemeinsame Tochter.«

»Oh, mein alter Freund ist Vater. Big Daddy Moritz! Gratulation! Und jetzt seid ihr getrennt?«

»Ja.«

»Warum?«

»Es ging einfach nicht mehr. Sie ist mir tierisch auf die Nerven gegangen. Es war anders als bei dir und Anna. Birte hat mich zugequatscht. Es verging kein Tag, an dem wir nicht über unsere Gefühle gesprochen haben. Sie fing immer wieder davon an. Außerdem hatte ich sexuell keinen Bock mehr auf sie.«

»Warum?«

»Die Luft war raus. Das wirst du doch wohl am besten verstehen. Außerdem hatte sie bis zum Schluss eine Angewohnheit, die mir auch noch den letzten Rest Leidenschaft geraubt hat.«

»Eine Angewohnheit?«

»Ja, eigentlich kann man es gar nicht erzählen. Ich weiß auch nicht, wie ich das all die Jahre ausgehalten habe. Wahrscheinlich wäre jeder andere Kerl schon nach ein paar Wochen abgehauen ...«

Es entstand eine kleine Gesprächspause. Moritz füllte erneut unsere Gläser, ging zum Schrank und holte aus einer Schublade eine Schachtel Zigaretten.

»Du rauchst auch noch?«, fragte ich.

»Ja, ich glaube, ich werde es nie schaffen, von dem Zeug wegzukommen. In den letzten Jahren hab ich's, lass mich nachdenken, viermal versucht. Und momentan ist es mir egal. Willst du auch eine?«

»Eigentlich rauche ich nicht mehr so viel wie früher. Aber gerne! Vielen Dank!«

Nun war ich neugierig geworden, welche unausstehliche Angewohnheit Birte gehabt haben mochte. Ich überlegte kurz, ob ich nachfragen sollte, aber da kam mir Moritz schon zuvor.

»Also, du willst bestimmt wissen, was mit Birte los war!«

»Ja, klar.«

Und plötzlich hatte ich das Gefühl, als wäre unsere Freundschaft nie unterbrochen gewesen. Die alte Vertrautheit stellte sich wieder ein – und ich genoss es regelrecht. Ohne den Cognac aber wäre es sicher nicht so schnell gegangen. Davon bin ich überzeugt.

»Sie hat, du wirst es nicht fassen, immer, und ich betone *immer*, nach dem Sex geheult. Anfangs, weil es so gut war, später, weil es nicht mehr so gut war und sie keinen Orgasmus mehr bekommen hat. Dann saß ich neben ihr im Bett – und sie heulte, als wäre ihre Mutter gestorben. Kannst du dir das vorstellen?«

»Immer?«

»Immer!«

»Manchmal ist sie, wenn wir fertig waren, sofort ins Bad gerannt, und dann hörte ich sie durch die Tür schluchzen.«

»Unfassbar. Warum hast du das so lange mitgemacht?«

»Ich weiß auch nicht. Wahrscheinlich lag es an der Kleinen. Die kam ja schon in unserem ersten Jahr.«

Moritz zog immer wieder hektisch an seiner Zigarette. Als wäre er nervös. Den Rauch blies er mit kräftigen Stößen aus seinem rechten Mundwinkel. So hatte ich ihn früher nie rauchen sehen.

»Dass du überhaupt noch in der Lage warst, mit ihr zu schlafen«, sagte ich. »Wie kriegt man einen hoch, wenn man weiß, am Ende fließen mit Sicherheit die Tränen?«

»Ich habe immer an andere Weiber gedacht.«

»Schon in der ersten Zeit eurer Beziehung?«

»Ja.«

»Das verstehe ich nicht.«

»Ich wollte, dass wir zusammenbleiben.«

»Wegen des Kindes?«

»Eindeutig, ja.«

»Wie alt ist deine Tochter jetzt?«

»Neun.«

»Und wie heißt sie?«

»Greta.«

»Wie oft siehst du sie?«

Moritz zündete sich eine neue Zigarette an, goss uns wieder Cognac nach, trank, stand auf und ging zum Fenster. Er schaute hinaus und sagte nichts. Ich war etwas verwundert. Ich hatte doch eine ganz normale Frage gestellt. Nichts Schwieriges, nichts Kompliziertes. Warum schwieg er?

»Ich sehe sie nie«, sagte er dann leise.

»Du siehst Greta nie?«

»So ist es. Birte hat den Kontakt vollständig unterbunden.«

»Aber warum das denn?«

»Das ist eine lange Geschichte. Sie hat mich fertiggemacht. Es ist ihre Rache, weil ich mich von ihr getrennt habe. Dieses Biest spielt ihre Macht gnadenlos aus. Und ich kann nichts dagegen tun. Mein Kind wächst ohne Vater auf.«

Moritz ging zurück zu seinem Sessel, setzte sich, drückte seine noch nicht zu Ende gerauchte Zigarette in dem großen vor uns stehenden Aschenbecher aus, nahm noch einen Schluck Cognac, lehnte sich weit zurück und starrte an die Decke.

»Tja, Alter, so ist das. Wenn die Weiber wollen, haben sie dich ganz und gar in der Hand«, sagte er.

Da mochte er Recht haben. Aber ich war irritiert. »Alter« hatte er noch nie zu mir gesagt, und ich auch nicht zu ihm. Das war nicht unser Umgangston.

»Auch wenn es eine lange Geschichte ist, erzähl mal!«, sagte ich. »Du wirst dir doch auf irgendeine Weise das Recht erstreiten können, dein Kind zu sehen. Hoffentlich bist du als Vater amtlich dokumentiert?«

»Ja, das bin ich, darum ging es auch nie.«

»Um was ging es denn?«

»Birte ist eine Ratte, musst du wissen. Sie hasst mich bis

aufs Blut. Schon in den ersten Wochen nach unserer Trennung verbot sie mir, Greta zu sehen. Dann habe ich mir einen Anwalt genommen, und der Papierkrieg ging los. Sie zog alle Register. Ich sei psychisch krank und nicht in der Lage, mich, wenn auch nur für einige Stunden, um ein Kind zu kümmern. Das war der erste Hammer. Doch dann gab es eine richterliche Entscheidung, dass Greta jedes zweite Wochenende zu mir kommen durfte. Als sie das Kind das erste Mal brachte, spuckte sie mir ins Gesicht, und Greta fragte hinterher: ›Warum hat die Mama das gemacht?‹«

»Wie schlimm das Ganze für Greta sein muss!«

»Ja, und dabei ist sie so ein Papa-Kind.«

Er schwieg kurz, wirkte nachdenklich.

»Und dann, Arne, kam der absolute Höhepunkt. Nach ein paar Wochenenden unterstellte Birte mir, ich wäre Greta gegenüber gewalttätig geworden – und es ging wieder vor Gericht.«

»Aber was sagte denn Greta?«

»Birte hat sie wohl weichgeknetet oder unter Druck gesetzt, ich weiß es nicht, auf jeden Fall gab sie an, ihr Papa sei mit einem Kerzenständer auf sie losgegangen und habe sie am Rücken getroffen.«

»Aber dann hätte sie doch verletzt sein müssen.«

»Sie hatte wohl auch ein paar blaue Flecke an der Schulter, von was auch immer.«

Moritz erzählte und erzählte. Von Gerichtsverhandlungen, medizinischen Gutachten, seinem Top-Anwalt und dem vielen Geld, das ihn die Sache schon gekostet hatte.

Anfangs hörte ich fassungslos und mitfühlend zu. Ist die Welt doch voll von Geschichten dieser Art. Kein Tag vergeht, an dem man nicht von einem entrechteten Kindesvater hört. Dennoch überkam mich nach geraumer Zeit ein merkwürdiges Gefühl. Viele Jahre zuvor hatte ich mich beruflich mit dieser Thematik beschäftigt. Aus meinem inneren Archiv versuchte ich ein paar Fakten abzurufen. Was mir aber nicht so recht gelang. Also hörte ich Moritz weiter zu, fragte kaum mehr nach, kommentierte auch nichts, rauchte und trank. Zwischendurch hatte ich den Eindruck, er habe völlig vergessen, dass ich neben ihm saß. Sein Sprechen glich mehr und mehr einem Monolog, den er auch ohne meine Anwesenheit hätte führen können. Er schaute mich nicht einmal mehr an, sondern stierte unentwegt auf die Tischplatte. Mein mulmiges Gefühl wurde stärker. Irgendetwas stimmte nicht. Je aufmerksamer ich ihm zuhörte, desto sicherer wurde ich, dass die Sache so, wie er sie schilderte, nicht der Wahrheit entsprechen konnte. Es gab zu viele Ungereimtheiten. Und während ich anfing, darüber nachzudenken, stoppte er plötzlich seinen Redeschwall, stand wieder auf und ging erneut zum Fenster. Diesmal öffnete er es, neigte sich ein wenig hinaus und atmete demonstrativ die kühle Abendluft ein. Diese kurze Pause kam mir gerade recht. Denn so konnte ich mich besser auf die in meinem Gehirn abgespeicherten Daten konzentrieren. Und tatsächlich, meine Erinnerungen an das Thema »Rechte nicht verheirateter Väter« nahmen allmählich Gestalt an und wurden fassbar. Moritz schloss das Fenster und setzte sich wieder hin.

»So ist das«, sagte er. »Und irgendwann wird Greta ihre Mutter fragen: ›Warum?‹ Und dann wird das Dreckstück sich rechtfertigen müssen. Prost!« Er hielt mir sein Cognacglas entgegen. Ich zögerte einen Augenblick, aber dann stießen wir an. In diesem Moment beschloss ich, nichts mehr zu trinken. Ich nippte nur ein wenig an meinem Glas und stellte es schnell wieder zurück auf den Tisch. Ich wollte einen klaren Kopf behalten. Ich wollte Moritz mit meiner Skepsis konfrontieren. Nicht direkt, aber es waren einfach zu viele Fragen offengeblieben. Vielleicht hatte er sich im Eifer des Erzählens lediglich ungeschickt und widersprüchlich ausgedrückt, während die Sache an sich durchaus stimmte. Was mir natürlich am liebsten gewesen wäre. Vielleicht aber hatte er mir auch gezielt die Unwahrheit gesagt, was mich sehr enttäuscht und verletzt hätte, da wir so viele Jahre die besten Freunde gewesen waren.

Ich zündete mir eine neue Zigarette an und begann zunächst mit ein paar neutralen Äußerungen. Unverheiratete Väter haben es schwer, die Rechtslage jedoch hat sich etwas verbessert, viele Konflikte der Partner werden auf dem Rücken der Kinder ausgetragen, in der Tat gibt es Frauen, die ihre Machtposition brutal ausspielen, und so weiter.

Dann stellte ich meine ersten Fragen. Ein rascher Schlagabtausch begann. Moritz hatte stets eine Antwort parat, erzählte neue Details, präsentiere sich beinahe perfekt als Opfer einer ungeheuren Ungerechtigkeit. Ich aber wurde immer misstrauischer und fragte entsprechend scharf nach. Bis er plötzlich sagte: »He, Alter, was soll das? Sitze ich hier in einem Verhör? Glaubst du mir etwa nicht? Das ist ja wohl das Letzte. Mein bester Kumpel aus alten Zeiten stellt mich als Lügner hin!«

Ich zuckte zusammen. Wieder sagte er »Alter« zu mir, und als »beste Kumpels« hatten wir uns früher auch nie bezeichnet.

»Beruhige dich, war nicht so gemeint«, antwortete ich.

»Na, das will ich auch hoffen. Komm, trink noch einen.«

Er schüttete mein halbleeres Glas voll bis an den Rand.

»Auf die Gerechtigkeit!«, polterte er und hob das Glas, um mit mir anzustoßen.

»Auf die Wahrheit!«, erwiderte ich, und unsere Gläser klirrten aneinander. Ich nippte wieder nur ein wenig.

»Auf die Wahrheit? Was soll das denn nun schon wieder heißen?«, blaffte er mich an.

»Ach, Wahrheit, Gerechtigkeit, das ist doch alles dasselbe«, sagte ich.

»Okay, darauf können wir uns einigen.«

Ich spielte den Gelassenen, aber innerlich kochte ich.

Das war nicht mehr mein alter Freund Moritz. Das war ein Fremder. Und dieser Fremde verheimlichte mir etwas Wichtiges. Davon war ich überzeugt.

Ich entschied, meinen Vorsatz, nicht in das Gehirn von Moritz hineinzuhorchen, über Bord zu werfen. Es fiel mir nicht einmal schwer, weil ich mich provoziert fühlte und ausgesprochen neugierig geworden war. Also musste ich es nun bewerkstelligen, dass wir näher zueinanderrückten. Denn er saß nach wie vor auf dem Sessel, ich auf der Couch.

»Hast du Fotos von Greta?«, fragte ich.

»Klar, willst du sie sehen?«

»Sehr gerne!«

Er ging zum Schrank und holte aus einer Schublade einen dicken Stapel Bilder.

»Komm, setz dich zu mir, dann kannst du mir zu den Fotos was erzählen«, sagte ich.

Und schon saß er so nahe neben mir auf dem Sofa, dass sich unsere Beine und Schultern immer wieder berührten.

Vor meinen inneren Augen tat sich ein wildes Farbengemisch auf, das ich noch nicht einmal ansatzweise zu deuten vermochte.

Meine Maus.

»Das ist sie«, sagte er.

»Wie nett! Wie alt ist sie auf diesem Foto?«

»Vier.«

Wie mag sie wohl heute aussehen?

»Unsere erste gemeinsame Schlittenfahrt.«
»Wirklich niedlich, die Kleine.«

Das kann man wohl sagen.

»Hier waren wir zusammen im Freibad.«
»Eine kleine Prinzessin.«

Und so rein und unberührt wie ein Engel.

»Von der Wasserrutsche konnte sie gar nicht genug bekommen.«

Ich hielt die einzelnen Fotos lange in der Hand und schaute sie mir genau an. So war gewährleistet, dass Moritz eng bei mir sitzen blieb und seine Gedanken mich gut erreichten. Vielleicht konnte ich auf diese Weise irgendetwas Neues herausbekommen. Das war mein Kalkül. Und es sollte schneller aufgehen, als ich erwartet hatte.

»Wie alt ist sie auf diesem Bild hier?«, fragte ich.
»Gerade mal sechs. Die Aufnahme ist ein paar Tage nach ihrem ersten Schultag entstanden.«

Sie war in ihrer Klasse die Allersüßeste.

»Ist sie gerne zur Schule gegangen?«

Damals war noch alles in Ordnung. Es hätte immer so weitergehen können.

»Ähm ... ja. Doch, sehr gerne. Im Rechnen zum Beispiel war sie allen voraus.«

Diese Scheißfotze Birte. Mein ganzes Leben hat sie ruiniert.

»Ah, hier ist sie ja mit Schultüte«, sagte ich.

Ja, das Ding hab ich ihr gekauft. Wenn ich an die ganze Kohle denke, die ich damals ausgegeben habe. Schuhe, Kleidchen, Puppenstube, der ganze Mist. Und für was?

»Auf die Schultüte war mein Schätzchen ganz besonders stolz. Ich mag dieses Foto sehr.«
»Ja, ihr Gesicht ist sehr schön getroffen.«

Und ihre Beinchen, das Röckchen, die Schuhe.

»Sie sieht wirklich sehr zart aus«, kommentierte ich weiter. Daraufhin schwieg er. Schwieg lange. Bis ich *die Stimme* hörte:

Oh ja, das ist sie auch. So zart. So sehr zart.

Warum *dachte* er das nur und sprach es nicht aus? Ich konnte es mir nicht erklären. Also wollte ich mehr hören und schwieg ebenfalls. Meine Worte sollten seine Gedanken nicht stören oder ablenken. Ich kam mir vor wie ein Raubtier, das auf der Lauer liegt.
Die Stimme allerdings war verstummt. Stille in seinem Gehirn. Nichts kam bei mir an. Ich spürte, wie er regungslos neben mir verharrte. Und dann sah ich allmählich eine bräunliche Farbe in meinem Inneren aufziehen. Ich schaute in sein Gesicht. Er starrte auf das Foto und zog immer wieder kräftig an seiner Zigarette.
Das nächste Bild zeigte die kleine Greta nackt in einem aufblasbaren Planschbecken auf einer Terrasse.

Es war das Geilste, was ich je erlebt habe.

Mein Herzschlag beschleunigte sich. Ich saß da wie angewurzelt.

Ihre kleine, so zarte Muschi zu lecken. Ihre wunderbar weichen Lippen an meinem Sack zu spüren. Meinen Schwanz an ihrem Bauch und ihrem Po zu reiben.

Ich schmiss das Foto auf den Tisch.

»Was ist?«, sagte er.

Das war es also. Ich hatte es geahnt, aber nicht zu denken gewagt. Wie unfassbar. Wie schrecklich. Der Mann, mit dem ich so lange befreundet gewesen war, hatte sich an seinem eigenen Kind vergangen. Mir wurde schwarz vor Augen, und ich zitterte am ganzen Leib.

»Mir ist nicht gut«, sagte ich.

Hoffentlich reihert er mir nicht auf den Teppich.

»He, Alter, willst du ein Glas Wasser?«, fragte er und legte mir dabei seinen Arm um die Schultern.
　Reflexartig und voller Abscheu schüttelte ich ihn von mir ab und stand auf.
　»Du lieber Himmel, was ist denn los?«, fauchte er mich an und stand ebenfalls auf.
　Ich atmete einige Male tief durch und versuchte meine Fassung wiederzugewinnen.

Was ist denn mit dem los? Allmählich langt's mir. Erst quatscht er mich zu – und jetzt dieses Theater.

»Geht schon wieder«, sagte ich. »Ist der Kreislauf. War vielleicht auch zu viel Cognac.«

Hast doch kaum was getrunken, du Flasche. Hau ab. Hab keinen Bock mehr auf dich.

»Ich glaube, ich mach mich mal auf die Socken, muss dringend schlafen.«

Na, bestens.

»Du kannst gerne noch hierbleiben. Aber wenn du meinst.«
Und dann ging alles sehr schnell. Kein Handschlag, keine Abschiedsfloskeln, kein Blick mehr in seine verlogenen Augen. Binnen weniger Minuten stand ich im Flur seines Hauses und vergewisserte mich, dass er die Tür auch wirklich hinter mir geschlossen hatte.
Ich weiß nicht, wie Moritz diesen merkwürdigen Abgang empfunden hat, es ist mir auch völlig egal. Ich war so erleichtert, nicht mehr in seiner Nähe sein zu müssen, und trottete dennoch mit schwerem Herzen und verzweifelter Seele nach Hause.

Am Montagmorgen in der Redaktion hatte ich etwas Luft; die Nachrichtenlage war dünn, es gab nicht viel zu tun. Unter dem Vorwand einer umfangreichen Recherche zum Thema »Sexueller Missbrauch an Kindern« nahm ich Kontakt zum Amtsgericht unserer Stadt auf. Seit vielen Jahren kannte ich dort den stellvertretenden Pressesprecher. Wir mochten uns, und schon so manches Mal hatte er mir unter der

Hand Informationen zukommen lassen, die er eigentlich nicht hätte herausgeben dürfen. Niemand wusste davon. Ich schwieg. Er schwieg. Und ich ging stets diskret mit meinem geheimen Wissen um. In all den Jahren hatte ich kein einziges Mal sein Vertrauen missbraucht.

Ich erzählte ihm von dem Fall Moritz K. Ich hätte davon gehört, dieser Prozess würde mich besonders interessieren, und ich bräuchte dringend ein paar Hintergrunddaten – ob er mir helfen könnte. Das sei kein Problem, meinte er und bat mich um eine halbe Stunde Geduld. Schon nach zwanzig Minuten rief er mich zurück. Er habe einiges zusammengestellt und würde die Unterlagen sofort per Kurier schicken. Ich bedankte mich, versprach, wie immer alles, nachdem ich es gelesen hätte, zu zerschreddern, und verabschiedete mich von ihm.

Als die Papiere eintrafen, zog ich mich in eine ruhige Ecke unseres Büros zurück. Wie ein Besessener wühlte ich mich durch die Fakten.

Birte bemerkt Verhaltensstörungen bei ihrer Tochter Greta.
Nach jedem Vater-Wochenende wird es schlimmer.
Alle Versuche Birtes, an das Kind heranzukommen, scheitern.
Ein Kinderpsychologe wird eingeschaltet.
Erster Verdacht.
Birte ist schockiert.
Mehrere Sitzungen.
Verdacht erhärtet sich.
Schließlich spricht das Kind.
Anzeige gegen Moritz.
Schwieriger Prozess.
Moritz streitet alles vehement ab, wirft Birte Rachefeldzug vor, weil er sie verlassen hat, stellt sich selbst als Opfer dar.

Neue Gutachten.
Schließlich das Urteil: zwei Jahre ohne Bewährung.
Bis zum Schluss bleibt Moritz bei seiner Aussage.

Mein ehemaliger Freund Moritz hatte also wegen sexuellen Missbrauchs an seiner eigenen Tochter im Gefängnis gesessen. Als ich dies nun schwarz auf weiß vor Augen geführt bekam, wäre ich am liebsten heulend aus der Redaktion gerannt. Ich hatte früher immer den Eindruck gehabt, Moritz in- und auswendig zu kennen. Wir waren die besten Männer-Freunde gewesen. Kerle zum Pferdestehlen. Was hatten wir nicht alles gemeinsam erlebt. Wir waren sogar zweimal zusammen in einem Bordell gewesen. Flotter Vierer. Super Erfahrung. In Sachen Sexualität hatten wir einander immer, so dachte ich zumindest, alles erzählt. Jedes Erlebnis, jede Fantasie, jeden schmutzigen Gedanken. Er kannte alle meine Vorlieben, und ich meinte genau zu wissen, worauf er stand. Dass er eine heimliche Vorliebe für Kinder hegte, wäre mir in tausend Jahren nicht in den Sinn gekommen.

Wann war er sich dieser perversen Neigung bewusst geworden? Bestimmt schon früh.

Bestimmt nicht erst, als seine Tochter geboren worden war. Bestimmt hatte er sich zu unserer Zeit auch schon in Gedanken mit nackten kleinen Mädchen beschäftigt. Wie abscheulich. Der Boden unter mir wankte.

Wieso war er sich keiner Schuld bewusst? Seine Gedanken hatten keinerlei Selbstzweifel oder Selbstkritik erkennen lassen. Was das Ganze noch viel schlimmer machte. Hätte er vor Gericht gestanden und anschließend professionelle Hilfe gesucht, wäre ich auch schockiert gewesen, ja, aber vielleicht hätte ich mich wieder auf ihn einlassen können. Je nachdem, wie überzeugend sein Bestreben gewesen wäre, gegen diese abartige Neigung vorzugehen. War Greta das einzige Kind gewesen, an dem er sich vergangen hatte? Ich mochte mir gar nicht ausmalen, was vielleicht früher schon alles geschehen war – oder was noch geschehen könnte. Konsumierte er auch Kinderpornografie? Vielleicht schon damals, als wir enge Freunde waren? Wie konnte man sich so in einem Menschen täuschen?

Warum hatte er sich mir nicht anvertraut?

Dieser Einblick in die Seele meines ehemaligen Freundes Moritz machte mir so schwer zu schaffen, dass ich nicht wusste, wie es nun weitergehen sollte.

Meine »Gabe« war zu einem Fluch geworden.

Nicht nur, dass sie mir ein weiteres Mal einen Blick in die schier unendlichen Abgründe der menschlichen Seele gewährt hatte, sie war nun auch noch die Ursache dafür, dass ich in einem Dilemma steckte. Ich hatte etwas ungemein Wichtiges erfahren, konnte mit diesem Wissen aber nichts anfangen. Mir waren die Hände gebunden. Moritz hatte alles abgestritten, spielte das Opfer, fühlte sich rundherum ungerecht behandelt. Ich aber wusste, dass er schuldig war, dass er seine Veranlagung nicht im Geringsten problematisierte und somit auch keinerlei Reue empfand. Ich konnte sogar, aufgrund seiner unverblümten Gedanken, eine Wiederholungstat nicht ausschließen. Was sollte ich bloß tun?

Ich hätte mich mit der Polizei in Verbindung setzen können. Klar, und dann? Den Beamten erzählen, dass ich aus dem Gehirn von Moritz K. die Wahrheit *gehört* hatte? Ich konnte mir schon die Gedanken der Polizisten vorstellen: »Der Typ hat doch 'ne Schraube locker.«

Ich hätte Birte einen anonymen Brief schreiben können, um sie zu warnen, dass sie Moritz wirklich für immer von

Greta fernhalten sollte. Aber das würde sie, nach all dem, was vorgefallen war, ohnehin tun.

Oder ich hätte mich vielleicht an die Staatsanwaltschaft wenden können, nach dem Motto: Ich habe erst jetzt von dem Fall erfahren, weiß aber schon lange um die pädophilen Neigungen meines ehemaligen Freundes. Ich muss unbedingt eine Aussage machen.

Und weiter? Was sollte ich sagen? Und wie sollte ich begründen, dass ich mich nicht schon damals an die Behörden gewandt hatte? Im Übrigen würde diese Aktion keinen entscheidenden Vorteil bringen. Sie würde eine Wiederholungstat nicht verhindern können. Und darum ging es mir in erster Linie.

Nein, meine Überlegungen führten zu nichts.

Ich war ratlos und aufgewühlt.

Mochte die Haftstrafe Moritz so beeindruckt und gebrochen haben, dass er nie wieder ein Kind anfassen würde.

Unter dem Vorwand heftiger Übelkeit meldete ich mich bei Großbogenbelt krank.

Es war früher Nachmittag. Ich setzte mich in mein Auto und fuhr los. Ich begann zu cruisen. Was sollte ich auch sonst tun? In mein ödes Hotelzimmer gehen? Nein, auf keinen Fall. Wenn es irgendwo noch annähernd ein Gefühl von Geborgenheit für mich gab, dann in meinem fahrenden Auto. Johnny Cash sang, ab und zu auch im Duett mit seiner Frau June Carter, und ich rauchte eine Zigarette nach der anderen.

Mein ganzes Leben raste in wirren Bildern durch meinen Kopf. Ich sah meine Eltern, Tante Elfriede, immer wieder Anna – und Moritz, wie er früher gewesen war und wie ich ihn jetzt erlebt hatte. Ich sah mich als verängstigtes Kind in der Schule, als Student, als ehrgeizigen Reporter und tobte in Gedanken mit meinem Hund Paul herum. Ich dachte an meine vielen Reisen, an Erlebnisse in fernen Ländern. Dachte an meine Hochzeit und an Annas grau gewordene Haare. Schämte mich für meine Lügen, meine Ungeduld, meine Trägheit – und erschrak tief bei der Erkenntnis, wie viel Zeit ich in all meinen Jahren schon *verschwendet* hatte.

An diesem Nachmittag fällte ich die spektakulärste Entscheidung meines Lebens. Auf einer Landstraße, bei Tempo siebzig, untermalt von »Darlin' Companion«.

Ich beschloss, zu kündigen, meinen Job an den Nagel zu hängen – und zunächst einmal gar nichts mehr zu tun. Mein Geld könnte für mehrere Jahre reichen. Ich hatte einiges zurückgelegt, und durch den Verkauf unserer Villa würde noch eine ordentliche Summe dazukommen.

Endlich keine Routine mehr, kein fester Tagesablauf, keine Menschen mehr um mich herum, die mir zuwider waren.

Freiheit.

Die Entscheidung zu treffen fiel mir überhaupt nicht schwer. Ich wog nicht das Für und Wider ab. Ließ mich auch nicht im Geringsten von meiner alten Lebensbegleiterin *Angst* beeindrucken. Zwar hatte ich für einen kurzen Moment ihre Fratze vor Augen und meinte zu hören, wie sie mir beschwörend ein paar Satzfetzen zurief wie: an die Rente denken, irgendwann ist das Geld verbraucht, Krankenversicherung finanzieren, Rückkehroptionen sichern, schwerer Neueinstieg später, du wirst es bereuen und so weiter, aber ihre Macht über mich verpuffte augenblicklich. Ein neues und gutes Gefühl. Und so war im Grunde von einer Minute auf die andere klar: Du kündigst. Du gehst neue Wege. Du begibst dich auf die Suche nach dem richtigen Leben.

Wobei ich mir durchaus im Klaren darüber war, absolut allein zu sein. Ich hatte niemanden mehr. Wäre eine Wiederbelebung meiner Freundschaft zu Moritz gelungen, wer weiß, ob ich diesen radikalen Schritt gewagt hätte.

Nun aber machte ich ihn ohne jede Anstrengung.

Ich war so enttäuscht, von Anna, von Moritz, von meinen Kollegen, und ich hatte jegliches Interesse an meiner Arbeit verloren.

Die besten Voraussetzungen also, um ins Ungewisse aufzubrechen.

Was sollte mich halten?

Worauf sollte ich noch zurückschauen?

14

Mit meinem Verleger hatte ich mich schnell geeinigt. Er bestand nicht auf der üblichen Kündigungsfrist, sondern war bereit, mich vorzeitig aus meinem Vertrag zu entlassen. Allerdings ohne Rückkehroption. So kam es, dass ich schon eine Woche nach meiner Entscheidung die Zeitung endgültig verlassen konnte.

Das Gefühl der Erleichterung, als sich am Ende meines letzten Arbeitstages die Hauptpforte unseres Verlagshauses hinter mir schloss, vermag ich gar nicht in Worte zu fassen.
Nie mehr Großbogenbelt! Nie mehr Isabelle und Lars! Nie mehr Bert und Marion! Es war eine wunderbare Vorstellung, zum letzten Mal in einer Morgenkonferenz gewesen zu sein, zum letzten Mal gestresste, übereifrige oder abgewrackte Kollegen erlebt zu haben und zum letzten Mal von den vermeintlichen Wichtigkeiten der Welt vereinnahmt worden zu sein.

Unter den Kollegen hatte meine Kündigung für einiges Aufsehen gesorgt. So recht konnte niemand meine Entscheidung verstehen, da ich kein attraktives Angebot in der Tasche hatte und auch sonst keinen plausiblen Grund dafür nennen konnte, eine so gute Anstellung aufzugeben. Ich sagte ganz einfach, ich bräuchte eine Auszeit – und alles andere würde sich schon finden. Fragte jemand eingehender nach, gab ich mich kurz angebunden. Ich wollte mit niemandem reden oder mich gar erklären. Einige empfanden dieses Verhalten als unhöflich und kauzig. Mir war das schnuppe. Verrieten doch ihre Gedanken ein weiteres Mal, wie verlogen und maskenhaft sie durchs Leben gingen.

Großbogenbelt beispielsweise drückte in gedrechselter Sprache sein großes Bedauern aus. Und was hörte ich aus seinem Gehirn?

Perfekt! Den Arsch bin ich los.

Lars und Isabelle löcherten mich geradezu, um etwas aus mir herauszubekommen. Was ihnen natürlich nicht gelang. Isabelle gab zuerst auf.

Komischer Typ. Na, auch egal.

Dachte sie. Und ging.

Lars platzte beinahe vor Neid. Denn er malte sich in Gedanken aus, dass ich eine große Erbschaft gemacht hätte. Nur etwas in dieser Richtung könne der Grund für mein seltsames Verhalten sein. Auch einen beträchtlichen Lotteriegewinn hielt er für möglich.

Jetzt kann er sich auf die faule Haut legen, und ich muss hier weiter rackern. Die Welt ist nicht gerecht. Wie schäbig von ihm, seinen alten Freunden nicht die Wahrheit zu sagen.

Mein letzter Arbeitstag verlief völlig unspektakulär. Ich schrieb noch zwei Artikel, verbrachte die Mittagspause allein, redigierte am Nachmittag für einen Aushilfsredakteur eine umfangreiche Reportage und blieb bis etwa siebzehn Uhr in der Redaktion. Das Fach mit meinen persönlichen Sachen in unserem Großraumbüro hatte ich schnell ausgeräumt. Ein elektronisches Wörterbuch (Deutsch – Englisch), einen Taschenrechner und ein kleines Diktiergerät steckte ich in meine Jackentaschen, der Rest flog in den Papierkorb. Der einzige Kollege, von dem ich mich verabschiedete, war Karl-Heinz. »Ich wünsche dir Glück und Gutes«, sagte ich zu ihm. »Genau das wünsche ich dir auch«, erwiderte er mit ernster Miene. Ein paar Sekunden hielten wir einander bei den Händen und schauten uns in die Augen. Ich hörte:

Du machst es richtig. Ich habe keine Kraft mehr dazu.

»Also dann, ich muss zum Chef. Auf Wiedersehen.« Und schon wandte er sich von mir ab.

Ohne noch einmal einen Blick zurückzuwerfen, verließ ich schweigend das Büro. Für immer.

Als hätte das Schicksal alles perfekt aufeinander abgestimmt, rief Anna am nächsten Tag an und verkündete, dass unser Haus zu einem ordentlichen Preis verkauft worden sei. Ich könne schon bald mit dem Geld rechnen. Nun fehlte nur noch unsere Scheidung. Aber auch die sollte nicht mehr lange auf sich warten lassen.

Meine erste Cruising-Tour in Freiheit glich einer Triumphfahrt. Sinatras Stimme dröhnte aus den Boxen, und ich grölte lauthals mit. Bis tief in die Nacht hinein fuhr ich umher. Alles kam mir surreal vor. Niemals hätte ich gedacht, dass mein Leben einmal einen solchen Verlauf nehmen würde.
    Trennung von Anna. Haus verkauft. Job gekündigt.
    Ich fühlte mich stark und mutig. Der vorsichtige, abwägende und zögerliche Arne war zu einem Gespenst aus der

Vergangenheit geworden. Großartig! Zum ersten Mal in meinen siebenundvierzig Lebensjahren wollte ich mich einfach nur treiben lassen. Das war beschlossene Sache. Ohne schlechtes Gewissen in den Tag hinein leben. Kein Leistungsdruck mehr, keine Termine, keine Verpflichtungen.

Mein Plan war es, keinen Plan zu haben.

Schon nach einer Woche waren meine Arbeit, die Redaktion und die Kollegen in weite Ferne gerückt. Wie ich es genoss, erst am späten Vormittag aufzustehen, mir das Frühstück auf mein Zimmer bringen zu lassen und dann in aller Ruhe in einem Buch zu lesen. Ich stellte mir das hektische Treiben im Verlag vor, malte mir die oftmals so bedrückende Atmosphäre während unserer Morgenkonferenzen aus und erinnerte mich an Großbogenbelts bestialischen Mundgestank – und dann sagte ich laut vor mich hin: »Nie wieder! Nie wieder!« Trank noch eine Tasse Kaffee und vertiefte mich in meine Lektüre.

Die Nachmittage verbrachte ich meistens mit Ausfahrten und längeren Spaziergängen in der Umgebung. Am Abend las ich wieder, schaute mir alte Filme auf meinem Laptop an, trank Wein und ging früh schlafen.

Nach zwei Wochen normalisierte sich meine Stimmung. Die anfängliche Euphorie, vom Alltag befreit zu sein, schwand allmählich. Ich wurde ernster und auch melancholischer – und stellte mir eine Menge Fragen.

Wie würde das Leben weitergehen? Was sollte ich tun? In der Stadt bleiben? Eine Reise machen? Würde der Fluch bis zu meinem Tode an mir haften bleiben? Könnte ich es aushalten, für immer allein zu sein? Warum hatte ich keine Sehnsucht nach Frauen?

Erst jetzt fiel mir ein Zusammenhang auf. Seit ich Gedanken lesen konnte, war mein Interesse an Sexualität so gut wie verschwunden. Der Fluch duldete also keine Gelüste dieser Art. Ich hatte nicht einmal das Bedürfnis, mich selbst zu befriedigen. Was mich nicht sonderlich störte. Wäre ich zwanzig Jahre jünger gewesen, hätte ich mir bestimmt Sorgen gemacht, so aber sah ich die Sache gelassen. Zumal sich ja während der letzten Zeit mit Anna meine geschlechtlichen Triebe auch kaum mehr bemerkbar gemacht hatten.

Im Nachhinein wundere ich mich, wie wenig ich damals meine »Gabe«, die für mich ja zu einem Fluch geworden war, problematisierte. Vielleicht steckte ein Selbstschutzmechanismus meines Gehirns dahinter. Denn hätte ich immer wieder im Detail über all die damit verbundenen Konsequenzen nachgedacht, wahrscheinlich wäre ich dem Irrsinn verfallen.

Ein Gefühl allerdings konnte ich nicht ignorieren: meine Einsamkeit. Wie schon kurz vor der Begegnung mit Moritz schnitt sie sich messerscharf in mein Bewusstsein. Ich musste etwas unternehmen. Das wurde mir klar.

Bestimmt vierzehn oder fünfzehn Jahre war ich nicht mehr im Nachtleben unserer Stadt unterwegs gewesen. Ich hatte brav und bieder an der Seite meiner Frau gelebt. Ab und zu waren wir essen gegangen, hatten danach äußerst selten noch eine Bar besucht – und das war es dann auch gewesen.

Die Heimeligkeit unserer Beziehung und unserer vier Wände hatte uns so lethargisch gemacht.

Nun aber war eine andere Zeit angebrochen. Ich fühlte mich ungebunden wie noch nie. Ich lebte mitten in einer großen Stadt. Es gab Dutzende von Kneipen, Bars und Diskotheken, die, wenn überhaupt, erst in den frühen Morgenstunden schlossen. Und es gab eine Heerschar von bunten Vögeln, die aus den Nächten Tage machten. Vielleicht würde ich unter ihnen einen Menschen finden, dem ich mich annähern könnte, eine Art Seelenverwandten. Die dunklen Stunden waren immer schon ein Sammelbecken der Gestrandeten, der Außenseiter, der Einzelgänger, der Sonderlinge, der Gescheiterten und der Suchenden gewesen. Zu diesen zählte ich jetzt auch. Also war die Entscheidung schnell gereift. Unter genau diese Leute wollte ich mich mischen.

Schon in der nächsten Nacht.

15

La Cage aux Folles entwickelte sich schnell zu meiner Stammkneipe. Wobei die Bezeichnung »Kneipe« eigentlich nicht zutreffend ist. Das La Cage, wie es von seinen Gästen kurz genannt wurde, war Travestie-Theater, Bar und Nachtgaststätte in einem. Sein Besitzer, etwa Anfang vierzig, Künstlername Jean Jeanette, war ein glühender Verehrer des französischen Regisseurs Édouard Molinaro. Und so hatte er seinen Laden nach Molinaros vielleicht berühmtestem Film, der Travestiekomödie *La Cage aux Folles*, benannt, zu Deutsch *Ein Käfig voller Narren*. Die Wände waren tapeziert mit allen nur erdenklichen Bildern aus Molinaros Schaffenszeit. Zunächst der Meister selbst in den verschiedensten Posen, dann Filmszenen mit Jacques Brel, Lino Ventura, Louis de Funès und Claude Jade. Überlebensgroß erstrahlte rechts und links neben der kleinen Bühne des La Cage Michel Serrault, der unumstrittene Star aus *Ein Käfig voller Narren*. Die Poster zeigten ihn auf der einen Seite als tiefschwarz geschminkte Marlene Dietrich, lasziv auf einem Barhocker sitzend, und auf der anderen als aufgetakelte Blondine, die gerade aus einer Geburtstagstorte steigt. Über der Bühne war ein Zitat von Serrault zu lesen:

»Ich bin eine Art Brache, auf der ich weiß nicht welches Geheimnis gedeiht.«

Fast jede Nacht ging ich ins La Cage – und meistens wurde es fünf oder sechs Uhr morgens, bis ich wieder zurück in meinem Hotel war. Die ersten beiden Wochen verhielt ich mich wie ein Zaungast. Aus Vorsicht, aus Unsicherheit. Ich nahm versteckt in irgendeiner Ecke Platz, sprach mit niemandem und genoss die exotische Atmosphäre. In einem solchen Lokal war ich noch nie gewesen. Leute aus allen Schichten und beinahe jeden Alters verkehrten dort, so schien es mir. Ebenso dubiose Gestalten, die ich der Unterwelt zuordnete, vielleicht Zuhälter, Dealer, Schläger. Und Huren gehörten zu den Stammgästen. Als ich später ein paar von ihnen kennenlernte, erzählten sie mir, dass sie sich im La Cage sicher fühlten und dort gern ihre Arbeitsnacht ausklingen ließen. Dann gab es eine Menge Frauen, die jedoch keine Frauen waren. Hässliche und tragisch anmutende Gestalten, aber auch derart attraktive, dass nur der geschulte Blick sie als Männer identifizieren konnte. Mein Blick schulte sich in dieser Umgebung sehr schnell.

Im Mittelpunkt des Geschehens aber stand unangefochten Jean, Jean Jeanette. Er begrüßte jeden Gast mit Handschlag, war ein virtuoser Barkeeper und ein glänzender Conférencier. Ab Mitternacht ging es los – immer zur vollen Stunde, bis in den frühen Morgen hinein. Auf der winzigen Bühne des La Cage präsentierte er kleine Travestie-Shows. Drei Künstler traten jeweils hintereinander auf, gaben zwei oder drei Songs zum Besten, und zwischendurch moderierte Jean. Witzig, souverän und stets anzüglich. An manchen Abenden war auch er als Frau verkleidet, ansonsten trug er einen klassisch eleganten Smoking. Keine Nacht war wie die andere. Die kleinen Shows variierten; zu Jeans festem Travestie-Ensemble gesellten sich allnächtlich sogenannte Gaststars, und ab und zu, wenn der Chef in Stimmung war, trat er auch selbst auf. Entweder als Harald Juhnke, Hildegard Knef oder Shirley Bassey. Der Laden war immer voll. Die ganze Woche über. Was mich sehr erstaunte. Während ich früher brav im Bett gelegen hatte, war hier der Teufel los gewesen. Jede Nacht Karneval. Jede Nacht gute Stimmung. Jede Nacht Show-Time.

Nach zwei Wochen im La Cage hatte ich die Ehre, von Jean registriert zu werden (obwohl er mich natürlich schon vom Sehen kannte). Das war eine Auszeichnung. Denn Jean war der Gott des Ladens. Wurde man von ihm wahrgenommen oder gar angesprochen, so gehörte man zu den Auserwählten und war in der Rangordnung der Gäste von der dritten in die erste Klasse aufgestiegen. Er begrüßte mich an jenem Abend besonders freundlich, führte mich persönlich an einen Tisch gleich neben der Bühne und setzte sich zu mir.

Ich hatte mich damit abgefunden, *der Stimme,* sollte ich im La Cage mit jemandem ins Gespräch kommen, nicht ausweichen zu können. Ich wollte es auch gar nicht. Sie gehörte zu meinem neuen Leben und ich musste lernen, sie zu ertragen, zu akzeptieren und mit ihr umzugehen. Jean war in seiner extravaganten Aufmachung kaum wiederzuerkennen. Er trug eine mächtige brünette Perücke und eine riesige Brille mit Glitzerrand. Die gelockten Haare wallten über seine Schultern und reichten fast bis an den künstlichen Busen. Sein hautenges und fußknöchellanges schwarzes Kleid war mit silbernen Pailletten übersät und an den Seiten bis zum Oberschenkel geschlitzt. Er roch fantastisch, und sein eigentlich maskulines Gesicht war unter der starken Schminke kaum auszumachen. Sollte es noch einen allerletzten Rest Männlichkeit in seinem Antlitz gegeben haben – die glänzenden, beinahe schon obszön roten Lippen lenkten grandios davon ab.

»Was möchtest du trinken?«, fragte Jean. Im La Cage wurde man geduzt. Das gehörte zum Stil des Hauses.
    »Einen Martini dry, bitte.«

Was für ein Schnuckelchen. Ein bisschen alt, aber es geht noch.

»Wie heißt du?«
   »Arne, Arne Stahl.«

Wow, so will ich dich, hart wie Stahl.

»Das ist aber ein toller Name. Ich heiße Jean, Jean Jeanette.«
   »Ich weiß! Auch ein toller Name.«
   Wir lachten beide, und Jeans Blick huschte sekundenschnell zu den Tischen neben uns.

Pierre serviert schon wieder viel zu langsam. Diese Pfeife.

»Was machst du von Beruf, Arne?«
   Ich zögerte kurz. Was sollte ich antworten? Die Wahrheit sagen? Nein. Oder vielleicht ...

Ah, da kommt Dr. Krall mit seiner Schnalle. Prima. Der lässt viel Kohle hier und ist gut fürs Image. Soll ja irgendwo Direktor sein.

»Ich bin Journalist, freier Journalist«, antwortete ich schließlich.
   »Du gütiger Himmel, wie interessant! Beim Fernsehen?«
   »Nein, bei der Zeitung.«

Na, kann auch nicht schaden.

»Für wen schreibst du?«
   Ich schüttelte ein paar renommierte Zeitungsnamen aus dem Ärmel und hoffte, dass er nicht weiter nachfragen würde. So war es dann auch. Denn genau in diesem Moment

kam ein Angestellter an unseren Tisch und brachte meinen Martini und ein Glas Champagner für Jean.

»Zum Wohl«, sagte er. »Auf den Käfig voller Narren!«, erwiderte ich – und wir stießen an.

»Wie lange gibt es das La Cage schon?«, fragte ich.

»Oh, wir sind jetzt im verflixten siebten Jahr.«

Er ist so eine richtig süße Heterosocke.

Jean schaute mich konzentriert an, öffnete wie in Zeitlupe seine Lippen, formte sie zu einem O und saugte, ebenfalls im Zeitlupentempo, an seiner Zigarette.

»Ein gutes Konzept«, sagte ich. »Und einige Künstler, ich meine Künstlerinnen, sind wirklich hervorragend.«

»Hallo! Mein Schätzchen! *Alle!* Alle sind hervorragend.«

Hervorragend heruntergekommen. Außer Chantal, das muss ich zugeben.

»Natürlich!«, erwiderte ich. »Und Ihre Shirley-Bassey-Nummer gestern war perfekt.«

Das fand ich tatsächlich. Denn Jean hatte nicht, wie seine Kolleginnen, zum Vollplayback lediglich den Mund bewegt, sondern »Goldfinger« live gesungen – und dabei, soweit ich es beurteilen konnte, keinen einzigen Ton verfehlt. Eine hervorragende Leistung.

»Liebelein«, sagte er mit verführerischem Blick, »hier duzen sich alle! Also: *deine* Shirley-Bassey-Nummer, bitte! Aber vielen Dank für das Kompliment!«

Das völlig berechtigt ist. Gestern war ich besonders gut.

»Haben Sie, oh Entschuldigung, hast du eine Gesangsausbildung?«

Was für eine impertinente Frage!

»Natürlich!«

Als Einziger hier.

»Drei Jahre Gesangsstudium. Sonst würde das bestimmt nicht so klappen.«
»Habe ich mir schon gedacht, es klingt einfach zu professionell«, sagte ich anerkennend.

Na, nochmal die Kurve gekriegt, Schätzelein.

»Hast du keine Freundin oder Frau?«, fragte er.
Diese Frage fand ich nun impertinent. So gut kannten wir uns auch wieder nicht, als dass er sie hätte stellen dürfen.
»Und du, hast du eine Freundin oder einen Freund?«, gab ich zurück.

Oh, là, là! Der Kleine wird keck.

»Mein Herz ist groß, und meine Seele ist rein«, antwortete er, wackelte dabei ein wenig mit dem Kopf und klimperte mit den Wimpern.

So, jetzt hab ich mich genug mit ihm beschäftigt, das reicht. Nun soll er schön lange hierbleiben und reichlich trinken.

»Die Pflicht ruft, mein lieber Arne. Hab eine aufregende und unterhaltsame Nacht im La Cage!«

Er gab mir einen Kuss auf die Wange, nahm sein Champagnerglas und rauschte ab.

Die Tage verschlief ich meistens. Erst gegen vierzehn oder fünfzehn Uhr stand ich auf. Was zu gewissen Komplikationen mit der Hotelleitung führte. Denn eigentlich wurden die Zimmer immer am Vormittag gereinigt. Ich einigte mich allerdings mit dem Chef des Hauses auf eine Ausnahmeregelung und hatte so bis sechzehn Uhr absolute Ruhe. Sogar ein Frühstück servierte man mir noch am Nachmittag auf dem Zimmer, gegen Aufpreis natürlich. Aber das war mir egal. Die Stunden, bis ich mich zum Ausgehen fertig machte, verbummelte ich meistens. Ich schlenderte durch die Stadt, cruiste ein wenig durch die Gegend – oder las. In diesen Wochen hatten es mir besonders die Romantiker angetan. Eichendorff, Novalis und E. T. A. Hoffmann.

Gegen zweiundzwanzig Uhr brach ich auf. In der Regel ging ich zunächst in irgendeine Kneipe, trank am Tresen ein Bier, beobachtete die Menschen und das Treiben dort, wechselte anschließend in eine Bar, und kurz vor Mitternacht steuerte ich in Richtung La Cage.

Das Gespräch mit Jean hatte das Eis gebrochen. Ich war nicht mehr darauf bedacht, allein und möglichst versteckt am Rand zu sitzen. Ich wollte mit Menschen in Kontakt kommen. In den Kneipen und Bars genoss ich es noch, allein zu sein, aber später dann im La Cage stand mir der Sinn nach Kommunikation. Und obwohl ich ja grundsätzlich meine »Gabe« inzwischen als Fluch betrachtete, so muss ich zugeben, dass in mir dennoch eine gewisse Ambivalenz herrschte. Einerseits hasste ich *die Stimme*, andererseits aber gierte ich wieder nach ihr. Ich war in eine völlig fremde Welt eingetaucht und wollte wissen, welche Seelen sich hinter der verraucht-funkelnden Fassade des Nachtlebens verbargen. Ich war scharf auf die Intimitäten der Menschen. Der Voyeur in mir spitzte mal wieder lüstern seine Ohren.

An einem frühen Samstagmorgen, ich hatte schon eine Menge Cocktails getrunken, lernte ich an der Mahagoni-Theke des La Cage Thomas kennen, das heißt, er sprach mich an. Er schien mindestens so betrunken zu sein wie ich, und entsprechend hemmungslos verlief unsere Unterhaltung. Wir plauderten zunächst ein wenig über das La Cage, über Cocktails und über die Shows, die während der Nacht auf der kleinen Bühne dargeboten worden waren.
 Und dann fragte ich ihn ganz unvermittelt:
»Bist du schwul?«

Ich bin nicht schwul.

»Manchmal.«
 »Manchmal?«
 »Ja, wenn es sich so ergibt.«

Aber ich liebe meine Frau.

»Du liebst deine Frau und bist manchmal schwul?«
 Der Alkohol hatte mich fahrlässig werden lassen, so dass ich spontan auf seinen Gedanken reagierte. Das war mir schon lange nicht mehr passiert. Und ich ärgerte mich bereits in dem Moment, in dem ich meine Frage zu Ende formuliert hatte.

Was ist denn das?

»Woher weißt du, dass ich eine Frau habe und dass ich sie liebe?«, fragte Thomas in fast vorwurfsvollem Ton.

»Ach – ähm, hab's mir nur so gedacht, trägst ja einen Ehering«, stammelte ich.
»Ach so, na ja ... egal. Ja, ich bin verheiratet.«

Aber darüber hab ich hier und jetzt keinen Bock zu sprechen.

»Erzähl doch mal. Wie geht das? Wie kann man *manchmal* schwul sein?«

Auf dich bin ich bestimmt nicht scharf.

»Ich brauche es halt ab und zu. Das ist wie hin und wieder Fritten rot-weiß essen. Es geht nur um Sex. Ich könnte mich nie in einen Typ verlieben oder so ...«
»Weiß deine Frau davon?«

Lass Ingrid da raus, Mann!

»Bist du bescheuert?! Die würde vom Glauben abfallen.«
»Sie denkt also, dass du ihr treu bist?«

Ich bin ihr treu.

»Klar. Sie kriegt von alledem ja gar nichts mit. Heute Nacht zum Beispiel ist sie mit den Kindern bei ihrer Mutter, und offiziell bin ich mit ein paar Kollegen unterwegs. Ich habe immer ein Alibi.«

Ich hätt heut so gerne noch einen Kerl. Aber hier ist ja nix zu holen.

»Wie ist das denn mit dir?«, fragte er. »Was macht dein Sexleben? Auch verheiratet?«

»Nein, lebe getrennt von meiner Frau. Bin hetero und zurzeit solo.«

Soll ich ihn vielleicht doch angraben? Ist besser als nix. Werd ihn schon rumkriegen. Aber er macht mich null an.

»Schon mal Sex mit einem Typen gehabt?«, fragte er.
»Nee, noch nie. Könnte ich mir auch nicht vorstellen.«

Ob das stimmt? Warum ist er dann hier in diesem Schuppen?

»Im Moment interessieren mich nicht einmal Frauen. Habe überhaupt keine Lust auf Sex«, sagte ich.

Na super. Dann kann ich Resteficken auch vergessen ...

»Bist du scharf? Willst du noch jemanden abschleppen?«, fragte ich.
»Kann sein.«
»Wenn ich du wäre, hätte ich ein schlechtes Gewissen meiner Frau gegenüber.«

Du bist aber nicht ich. Du Hirni. Und ich hab kein schlechtes Gewissen. Ich tu doch so viel für sie und für die Kiddies. Einen besseren Ehemann könnte Ingrid gar nicht haben.

»Kümmer du dich um dein Gewissen!«, knurrte er mich an.
»Schon okay, ich will dir nicht reinreden. Wie lange machst du das denn schon mit den Kerlen?«
»So lange, wie ich verheiratet bin. Zehn Jahre.«
»Zehn Jahre? Und wie oft hast du Sex mit einem Typen?«

Das ist doch scheißegal. Wen interessiert das? Niemanden. Und überhaupt, ist doch gar nicht so oft.

»Ein-, zweimal im Monat.«
»Seit zehn Jahren?«
»Klar. Es ist geil, ab und zu einen Kerl zu riechen.«

Und das hat mit Ingrid überhaupt nichts zu tun. Das sind komplett andere Welten ... Ich fass ihm jetzt mal zwischen die Beine. Hab keine Lust mehr auf Quatscherei.

Ich traute meinen inneren Ohren nicht – und schon war es passiert. Thomas hatte tatsächlich beherzt zugegriffen und ließ gar nicht mehr los.
»He«, sagte ich, »lass gut sein. Ich steh nicht drauf.« Und dann stieß ich seine Hand mit einem energischen Schubs weg.

Egal. Einen Versuch war's wert.

»Jetzt zier dich nicht so. Weißt ja gar nicht, was dir entgeht.«
»Und so soll es auch bleiben! Hast du schon oft von Männern einen Korb bekommen?«

Du Arsch. Die Kerle stehen auf mich.

»Wahrscheinlich nicht öfter als du von Weibern.«
»Oh, hast du eine Ahnung. Mein Selbstwertgefühl ist in dieser Hinsicht verbeult wie ein altes Auto. Hatte zwar viele Frauen in meinem Leben, habe aber auch eine ganze Menge Abfuhren einstecken müssen.«

Wundert mich gar nicht.

»Kann ich mir gar nicht vorstellen«, sagte er mit einem süßlichen Grinsen.

Ich versuch's nochmal.

Und noch bevor ich reagieren konnte, spürte ich schon seine Hand auf meiner Hand. Er streichelte auf eine Art und Weise, wie ich es von Frauen nicht kannte. Rauer, fester, fordernder.

»Zum letzten Mal: Lass mich in Ruhe. Ich hab keinen Bock auf dich!«, sagte ich gereizt – und drehte mich von ihm weg.

Dann sauf ich mich jetzt zu.

»Verklemmter Spießer!«, raunzte er mich an.

»Ich glaube, das bist eher du! Wer führt denn ein Doppelleben? Wer betrügt seine Frau? Wer steht nicht zu seiner Sexualität? Wer von uns beiden ist denn wohl die feigere Socke?«

Er sagte nichts. Er dachte nichts. Dafür nahm ich in meinem Inneren ein immer tiefer werdendes Schwarz wahr. Thomas geriet in Zorn. Und ich kam in Fahrt.

»Was machst du eigentlich beruflich?«, fragte ich ihn.

Nach kurzer Pause sagte er: »Lehrer. Erdkunde und Sport, Oberstufe!«

»Na, hervorragend! Da spielst du im normalen Leben den braven, sportbegeisterten Ehemann, verkaufst dich als netten Schwiegersohn, hast wahrscheinlich ein Reihenhaus mit Vorgarten, bist Beamter – und in der Schule starrst du den jungen Kerlen auf den Arsch und treibst dich nachts in Spelunken herum, um heimlich Männer aufzureißen. Toll! Und wer hat gerade das Wort ›Spießer‹ gebraucht?«

Das muss ich mir nicht anhören. Der soll vor seiner eigenen Haustür kehren. Ich lass meine Ehe und mein Leben von dem nicht in den Dreck ziehen.

»Willst du eine in die Fresse?«, sagte er drohend.
»Dafür bist du viel zu besoffen, du Flasche.«
»Du Flasche« hätte ich nicht sagen sollen, das gebe ich zu. Aber er hatte mich wütend gemacht, und so war mir diese Beleidigung herausgerutscht. Was dann geschah, habe ich nur noch verschwommen in Erinnerung.

Ich sehe seine geballte Faust auf mein Gesicht zuschnellen, höre Jean hinter mir irgendetwas kreischen und falle lautlos von meinem Barhocker vor die Füße eines Fremden. Danach Filmriss.

Als ich wieder zu mir kam, saß ich in einem bequemen Plüschsessel, unweit der Bühne. Genauer gesagt, ich hing in dem Sessel. Jean und der Barkeeper hatten mich dorthin geschleppt und hielten mir Eiswürfel an die Stirn.

»Er ist weg, ich habe ihn rausgeschmissen«, sagte Jean. »Alles so weit in Ordnung?«

Ich checkte meine körperlichen Funktionen durch und sagte: »Alles okay. Vielen Dank. Jetzt noch einen Martini und dann geh ich nach Hause.«

Flora war die erste Prostituierte, die ich privat kennenlernte. Auch sie verkehrte regelmäßig im La Cage. Mir war aufgefallen, dass sie den Laden nie vor drei Uhr morgens betrat und immer ohne Begleitung kam. Ich schätzte sie auf Mitte zwanzig, sie hatte langes schwarzes Haar, blaue Augen, ein hübsches Gesicht und einen sinnlichen Mund. Zwar schien sie mit vielen Leuten bekannt zu sein, aber meistens saß sie allein an ihrem Tisch. Rauchte, trank Sekt und hielt ab und zu einen Plausch mit den La-Cage-Künstlern. Eines Nachts gab ich mir einen Ruck und fragte sie, ob ich mich zu ihr setzen dürfe.

»Das kannst du machen«, sagte sie und zeigte auf den freien Stuhl neben sich. »Aber ich bin nicht mehr im Dienst.«

Da mir Jean ein paar Nächte zuvor von ihr erzählt hatte, wusste ich sofort, welchen Dienst sie meinte.

»Darum geht es mir auch nicht«, antwortete ich. »Ich würde dich trotzdem gern zu einem Drink einladen.«

Er wirkt ganz nett. Etwas glasige Augen. Ob er besoffen ist?

»Ich nehme noch einen Piccolo«, sagte sie. »Und du, was trinkst du?«

»Ich schließe mich an! – Kellner, zwei Piccolo bitte! – Ich heiße übrigens Arne.«

»Und ich Flora. Du weißt, dass ich eine Hure bin?«

»Ja.«

»Und du? Was bist du?«

»Diese Frage stelle ich mir in letzter Zeit auch öfters«, antwortete ich und versuchte ein wenig zu lächeln.

Will er mich auf den Arm nehmen?

»Wie meinst du das?«, fragte sie.

»Nun, sagen wir es mal so, ich hänge momentan ziemlich in der Luft. Frau weg. Job weg. Haus weg. Aber es war meine eigene Entscheidung.«

Was will er von mir? Will er nur quatschen?

»Warum hast du alles aufgegeben?«
»Schwer in einem Satz zu sagen ... Vielleicht, weil ich endlich kapiert habe, wie kurz das Leben ist.«
»Wie kurz das Leben ist?«
»Ja. Es ist verdammt kurz. Selbst, wenn man sehr alt wird.«

Redet ja komisches Zeug, der Typ.

»Ich verstehe nicht, worauf du hinauswillst«, sagte sie.

Ob er auf Drogen ist?

»Ich habe zu viele Jahre falsch gelebt – und diese Zeit ist unwiederbringlich verloren. Jetzt bin ich ein Suchender, was ich schon als großen Fortschritt empfinde. Aber ich weiß noch überhaupt nicht, welchen Weg ich einschlagen soll.«

Wie krass. Vor einer Stunde hing ich noch zwischen zwei Schwänzen, mitten in einem Dreier – und jetzt wird's philosophisch. Was soll ich denn darauf antworten? Bei mir läuft doch auch alles krumm ...

Ich merkte, dass ich sie in Verlegenheit gebracht hatte. Meine Offenbarung war wohl zu rasant erfolgt. Also lenkte ich schnell das Thema auf ihre Person.

»Arbeitest du schon lange als Hure?«
»Fast fünf Jahre jetzt.«

Drecksjahre waren das.

»Wie bist du dazu gekommen?«

Soll ich es ihm sagen?

»Hat sich so ergeben.«
   »Einfach so?«
   »Nein.«

Ich blöde Kuh, ich hätte Ja sagen sollen.

»Wie denn dann?«, bohrte ich nach.
   Sie schwieg für einen Augenblick. Auch aus ihrem Kopf war nichts zu hören.
   »Na gut, dann sage ich es dir. Aber halt bloß deinen Mund, sonst bekommst du Ärger. Es soll niemand wissen. Ich bin eine Junkie-Nutte. Sonst könnte ich mir das Zeug nicht finanzieren. Damals, als ich mit dem Gewerbe angefangen habe, war ich Kokserin, später kam dann noch Heroin dazu. Und so geht es bis heute. Bin ziemlich am Arsch.«

Mal sehen, wie er reagiert.

»Keine Sorge, ich halt den Mund. Warum sollte ich irgendwem irgendwas von dir erzählen? – Hast du was gelernt oder zumindest einen Schulabschluss?«

Du denkst wohl auch nur in Klischees? Nutte gleich blöd – oder was?

»Ich habe Abitur. Mehr aber auch nicht.«
   »Immerhin. Darauf ließe sich doch gut aufbauen. Warum machst du nichts aus deinem Leben?«

Ich muss morgen zum Frauenarzt. Hoffentlich hab ich mir nichts geholt. Es juckt und brennt seit Tagen.

»Aus meinem Leben?«

Sie lachte verächtlich und zündete sich eine neue Zigarette an.

»Ja, aus deinem Leben!«

Sie blickte in die Luft und blies den Rauch nach oben an die Decke.

Kann jeder etwas aus seinem Leben machen?

»Weißt du, mein Vater hat mich bis zu meinem vierzehnten Lebensjahr grün und blau geprügelt. Dann ist das Schwein Gott sei Dank krepiert. Meine Mutter war Alkoholikerin. Auch sie hat er über Jahre geschlagen und misshandelt. Ich musste als kleines Mädchen oft dabei zusehen. Einmal hat er uns beide mit Benzin übergossen und angezündet. Willst du noch mehr hören? Wohl kaum, oder? Ich jedenfalls will nicht mehr erzählen. Ein knappes Jahr nach seinem Tod kam meine Mutter in die geschlossene Psychiatrie, und da ist sie noch heute. Sie kennt mich nicht mehr.«

Ich war erschüttert und wusste überhaupt nicht, wie ich das Gespräch weiterführen sollte.

Was quatsche ich den zu? Mein Leben ist dem doch völlig egal.

»Das tut mir alles sehr leid«, sagte ich hilflos.

Niemandem tut etwas wirklich leid. Außer man ist selbst betroffen. Es gibt nur Selbstmitleid. Alles andere ist Lüge, Gefühlsduselei.

Und noch während ich über ihre Gedanken nachgrübelte, fragte sie mich:

»Und du? Was wird nun? Willst du dir eine neue Arbeit suchen? Kannst ja nicht den Rest deiner Tage oder Nächte hier im La Cage verbringen. Was bist du überhaupt von Beruf?«

Ach ... eigentlich auch egal.

Ich überlegte kurz, wie ich reagieren sollte – und entschied mich für die Wahrheit.
»Ich war Zeitungsjournalist und habe erst mal nicht vor, mir eine neue Arbeit zu suchen.«

Hast wahrscheinlich genug Kohle in der Tasche, dass du dir das leisten kannst.

Dann beging ich allerdings den Fehler, wahrscheinlich wegen meines Alkoholpegels und weil mich sowohl ihre Geschichte als auch ihre Gedanken verwirrt hatten, weiter von mir zu erzählen:
»Ich habe meine Frau nicht mehr geliebt. Und sie mich auch nicht. Unsere Ehe war tot. Na ja, und meine Arbeit – von außen betrachtet war es ein guter Job, aber ...«

Hoffentlich hab ich mir keine Chlamydien oder die Syphilis geholt.

»Ja, manchmal will man einfach nicht mehr«, sagte sie.
Ich aber kapierte immer noch nicht und quasselte weiter:
»Es war die Routine, das Desinteresse an den Inhalten meiner Arbeit, das Gefühl, im Grunde sinnlose Dinge zu tun, die Sehnsucht nach Freiheit, ja, auch die Herausforderung, sich der eigenen Angst zu stellen.«

Sie schaute mich schweigend an.

Du interessierst mich nicht. Überhaupt nicht. Du bist sicher kein schlechter Typ, aber dein Leben ist mir völlig egal, so wie dir mein Leben auch völlig egal ist.

»Komm! Jetzt lade ich dich ein«, sagte sie und bestellte zwei weitere Piccolos. »Lass uns über das La Cage sprechen! Wie fandest du vorhin die Show mit Lisa Lametta?«

16

Es gab eine Bar, die ich in jenen Wochen und Monaten fast ebenso oft besuchte wie das La Cage. Sie hieß Empire. Edel aufgemacht, aber etwas heruntergekommen. Gemischtes Publikum: leger, individuell, eher jung. Eigentlich bestand das Empire lediglich aus einer riesigen Theke, die mich an Hoppers »Nighthawks« erinnerte.

Mein Alkoholkonsum stieg in jener Zeit eklatant an. Früher hatte ich nie viel getrunken. Jetzt schon. Die Nächte und die Drinks gehörten einfach zusammen. Da ich in meinem früheren Leben wenig Exzessives getan hatte, empfand ich mein Verhalten nicht als bedenklich. Im Gegenteil. Ich machte eine neue Erfahrung, und die galt es nun auszuleben. Außerdem war ich froh über die enthemmende Wirkung des Alkohols. So kam ich schneller in Kontakt mit anderen Leuten. Ich trank allerdings nie so viel, dass ich nicht mehr Herr meiner Sinne gewesen wäre. Ich kann mich an alles und jeden gut erinnern.

Zum Beispiel an Carsten Neuried und Frau Scholzen. Beide lernte ich im Empire kennen.

Ich glaube, die meisten hier gucken mich an – oder sie tun so, als hätten sie mich nicht erkannt.

Das war der erste Satz, den ich aus Carstens Gehirn hörte. Und schon drehte auch ich mich nach ihm um und schaute ihn an.

Er saß neben mir, war wohl gerade erst gekommen und bestellte ein Budweiser.

Aha, der hier gafft auch.

Ich drehte meinen Kopf sofort wieder zur Seite.

Ich mach erst mal auf cool.

Er trank betont lässig aus seiner Flasche.

Jetzt beobachtet der Kerl mich im Spiegel. Hundertpro will er gleich ein Autogramm haben.

Zum zweiten Mal ertappt, senkte ich schnell meinen Blick.
Autogramm? War er berühmt? Musste ich ihn kennen? Aber ich hatte keinen blassen Schimmer. Allerdings war es nicht gerade hell im Empire, und ich hatte nur flüchtig zu ihm hinsehen können. Also schaute ich ein weiteres Mal in den Spiegel. Aber dummerweise trafen sich unsere Blicke schon wieder.

Wie geil, so angeguckt zu werden. Und die da hinten starren auch schon alle.

Verärgert über mich selbst, schaute ich sofort in eine andere Richtung. Erkannt allerdings hatte ich ihn wieder nicht.

Freundlich, der Keeper. Saustolz ist er, dass er mich bedienen darf. Kriege bestimmt gleich was spendiert.

Und ich traute meinen Ohren nicht. Meinen körperlichen Ohren.

Der Barkeeper beugte sich tatsächlich über die Theke und sagte zu meinem Nachbarn: »Schöne Grüße vom Chef da drüben, das Budweiser geht natürlich aufs Haus.«

»Wie nett!«, antwortete der Mann knapp und betont charmant und nickte an mir vorbei in Richtung des Chefs.

Arschkriecher.

Arschkriecher? Meinte er mich oder den Bar-Inhaber?

Für ein paar Sekunden schaute ich meinen Nachbarn von der Seite an. Er war ein attraktiver Typ, wesentlich jünger als ich, topgepflegt, und sein T-Shirt verriet einen perfekten Oberkörper.

Jetzt wird er penetrant.

Ich kannte diesen Mann definitiv nicht. Offenbar aber war er prominent. Ich überlegte. Vielleicht gehörte er zu der Heerschar von mehr oder weniger populären Seriendarstellern. Diese Art der Unterhaltung hatte mich nie interessiert, und so waren mir die Stars dieser Sendungen völlig unbekannt. Oder saß neben mir vielleicht ein Schlagersänger? In diesem Genre war ich ebenfalls nicht gerade bewandert. Er hätte auch ein Fernseh-Moderator sein können, der mir bisher nicht aufgefallen war.

Genau in diesem Moment sprach ihn eine junge Frau an.

»Entschuldigen Sie bitte, es ist nicht meine Art, und Sie wollen sicher Ihre Ruhe haben, aber könnte ich vielleicht ein Autogramm von Ihnen bekommen?«

Süße Kleine.

»Aber natürlich, sehr gerne!«

Er griff in eine Seitentasche seiner Hose und holte ein Kärtchen hervor, darauf sein Konterfei.
»Wie heißen Sie denn mit Vornamen?«
»Anja! – Wissen Sie, ich sehe Sie fast jeden Tag. *Liebesgeflüster* ist meine absolute Lieblingsserie, und Sie sind mein Lieblingsschauspieler.«

Ich hatte also mit meiner ersten Vermutung genau richtiggelegen.

»Oh, vielen Dank!«, antwortete er lachend – und das Weiß seiner Zähne sprang mir sofort ins Auge.
Er schrieb »für Anja, alles Liebe« neben seine Unterschrift und überreichte der aufgeregten jungen Frau das Autogramm.
»Machen Sie weiter so!«, sagte sie scheu – und ging, ohne eine Reaktion von ihrem Star abzuwarten, an das andere Ende der Theke.

Jedes Autogramm ist ein Triumph.

Ich entschied mich, ihn anzusprechen.

»Sie sind Schauspieler?«

Das will ich meinen, du Depp.

»Ja, das bin ich«, sagte er freundlich, wenn auch ein wenig pikiert.
»Entschuldigen Sie, ich gucke im Fernsehen meist nur Nachrichten, Dokumentationen oder alte Filme. Deshalb

kenne ich Sie wohl nicht. Wie lange sind Sie schon in dem Beruf?«

»Ich wurde entdeckt. Vor drei Jahren, bei einem Casting.«

»Und Sie spielen in einer Serie?«

Aber das ist erst der Anfang.

»Ja, eine der Hauptrollen in *Liebesgeflüster*. Die Serie läuft täglich.«

»Das ist bestimmt eine Menge Arbeit?«

»Ja, durchaus. Ich bin jeden Tag bis zu zehn Stunden am Set. Man muss sich halt zu hundert Prozent einbringen, und das kostet viel Energie.«

Kannst du dir natürlich nicht vorstellen.

Ich spielte den Beeindruckten, aber schon jetzt war mir der Kerl ziemlich unangenehm.

»Das kann ich mir denken«, antwortete ich. »Ein künstlerischer Beruf verlangt vollen Einsatz.«

»Genau. Und man ist es dem Publikum schuldig.«

Ohne mich wäre die Serie nichts.

»Was für einen Charakter spielen Sie? Identifizieren Sie sich mit der Rolle?«

»Ach, mir fällt gerade auf, dass wir uns ja noch gar nicht vorgestellt haben«, sagte er etwas gekünstelt. »Mein Name ist Carsten Neuried.«

Er gab mir die Hand, und auch ich stellte mich vor. Aber dann kam er schnell auf meine Frage zurück.

»Wissen Sie, Arne, man muss sich in jede Rolle intensiv hineinarbeiten, um ihr gerecht zu werden. Ich würde da nicht von identifizieren sprechen. In *Liebesgeflüster* spiele ich den intriganten Schwiegersohn eines Hoteliers. – Was machen Sie denn so beruflich?«

Ich hatte keine Lust, mit ihm ein ernsthaftes Gespräch zu führen, geschweige denn, ihm die Wahrheit zu sagen. Also antwortete ich: »Bankkaufmann, ich arbeite am Geldschalter in einer Sparkasse.«

Ach, du Scheiße.

»Oh, wie interessant. Da kommen Sie ja mit vielen Leuten zusammen.«
»Ja, aber das ist nichts Besonderes.«

Glaub ich dir aufs Wort.

»Nein, so können Sie das nicht sehen«, sagte er. »Jeder Beruf hat doch was. Man muss nur das Beste daraus machen.«
»Genießen Sie Ihre Popularität?«, fragte ich ihn.

Genießen? Sie steht mir zu, ich hab sie mir verdient.

»Sie hat Vor- und Nachteile. Wenn ich zum Beispiel an der Flughafenkontrolle stehe und die Menschen mich anstarren, dann fühle ich mich schon oft alleine und ungeschützt.«

Mir kamen die Tränen.

Aber so ist das halt als öffentliche Person.

»Das glaube ich«, sagte ich. »Ruhm macht einsam.«
»Vielleicht. Und die Menschen nehmen einem alles übel«,

ereiferte er sich. »Ich könnte Ihnen Sachen erzählen. Ein falsches oder unbedachtes Wort – und schon steht's am nächsten Tag in der Zeitung. Das ist unglaublich. Man ist doch auch nur ein Mensch.«

Ich halte verdammt nochmal jeden Tag mein Gesicht in die Kamera. Da hat man auch ein Recht auf sein Privatleben.

Er achtete gar nicht mehr auf mich. Er schaute mich zwar an, aber im Grunde durch mich hindurch. Ich war nur Staffage. Er textete mich zu. Es waren reine Schimpftiraden auf die Boulevard-Presse. Ich nickte hin und wieder oder sagte ab und zu »aha«. Nach einer Weile unterbrach er seinen Redefluss und trank von seinem Bier.

In spätestens zwei Jahren hab ich eine Hauptrolle beim Film. Und in fünf Jahren bin ich in Hollywood.

»Was sind Ihre Pläne und Träume? Wo wollen Sie hin?«, fragte ich ihn.
Er blickte mich erstaunt an und sagte: »Erst mal hat *Liebesgeflüster* Priorität. Und später würde ich gerne zum Theater gehen. Der Kontakt mit dem Publikum ist mir wichtig.«

Er nahm erneut einen Schluck.

Und irgendwann werden sie Straßen nach mir benennen.

Spätestens jetzt hatte ich genug.
Immer schon waren mir narzisstische Menschen unangenehm gewesen. Die meisten kaschierten diese Eigenschaft geschickt, und man konnte nur ahnen, was wirklich in ihnen vorging. Nun aber hatte ich die nackte Wahrheit ohne Filter

gehört. Und war bedient. Ich wollte mich nicht mehr weiter mit Carsten Neuried unterhalten. Was hätte ich auch noch sagen oder fragen sollen?

Allein seine Anwesenheit verursachte mir körperliches Unbehagen. Ich fühlte mich förmlich von ihm benutzt.

Ohne weiter darüber nachzudenken, sagte ich etwas, was ich so direkt noch niemandem ins Gesicht gesagt hatte:

»Sie sind mir ausgesprochen unsympathisch. Ich habe keine Lust, weiter mit Ihnen zu reden. Ich werde jetzt gehen!«

Er war so baff, dass ihm zunächst die Worte fehlten. Auch aus seinem Kopf konnte ich nichts wahrnehmen.

Während ich allerdings das Geld für meine Getränke auf den Tresen legte, meldete sich *die Stimme*:

Der Typ ist wohl übergeschnappt. Der ist verrückt. Der hat nicht alle Tassen im Schrank.

Als ich schon vom Barhocker aufgestanden war, sagte er doch noch etwas. Aber ich konnte es nicht mehr verstehen.

Am Silvesterabend dieses für mich so ereignisreichen Jahres lernte ich im Empire Frau Scholzen kennen.

Aber der Reihe nach.

Silvester war für mich, im Gegensatz zum Heiligen Abend, seit jeher ein heikles Datum gewesen. Selbst während meiner Zeit mit Anna überkam mich am 31. Dezember stets eine heftige Melancholie, die nicht selten in einer tiefen Traurigkeit endete. Ich konnte dieser übermächtigen Flut von Gefühlen nie etwas entgegensetzen. Nahte das Ende des Jahres, so starrte ich gebannt, beinahe wie gelähmt auf den Kalender und wusste, was unausweichlich auf mich zurollen würde. Es gab kein Entrinnen, kein Ausweichen, keine kluge Strategie, mit dem magischen Datum umzugehen. Es gab nur eins: die Zähne zusammenbeißen und durch!

Tausend Gedanken und Erinnerungen sprudelten während der letzten Stunden des Jahres in mein Bewusstsein:

Die Silvesternächte, die ich als Kind und Jugendlicher mit meinen Eltern verbracht hatte.

Die Wehmut darüber, wie zerbrechlich und vergänglich alles ist.

Die Erzählungen über den Opa, den ich nie kennengelernt habe, der an einem Silvestertag in einem für mich so fernen Jahrhundert geboren worden war und dann in den Wirren des Zweiten Weltkrieges zuerst seine Beine und dann sein Leben verloren hatte.

Die Gewissheit, dass ein jeder letztendlich allein ist.

Die Sehnsucht meiner frühen Jahre nach der ganz großen Liebe.

Das Gefühl, so oft gescheitert zu sein.

Die Angst, das Leben zu verfehlen.

Die Verzweiflung darüber, dass vielleicht jedes Streben sinnlos ist.

Die Tränen, die ich als junger Mann beim Hören von Beethovens Neunter zum Jahresausklang vergossen hatte ...

Sonderbar war immer gewesen, dass ich die Stunde null, genauer gesagt die ersten Sekunden und Minuten des neuen Jahres, als äußerst intime Momente empfand. Ich verspürte sogar Scham und Widerwillen, sie mit anderen Menschen zu teilen. Besonders mit Fremden. Wurde ich dann auch noch umarmt oder geküsst, wäre ich am liebsten davongelaufen. Nur die Anwesenheit meiner Eltern früher hatte mir nichts ausgemacht. Im Gegenteil, sie krönte sogar noch die kurze heilige Zeit. Anna hingegen brachte mich immer in Verlegenheit, wenn sie mir innig über die Wangen streichelte und beispielsweise sagte: »Ganz viel Glück, mein Bärmann, das wünsche ich dir! Ein gutes neues Jahr!«

Nun war es also wieder so weit, und ich überlegte, wie und wo ich den Silvesterabend verbringen sollte. Schon am 30. Dezember bemerkte ich, dass sich mein Unbehagen vor dem Jahreswechsel diesmal in Grenzen zu halten schien. Und tatsächlich, auch am 31. war ich eher in gleichgültiger denn in angespannter Verfassung.

Am Silvestertag schlief ich zunächst lange, las dann noch ein paar Stunden im Bett und setzte mich am späten Nachmittag in mein Auto. Es war ein kalter, diesiger Wintertag, und immer wieder hatte es in den vorangegangenen Stunden ein wenig grießelig geschneit. Ich fuhr stadtauswärts auf einer breiten Landstraße und bewunderte das hübsche kleine Schauspiel auf der Fahrbahn. Der gefrorene Boden, der leichte Wind und die Zugluft der dahinfahrenden Autos ließen die feinen Schneekörner in alle Richtungen verwehen, und es entstanden für Sekunden lebendig wirkende Ornamente, die aber sofort wieder zerfielen und sich in andere bizarre Strukturen verwandelten. Ich hörte Cash und dachte an nichts Bestimmtes. Mein Leben kam mir in diesen Wochen ohnehin immer unwirklicher vor; und manchmal malte ich mir aus, wie ich gleich aufwachen und feststellen würde, dass ich alles nur geträumt hatte. Aber ich war froh, dass ich nicht aufwachte. Denn ein Zurück in meine alte Realität wäre einer Katastrophe gleichgekommen. Daran gab es keinen Zweifel.

Während ich so durch die märchenhaft anmutende Winterdämmerung cruiste, beschloss ich, den Abend und den Jahreswechsel im Empire zu verbringen. Nicht ahnend, dass ich in der heiligen Zeit der Stunde null zwischen den Eingängen der nach Urinstein riechenden Damen- und Herrentoiletten sitzen würde.

Zur Feier des Tages hatte das Empire Frau Scholzen als Toilettenfrau engagiert. Vermutlich weil man einen großen Ansturm von Gästen erwartete und trotzdem die Sauberkeit der WC-Räume gewährleisten wollte. In der restlichen Zeit des Jahres war dort keine Reinigungskraft anzutreffen.
Die Toiletten befanden sich im Kellerbereich der Bar.
Gegen dreiundzwanzig Uhr kam ich an diesem unwirtlichen Ort mit Frau Scholzen ins Gespräch. Sie war knapp siebzig Jahre alt, zierlich gebaut, freundlich, hatte kurze, glatte graue Haare und trug eine unauffällige Brille mit dünnem Goldrand. Ich setzte mich zu ihr an einen kleinen Tisch, der zwischen den geöffneten Türen der Damen- und der Herrentoilette stand, und begann mit ihr zu plaudern. Einige der vorbeieilenden Gäste legten beim Verlassen des stillen Örtchens ein paar Münzen in die von Frau Scholzen bereitgestellte weiße Untertasse.

»Fällt es Ihnen nicht schwer, am Silvesterabend hier zu arbeiten?«, fragte ich sie.
»Ach nein, auf mich wartet niemand mehr.«

Es sind ja alle tot.

»Geht mir genauso. Ich lebe zurzeit auch alleine.«
»Haben Sie keine Frau oder Kinder?«
»Nein, weder Frau noch Kinder. Lebe in Scheidung.«

Scheidung ist ein Unglück.

»Oh, dann haben Sie es momentan bestimmt nicht leicht«, sagte sie. »Tja, aber hier ist man wenigstens unter Leuten.«
»Das stimmt«, erwiderte ich. »Und wie ist das bei Ihnen? Haben Sie Kinder?«

Sie schwieg – und meine inneren Augen nahmen plötzlich ein intensives Grün wahr. Die alte Frau wurde traurig.

Das kann man ja alles gar keinem erzählen ...

»Nein«, sagte sie. »Ich habe ... ich bin ... ganz allein. Mein Mann und meine beiden Kinder sind verstorben.«

»Oh, das tut mir sehr leid.«

Ich darf jetzt nicht weinen. Ich muss mich zusammennehmen.

»Mich lenkt die Arbeit außerdem recht gut ab«, sagte sie.

Aber ich brauch das Geld ja auch so nötig. Ich käm sonst gar nicht über die Runden. Da hat man ein Leben lang gearbeitet ... und kann im Alter kaum die Miete bezahlen.

Es entstanden immer wieder längere Gesprächspausen, die jedoch kein Gefühl von Peinlichkeit aufkommen ließen. Wie selbstverständlich saß ich mit Frau Scholzen an dem kleinen Tisch, und zusammen beobachteten wir die vorbeigehenden Leute. Ich hatte meinen Kopf an die Wand gelehnt, etwas zu ihr hingeneigt – so konnte ich ihre Gedanken, die mich anzogen, gut hören, obwohl von oben, aus der Bar, die Musik auch nach unten schallte.

»Manche Leute hier sind recht hochnäsig«, sagte ich.
»Oh ja, sie kennen noch kein Leid.«

Zehn Jahre hab ich Karl gepflegt. Und dann sein letzter Atemzug in meinen Armen und die weit aufgerissenen Augen. Gestorben mit aufgerissenen Augen. Konnte sie ihm nicht schließen. Gingen immer wieder auf. So liegt er unter der Erde. Und starrt mich von unten an, wenn ich an seinem Grab steh.

»Wie lange leben Sie schon allein?«, fragte ich. Aber kaum hatte ich den Satz ausgesprochen, meldete sich schon mein Gewissen. Vielleicht war die Frage zu indiskret, vielleicht würde sie zu sehr am Schmerz der alten Frau rühren. Aber ich konnte meine Worte nicht mehr zurücknehmen.
»Fünf Jahre«, sagte sie ernst.

Wie hab ich diese fünf Jahre bloß überstanden? Aber auch die Jahre davor? Es gab keinen einzigen leichten Tag. Aber der Herrgott lässt mich noch nicht sterben. Ja, wenn meine Mädchen noch bei mir wären. Dann hätte das Leben einen Sinn.

»Das ist eine lange Zeit«, erwiderte ich.
»Oh ja, aber jeder muss sein Schicksal tragen. – Wissen Sie, ich hatte zwei wunderbare Mädchen, Zwillinge. Ich denke oft an die Jahre, als die beiden noch zur Schule gingen. Ich glaube, das war die schönste Zeit meines Lebens. Wir haben so viel zusammen unternommen, mein Mann, ich und die Mädels ...«

Damals unsere erste Reise nach Italien mit dem kleinen Wohnwagen. Was waren wir alle glücklich. Das Meer. Die Sonne. Das schöne Essen. Und dann ein paar Jahre später ... diese Tragödie. Ich hab es nie überwunden. Nie. Karl auch nicht. Unser Leben war kaputt.

»Wie hießen denn Ihre Mädchen?«
»Sonja und Conny. Sie waren eineiige Zwillinge – selbst

ich hatte manchmal Schwierigkeiten, sie auseinanderzuhalten. Die beiden haben uns ganz schön oft an der Nase herumgeführt. Da gab sich die eine mal als Sonja aus, aber es war Conny – und umgekehrt.«

Frau Scholzen lächelte still und schaute zu Boden.

Auch ich schwieg und lächelte ein wenig – muss aber gestehen, dass ich neugierig geworden war. Was hatte sie mit »Tragödie« gemeint? Was war den Mädchen zugestoßen? Hatten sie vielleicht einen Unfall gehabt? Oder waren sie beide an einer schrecklichen Krankheit gestorben?

»Sie haben Ihre Töchter sicher sehr geliebt!«, versuchte ich das Gespräch fortzuführen.

»Oh ja, mehr als mein eigenes Leben.«

Wenn ich mir ihre Angst in den letzten Minuten vorstelle. Herrgott, warum hast du das alles zugelassen? Warum hast du den beiden nicht geholfen? Sie waren doch noch so jung, so unschuldig ...

»Darf ich Sie fragen, wann Ihre Kinder verstorben sind?«

»Ja, das dürfen Sie. Es ist schon lange her. Sehr lange. Da waren die Mädchen gerade mal achtzehn. Aber was sind schon Jahre oder Jahrzehnte, wenn man trauert? Sie kennen doch bestimmt auch den Spruch ›Die Zeit heilt alle Wunden‹. Aber glauben Sie mir, das stimmt nicht. Es gibt Wunden – da kann keine Zeit der Welt etwas ausrichten.«

Ich überlegte, ob ich jetzt vielleicht doch fragen sollte, woran die beiden Mädchen gestorben waren und warum offenbar seltsamerweise zur selben Zeit. Aber ich traute mich nicht.

Was für eine Situation auch: Da saßen wir beide vor den Klosetts einer Bar, es roch unangenehm, es war laut, immerzu rauschten mehr oder weniger angetrunkene Gäste an uns vorbei, das Jahr stand ganz kurz vor seinem Ende – und wir sprachen über Trauer, Leid und Verlust.

Ich werd ihm nicht erzählen, was mit den Mädels passiert ist. Darüber möchte ich hier nicht sprechen. Obwohl er ja ein feiner Mensch ist. Ich wunder mich, dass er sich überhaupt mit mir abgibt und sich mit mir unterhält. Für all die anderen hier bin ich doch nur Luft.

Wie sollte ich mich jetzt verhalten?
Ich schaute auf meine Uhr, es war drei Minuten vor Mitternacht. In diesem Moment überwältigte mich meine alte Silvestermelancholie doch noch, und ich bekam Angst vor der kurz bevorstehenden Zäsur. Angespannt zog ich an meiner Zigarette, hoffte, dass das alte Jahr noch mindestens dreißig Minuten andauern würde, schwieg und wusste mit meinen Blicken nicht so recht, wohin.

Er sagt nichts mehr. Vielleicht auch gut so. Wenn ich ihm erzählt hätte, dass Sonja und Conny ...

Jetzt war ein dröhnendes Johlen von oben, aus der Bar, zu hören. Die Musik wurde lauter, und die Gäste, die gerade noch die Toiletten benutzt hatten, rannten aufgescheucht und hektisch nach oben. Es war null Uhr. Die heilige Zeit. Das neue Jahr hatte begonnen.
»Dann wünsche ich Ihnen alles Gute«, sagte Frau Scholzen, stand auf und gab mir die Hand.
»Ich Ihnen auch! – Ich finde, dass Sie eine sehr nette Frau sind! Sie haben es verdient!«

So was hat schon seit Ewigkeiten keiner mehr zu mir gesagt.

Frau Scholzen schaute mich verlegen an, bedankte sich, griff in ihre Schürzentasche, holte ein Taschentuch hervor und putzte sich die Nase.

Wir setzten uns wieder hin.

Schwiegen.

Und dann überschlugen sich ihre Gedanken.

Hab alle beerdigt. Mutter, Papa, Oma, Karl, die Mädels. Sechsundvierzig würden die beiden dieses Jahr. Im Leichenschauhaus damals. Karl ist nicht reingegangen. Im Raum hat es nach Ajax gerochen. Ich konnte mir nicht das Leben nehmen. Karl hat immer alleine im Keller geweint. Mutter hat nie wieder gelacht. Es gibt keine Gerechtigkeit. Was ein Mensch alles aushalten kann. Hätte Karl doch nicht so lange leiden müssen. Er hat sich immer vor mir geschämt, wenn ich ihn gewindelt habe. Schön war sein Sarg. Und unsere Hochzeit damals. So ein Fest. Wenn wir geahnt hätten, was auf uns zukommt. Die Geburt der Mädchen war so schwer. Du bist unsere Lieblingsmama, haben sie immer gesagt. Sogar der Pastor hat bei ihrer Beerdigung mit den Tränen gerungen. Die Musik. Der Herr ist mein Hirte. Ein Rosenmeer. Wie ihre Lehrerin am Grab ..., ach Gott, die Gräber. Karl kniete so lange. Niemandem die Hand geben können. Ich kriege keine Luft mehr. Komm, Kind, sagt Mutter. Aber meine Kinder da, in der Erde ...

Ihre Gedanken wurden immer konfuser. Sie tat mir unendlich leid. Im Laufe ihrer sprunghaften Assoziationen erfuhr ich dann ansatzweise, was mit ihren beiden Töchtern geschehen war. Man hatte sie damals tot aufgefunden, am Rande eines Zeltplatzes oder in einem Zelt. Offensichtlich waren sie Opfer eines Verbrechens geworden. Aber sicher bin ich mir nicht. Frau Scholzen formulierte keinen einzigen Gedanken, der darüber konkret hätte Aufschluss geben können. Aber wie auch immer, der Verlust ihrer beiden Töchter war das größte Unglück ihres Lebens gewesen. Das hatte ich verstanden. Und verstehen oder zumindest erahnen konnte ich, obwohl selbst kinderlos, dass ein derartiger Schicksalsschlag niemals zu überwinden ist.

»Hallo! Werden Sie dafür bezahlt, dass Sie vor sich hin starren? Hier bei den Weibern hat jemand gekotzt. Kümmern Sie sich mal drum! Ist ja ekelhaft!«

Mit diesen barschen Worten riss uns eine elegant gekleidete junge Frau aus unserer Nachdenklichkeit.

»Entschuldigen Sie bitte«, sagte Frau Scholzen, stand auf und ging in die Damentoilette.

Schon gegen ein Uhr verließ ich das Empire.

17

Noch wochenlang trieb ich mich nachts herum. Aber je mehr Zeit verging, desto weniger hatte ich Lust dazu. Ich war mutlos geworden. Wieder hatten die Menschen mich enttäuscht oder sogar abgestoßen, und meine Neugierde auf die wahren Gesichter hinter den Alltagsmasken schwand merklich. Es gab kaum mehr etwas Neues zu entdecken, so meine Einschätzung. Hinzu kam eine große Traurigkeit über das Leid auf der Welt. Zwar waren mir die meisten Personen, die ich getroffen hatte, gleichgültig bis unsympathisch gewesen, aber es gab doch auch immer wieder Menschen, deren Denken und Schicksal mir sehr zu Herzen ging. Frau Scholzen zum Beispiel behielt ich noch lange in meiner Erinnerung. Sie hatte ein so schweres Los. Niemand und nichts hätte sie davon erlösen können. Sie musste alles ertragen. Es gab keinen Ausweg.

Einmal vernahm ich aus dem Kopf eines Mannes in meinem Alter, dass er höchstens noch ein halbes Jahr zu leben haben würde. Er wirkte nach außen völlig normal und ruhig, in seinem Inneren aber tobten Angst und Verzweiflung. Er hatte einen Gehirntumor, würde Frau und drei Kinder hinterlassen. Ich fand ihn sehr nett, doch meine Versuche, ihn vorsichtig auf sein Befinden anzusprechen, scheiterten kläglich. Wir redeten drei Stunden über Belanglosigkeiten, über Autos, Bars, Frauen, Politik; währenddessen hörte ich die Hilfeschreie aus seinem Kopf und konnte nichts tun. Und selbst wenn ich mit ihm über seine Angst hätte sprechen können – welche Worte wären die richtigen gewesen? Welchen Trost hätte es für ihn gegeben?

Ein andermal belauschte ich heimlich einen alten Mann. Ich hatte mich zufällig zu ihm auf eine Bank in einem Einkaufszentrum gesetzt. Wir grüßten uns kurz, führten aber kein Gespräch miteinander. Er war im Krieg gewesen. Zweiter Weltkrieg, Ostfront, russische Gefangenschaft. So viele Kriegsgedanken in seinem Kopf. Und das nach all den Jahren. Zerschossene Gesichter. Verstümmelte Leichen. Blut im Schnee. Wie er von russischen Soldaten gefoltert wurde. Seine frostverbeulten und eiternden Füße. Immerzu das Wort »Hunger« – und dann der Satz: »Wäre ich damals doch bloß auch gefallen.«

Den Gedanken einer jungen Frau hörte ich einmal zwangsläufig zu. Ich stand in einer langen Warteschlange vor einer Supermarktkasse. Es ging nur schleppend voran. Vor meinem Hintermann war ich durch einen überdimensionalen Einkaufswagen geschützt, der sich zwischen uns befand. Der jungen Frau vor mir allerdings kam ich ganz nahe, da ich keine Pufferzone vor mir herschob. Meine Einkäufe hielt ich in den Händen. Ein Ausweichen zur Seite war auch nicht möglich, da der Gang äußerst schmal war. So stand ich also da, bewegte mich ab und zu im Schneckentempo nach vorn und erfuhr viel Trauriges über die junge Frau. Sie hatte ein schwer krankes Kind, Laura. Laura lag in einem Kinderhospiz und schien eine Kämpfernatur zu sein. Die junge Frau wiederholte in Gedanken mehrmals einen Satz, den ihre kleine Tochter offensichtlich zu ihr gesagt hatte: »Mama, ich will noch nicht zu Oma in den Himmel, weil du es dann ohne mich hier so schwer hast und immer weinen musst.« Vor kurzem hatte Laura im Hospiz ihren elften Geburtstag gefeiert. Es war schön und herzzerreißend zugleich gewesen. All die dem Tode geweihten Kinder, wie sie für Laura gesungen hatten. Sie war nur noch Haut und Knochen, blass und so zerbrechlich. Woran sie litt, konnte ich nicht heraushören. Und dann betete die junge Frau in Gedanken, einige Meter vor der Registrierkasse: »Lieber Gott, schenke ihr noch ein paar gute Tage. Lieber Gott, gib mir Kraft, damit ich ihr Kraft geben kann.

Lieber Gott ... und wenn es so weit ist, lass sie schnell und friedlich sterben, nimm ihr die Angst, nimm ihr alle Angst.«

Hörte ich derart Erschütterndes, kamen mir die Lügen und Eitelkeiten der anderen Leute noch absurder und widerlicher vor. Überhaupt die Lügen. Sie machten mir so sehr zu schaffen. Im Grunde schon, seit ich Anna auf die Schliche gekommen war. Meine Zeit im Nachtleben hatte mir ein weiteres Mal gezeigt, wie lügenverseucht die menschliche Seele ist. Eine bittere Erkenntnis. Ich hatte mittlerweile in so viele Gehirne hineingehorcht, und mein Urteil stand fest:

Die Ehrlichen und Aufrichtigen sind so selten wie Diamanten.

Die meisten Menschen hatten einen fragwürdigen Kern. Sie waren getrieben von Eigensucht, Gier, Geiz, Neid und Niedertracht. Eigenschaften, die ich von mir selbst ja auch kannte. Mehr oder weniger ausgeprägt. Mehr oder weniger stark ausgelebt. Und je klarer ich das Schlechte in den anderen Menschen sah, desto mehr schämte ich mich für meine eigenen dunklen Seiten. Ich begann zu ahnen, wie viel Kraft, Disziplin und Strenge vonnöten sind, sich selbst zu überwinden, sich selbst richtig zu führen, das Selbst von den eigenen Schatten zu befreien.

Während meiner vielen heimlichen Beobachtungen war mir noch etwas aufgefallen, was ich früher niemals geahnt, geschweige denn gedacht hätte:

Mehr als alle anderen belügt der Mensch sich selbst.

Und auch in diesem Punkt musste ich mir an die eigene Nase fassen. Ließ ich die vergangenen Jahre Revue passieren, so fielen mir erschreckend viele Situationen ein, in denen ich mir die Wahrheit nach meinem Geschmack zurechtgebogen hatte. Oftmals war ich mir dessen gar nicht bewusst gewesen. Oftmals aber hatte ich den Selbstbetrug durchaus geahnt, ein schales Gefühl gespürt, dies jedoch sofort beiseitegeschoben und war wieder zur Tagesordnung übergegangen. Aus reiner Bequemlichkeit.

All dies im Kopf, fühlte ich mich immer elender.

Warum hatte die Natur beim Erschaffen des Homo sapiens so viele Fehler gemacht?

Ich kam aus dem Grübeln gar nicht mehr heraus und musste mir schließlich eingestehen, dass mir die nächtlichen Ausflüge den Rest gegeben hatten.

Ich war der Menschen endgültig überdrüssig geworden.

Vielleicht sogar der Welt – in der ich mir mittlerweile vorkam wie ein Irrlicht. Ich fühlte mich ohne Heimat, fremd überall, war scheu und misstrauisch. Immer wieder strich mir eine Rilke-Zeile durch den Kopf:

Wer jetzt kein Haus hat, baut sich keines mehr.

Wieder stand ich vor den grundsätzlichen Fragen: Wie geht es weiter? Was ist zu tun? Wie willst du leben?

Ich war ratlos.

Ein Fluch lag auf mir, gegen den ich mich nicht wehren konnte. Ich hatte mit allem, was mir einmal wichtig gewesen war, bewusst gebrochen. Und nun stand ich ganz allein in der Welt.

Während meiner letzten Besuche im La Cage oder im Empire verhielt ich mich so wie in den ersten Wochen meiner nächtlichen Streifzüge. Ich blieb allein, soweit das irgendwie möglich war. Doch diesmal steckte mein Widerwille dahinter. Ich fühlte mich wie weidwund und wollte mich vor *der Stimme* schützen. Jedes Wort, jeder Satz von ihr war zu viel. Jeder fremde Gedanke tat weh, und immer stärker hatte ich den Eindruck, als würden mich die Abgründe der anderen, in die ich ja zwangsläufig hineinsehen musste, aufsaugen wollen.

Also stand ich allein an den Theken, trank, rauchte und hoffte, dass die Zeit herumging. So aber durfte man nicht leben. Das war mir nach knapp einer Woche klar. Es musste etwas geschehen.

Die Idee, die mir dann kam, überzeugte mich sofort.

Das war die Lösung! Zumindest vorläufig. In die ferne Zukunft hinein wollte ich ohnehin nicht mehr denken und spekulieren. Das hatte ich früher viel zu oft getan. Es ging um das Jetzt, um die Gegenwart.

Wo würde ich mich vor den Gedanken der Menschen am besten schützen können?

In der Einsamkeit. Ja.

Und in einem fremden Land, dessen Sprache ich nicht einmal ansatzweise beherrschte.

Genau das war es!

Was hielt mich in meiner Stadt? Was hielt mich noch in Deutschland?

Gar nichts.

Ich war frei und verfügte über ausreichende finanzielle Mittel.

Welch ein Luxus – welch eine Chance.

»Geh fort, geh!«, sagte eine innere Stimme zu mir. »So schnell wie möglich, geh!«

Aber wohin sollte ich gehen? Mein Gespräch mit dem Volontär Sebastian fiel mir wieder ein. Auf seine Frage »Könnten Sie sich vorstellen, in Australien zu leben?« hatte ich damals ganz spontan geantwortet: »Ja – oder auch in Skandinavien.«

Australien kam nun wegen der Sprache nicht in Betracht. Aber Skandinavien. Genauer gesagt: Finnland. Die Sprache dort war mir absolut fremd. Ich konnte kein Wort Finnisch. Während meiner früheren Reisen durch Finnland hatte ich mir nie auch nur ein einziges Wort merken können, und ich war sicher, dass mir diese komplizierte Sprache für immer verschlossen bleiben würde. Also ein idealer Ort für mich. Ich könnte mit den Menschen das Nötigste in Englisch kommunizieren, ihre Gedanken wären für mich unergründlich, da unverständlich, und ich würde mich in diesem dünn besiedelten und so naturschönen Land sicher bestens zurückziehen können.

Meine Entscheidung stand fest.

Die nächste Zeit meines Lebens wollte ich in Finnland verbringen. Genauer gesagt in Nord-Finnland, denn diese Region des großen Wald- und Seenlandes hatte ich schon oft bereist und war von ihr besonders beeindruckt gewesen.

Ein paar Wochen strichen noch ins Land. Die brauchte ich auch, um meine Reise vorzubereiten. Es galt, einige finanzielle Dinge zu regeln, ich deckte mich reichlich mit Lektüre über Finnland ein, erledigte diverse Einkäufe und machte mein Auto fit. Denn mir war schnell klargeworden, dass ich mein Ziel nicht per Flugzeug erreichen wollte. Die lange Fahrt in den Norden Finnlands sollte mich allmählich auf mein neues Leben einstimmen.

Nachts ging ich nicht mehr aus. Warum auch? Ich zog mich jeden Abend früh in mein Hotelzimmer zurück, las, schlief viel und trank kaum mehr Alkohol.

Als alles vorbereitet war, brach ich allerdings nicht sofort auf.

Es gab eine Sache, die hielt mich zurück. Die musste noch ihren Abschluss finden. Daran führte kein Weg vorbei. Erst dann würde ich meine große Reise antreten können. Wie gebannt starrte ich jeden Morgen in mein kleines Fach an der Hotelrezeption. Ich erwartete Post. Und zwar den Termin für meine Scheidung von Anna.

Wie lästig mir diese Prozedur war. Würde sie mich doch noch einmal und mit Gewalt an meine Vergangenheit erinnern, mit der ich nichts mehr zu tun haben wollte – und ich würde auf Anna treffen. Was mir sehr gegen den Strich ging.

Endlich, nach zwei weiteren Wochen, war es so weit.

Als der Richter uns fragte: »Halten Sie die Ehe für gescheitert?«, bejahte ich klar und deutlich. Anna hingegen zögerte ein paar Sekunden, ich erschrak, sie schaute mich von der Seite an, senkte dann aber ihren Blick zu Boden und antwortete mit dünner Stimme: »Ja, sie ist gescheitert.«

Vor dem Gerichtsgebäude gaben wir uns die Hand. Ich sagte: »Adieu«, und sie: »Es war ja nicht alles schlecht.« Danach trennten sich unsere Wege.

Schon am nächsten Morgen, gegen sechs Uhr, saß ich in meinem Auto. Vor mir lagen zirka zweieinhalbtausend Kilometer.

18

Die Endstation meiner langen Fahrt war ein winziger Ort im Norden von Finnisch-Lappland. Weit oberhalb des Polarkreises. Ich hatte ihn angesteuert, weil er mir von früheren Reisen besonders im Gedächtnis geblieben war. Er lag an einem weit verzweigten See, war umgeben von ausgedehnten Wäldern, Mooren und schier endlos erscheinenden Tundraflächen. Die Vielfalt der Natur und das Landschaftsbild hatten einen bleibenden Eindruck bei mir hinterlassen. Damals allerdings, bei meinem ersten Besuch, war es Sommer gewesen, jetzt lag Schnee, viel Schnee. Und alles sah anders aus. Noch prachtvoller, noch anmutiger. Ich war überwältigt. So schön hatte ich es mir nicht vorgestellt. Zumal das Wetter am Tag meiner Ankunft optimal war: minus zehn Grad, wolkenlos und windstill, leuchtend blauer Himmel. Die Sonnenstrahlen glitzerten millionenfach über die Schneedecke; die Kiefern und niedrigen Birken waren so stark eingeschneit, dass man die Äste kaum mehr erkennen konnte, und ringsumher herrschte eine beinahe überirdische Stille.

In dem kleinen Ort, der eigentlich nur ein Weiler war, gab es einen Lebensmittelladen, eine winzige Tankstelle und ein garagengroßes Selbstbedienungscafé. Ich zögerte nicht lange und ging hinein. Jetzt musste ich mich durchfragen und Erkundigungen einziehen. Ich wusste von meinen früheren Reisen, dass verstreut in der Wildnis, vorwiegend am Ufer des Sees, Hütten und Blockhäuser standen. Viele gehörten einheimischen Rentierbauern, die sie selbst nutzten oder auch vermieteten, andere waren reine Feriendomizile, meist im Besitz von finnischen Stadtbewohnern, die einige Wochen des Jahres im hohen Norden verbrachten. Im Café kam ich sofort mit einer freundlichen Frau mittleren Alters ins Gespräch. Auf Englisch. Sie war offensichtlich die Chefin des kleinen Ladens und saß, als ich eintrat, gelangweilt an einem Tisch und las Zeitung. Sonst war niemand in dem Raum. Ich sei der erste Tourist seit Wochen, erzählte sie mir. Zu dieser Jahreszeit kämen kaum Fremde in die Gegend. Nur ab und zu würde ein Auto aus »Europa« (so drückte sie es aus), das auf der Durchreise nach Norwegen war, für einen Kaffee bei ihr Station machen. Ich hatte mich an ihren Tisch gesetzt, bewusst so, dass ich in Reichweite ihres Gehirns war. Ich wollte testen, wie es wäre, mit gänzlich fremdsprachigen Gedanken konfrontiert zu werden. Und schon bald musste ich innerlich schmunzeln, denn ich verstand in der Tat kein einziges Wort. Ein undefinierbares Kauderwelsch prasselte auf mich ein – und ich geriet darüber in eine fast euphorische Stimmung. Endlich konnte ich einem Menschen wieder so wie früher gegenübertreten, ohne von seinen geheimen Überlegungen abgelenkt, ernüchtert oder enttäuscht zu werden. Den niedrigen Geräuschpegel in meinem Kopf nahm ich dafür sehr gern in Kauf. Nur einmal, während einer kurzen Gesprächspause, erhielt ich doch eine Information über die Frau, mit der ich etwas anfangen konnte. Ich »sah«, dass sie in einer melancholischen Stimmung war. Das hatte ich vorher nicht bedacht: Die Gefühle der Menschen würde ich weiterhin wahrnehmen können, blieben mir ihre Gedanken auch verschlossen. Diese neue Erkenntnis allerdings beunruhigte mich nicht sonderlich. Ich suchte ja die Einsamkeit. Und würde ich ab und zu mit einem Einheimischen sprechen, so sollte es um Alltagsangelegenheiten gehen, um mehr nicht. Wenn ich dabei unter Umständen ein wenig über seine verborgenen Empfindungen erfahren sollte, wäre das nicht weiter der Rede wert.

Mein dringlichstes Anliegen nun aber war es, eine Unterkunft zu finden. Genauer gesagt, ich wollte ein Blockhaus irgendwo draußen am See mieten. Nachdem ich ein wenig mit der Frau über Finnland, Deutschland und den Winter an sich geplaudert hatte, trug ich ihr meinen Wunsch vor und fragte, ob sie vielleicht jemanden wüsste, der zurzeit ein solches Haus anbieten würde, mindestens für ein paar Monate, wenn nicht für länger. Sie überlegte, bat mich um etwas Geduld, griff zu ihrem auf dem Tisch liegenden Mobiltelefon und begann, wie sie mir zwischendurch zuflüsterte, mit einigen Rentierbauern der Umgebung zu sprechen. Und dann ging alles schneller, als ich zu hoffen gewagt hätte. Schon nach einer knappen Viertelstunde strahlte sie mich an und sagte: »Okay, I have a very nice cabin for you!« Und erklärte mir gleich den Weg zum Hof des Bauern, dem das Häuschen gehörte. Dort sollte ich mich zunächst melden. Der Hof läge zirka fünfzig Autominuten vom Ort entfernt, zur Hütte würde es dann noch einmal zehn bis fünfzehn Minuten dauern. Eine durchaus akzeptable Distanz in den unendlich erscheinenden Weiten Lapplands. Ich bezahlte schnell meinen Kaffee und machte mich sofort auf den Weg. »Es ist wirklich ein sehr schönes kleines Haus!«, rief mir die Frau noch von der Tür aus nach. Ich stieg in mein Auto und fuhr los. In Richtung Westen, auf einer Nebenstraße. Dort waren in letzter Zeit offenbar nur wenige Fahrzeuge entlanggefahren. Es gab kaum Spuren, dafür Schnee über Schnee. Ich hatte das Gefühl, durch ein Wintermärchen zu schweben. Tief verschneite Wälder, zugefrorene Seen, weit in der Ferne strahlend weiße Bergkuppen – und dazu schien die Sonne so hell wie an den schönsten Sommertagen. Während der ganzen Fahrt begegnete mir nur ein einziges Auto. Ein alter russischer Lada.

Tatsächlich war ich nach knapp einer Stunde an meinem ersten Ziel: einem mitten im Wald gelegenen Bauernhof. Ich fuhr vor das Wohnhaus und wurde sofort von drei aufgeregten Hunden begrüßt, die anscheinend alle einen Husky-Urahnen hatten, ansonsten aber keiner Rasse zuzuordnen waren. Ich glaube, für die drei Racker war ich die Sensation des Tages, wenn nicht der ganzen letzten Woche. Bestimmt kam nur selten Besuch auf den abgelegenen Hof. Hätte ich mich nicht so gut auf Hunde verstanden, wahrscheinlich wäre mir beim Aussteigen mulmig gewesen. Sie sprangen an mir hoch und bellten wie verrückt. Aber ich erkannte sofort, dass sie sich freuten, und als ich anfing, ihre Köpfe zu tätscheln, hatten sie sich bald wieder beruhigt. Der Bauer kam aus dem Haus. Er begrüßte mich etwas kühl, aber dennoch zuvorkommend, und gab mir zu verstehen, dass er weder Englisch noch Deutsch könne. Mein Nummernschild oder die Frau im Café hatten ihm wohl mein Herkunftsland verraten. Und so versuchten wir, uns ohne eine gemeinsame Sprache zu verständigen. Was durchaus funktionierte, da er ja wusste, was ich wollte. Wir kamen schnell zur Sache und fuhren gemeinsam zu dem Blockhaus, für das ich mich interessierte. Er mit seinem Pick-up vorneweg. Nach ungefähr zehn Minuten waren wir dort – und mir war sofort klar: Hier bleibst du!

Das Holzhäuschen lag malerisch am Ufer eines mittelgroßen Sees, der wiederum war fast vollständig umrahmt von einem Kiefernwald. Nur ganz am Ende der Eisfläche, quasi gegenüber dem Haus, schien sich eine steppenähnliche Fläche mit vereinzelten niedrigen Gehölzen auszubreiten. Ich stand neben meinem Auto, sog die kalte, klare Winterluft tief in meine Lungen ein und genoss den überwältigenden Anblick. Alles wirkte so rein und unberührt. Der Bauer schippte unterdessen Schnee. In den vorangegangenen Wochen oder Monaten war der Eingangsbereich der Hütte so hoch zugeweht, dass man die Tür kaum mehr sehen konnte. Nach einigen Minuten aber hatte er das Gröbste beseitigt, und wir konnten hineingehen. Es gab zwei Räume, eine Dusche mit Toilette und sogar eine kleine Sauna. Alles sehr einfach, aber sauber und gepflegt. Was wollte ich mehr?

Ich bedeutete dem Mann, dass mir das Haus sehr gut gefiele und ich es gern mieten wolle. Er verstand sofort, wir verhandelten den Preis und ich zahlte ihm vier Monatsmieten im Voraus.

Als sich die Motorgeräusche seines Pick-ups in der Stille verloren hatten und ich allein vor meiner kleinen Hütte stand, etwa zweihundertfünfzig Kilometer nördlich des Polarkreises, inmitten einer grandiosen und menschenleeren Naturkulisse, da wusste ich: Du bist angekommen. Du hast es richtig gemacht. Hier beginnst du dein neues Leben.

19

Schon nach knapp einer Woche erfüllte mich eine tiefe Ruhe. Ich war müde gewesen von der langen Reise und hatte viel geschlafen. Die ersten Nächte bis zu vierzehn Stunden. Die Tage verliefen friedvoll, und bald entwickelte sich eine wohltuende Routine. Ich hatte mir bei meinem Vermieter ein Paar Langlaufski ausgeliehen und machte täglich eine mehrstündige Tour durch die Wälder und über den zugefrorenen See. Danach las ich, kochte mir etwas, ging meistens noch einmal hinaus, mit oder ohne Ski, las wieder, und schon gegen zweiundzwanzig Uhr lag ich im Bett. So vergingen die Tage und schließlich die Wochen.

Ab und zu fuhr ich in den kleinen Ort, um Lebensmittel einzukaufen und zu tanken, oder cruiste ein wenig durch die weiße Einsamkeit. Manchmal hielt ich auch auf einen Kaffee bei Tuuli, meiner Hausvermittlerin. Wir hatten uns inzwischen vorgestellt, und sie gab mir so manchen praktischen Ratschlag. Von ihr wusste ich zum Beispiel, in wie viel Kilometer Entfernung der nächste Geldautomat stand, welche Ski-Routen besonders interessant waren, wer meine defekte Schneekette reparieren konnte oder wohin ich fahren musste, um mir eine Flasche Wein zu kaufen. Denn in Finnland gibt es weder Wein noch Spirituosen in einem Lebensmittelgeschäft.

Meine Gespräche mit Tuuli aber waren in der Regel kurz. Ich hatte kein Interesse daran, mich länger mit ihr zu unterhalten. Und das lag nicht an ihr, sondern an mir. Ich wurde immer scheuer. Beinahe von Tag zu Tag. Ich fand jede Unterhaltung anstrengend und war stets froh, danach wieder in meinem Auto zu sitzen und in Richtung Hütte fahren zu können. Ich verspürte auch kein Heimweh oder gar Sehnsucht nach meinem alten Leben. Nur die Gegenwart war von Bedeutung. So eine Stimmung kannte ich von früher nicht. Ich lebte in der Stille und schwieg den ganzen Tag, soweit ich im Ort nichts zu erledigen hatte. Meine Vergangenheit entfernte sich immer weiter von mir. Was ich schon sehr sonderbar fand. Es war doch noch gar nicht lange her, dass ich mit Großbogenbelt, mit Moritz oder auch mit Anna gesprochen hatte, dass ich durch meine Stadt gecruist war, Artikel über Untersuchungsausschüsse des Deutschen Bundestags geschrieben hatte oder von den Gedanken eines Carsten Neuried abgestoßen gewesen war – und jetzt wohnte ich allein in den Winterwäldern Lapplands und hatte den Eindruck, als wären seitdem schon Jahre vergangen. Wie eine andere Wirklichkeit erschien mir mein vergangenes Leben. Das Geschehene wirkte entrückt und fast fremd. Ich konnte mir nicht vorstellen, dass zeitgleich, während ich zum Beispiel am Fenster meines Blockhauses saß und die Wintervögel beobachtete, ein paar Tausend Kilometer südlich ein Alltag stattfand, wie ich ihn von früher kannte, und dass dort Personen leibhaftig agierten, die aus meinem Blickfeld vollkommen verschwunden waren. Die einzigen Menschen, an die ich oft dachte, waren meine Eltern. Wie hätten sie meine Entwicklung und meine jetzige Lage wohl beurteilt?

Manchmal, wenn ich in der kalten Stille der Nacht noch einen kleinen Spaziergang über meinen erstarrten See machte und dabei in den berührend klaren Sternenhimmel blickte, schien es mir, als würden sie mich von oben beobachten. Als wären ein paar Sterne die Augen meiner Eltern. Das war ein gutes Gefühl. Aber dennoch kamen mir dabei immer die Tränen – und ich ging zurück ins Haus. Das Haus war überhaupt meine schützende Burg. Ich hatte mich bestens darin eingerichtet, fühlte mich, umgeben von den dicken Baumstämmen, aus denen es gebaut war, sicher und geborgen. Aber ich muss gestehen, dass mich in der ersten Zeit meines abgeschiedenen Lebens im Wald manchmal die Angst packte. Es war jedoch nicht die Angst, die ich von früher kannte. Hier ging es um mehr. Ich hatte Sorge, dass mich ein wildes Tier, ein Wolf, ein Bär oder ein Vielfraß, anfallen könnte – und ich spürte bisweilen eine tiefe Unheimlichkeit, wenn ich am Abend in die Schwärze des mich umzingelnden Waldes blickte. Wobei ich keine Furcht vor einem Überfall hatte, also vor Menschen, denn die gab es dort ja weit und breit nicht.

Nein, es war wohl eine Urangst – vor den Mysterien der Nacht, der Einsamkeit und des Fremden. Nach einigen Wochen allerdings befiel mich dieses bedrückende Gefühl nur noch selten. Mir war, als würde ich Teil der Natur werden, in der ich nun lebte; und somit verlor sie ihren Schrecken für mich. Auch die Angst vor wilden Tieren war bald vergessen. Zudem mein Vermieter, der Rentierbauer, mich ohnehin beruhigt hatte. Solange ich nicht zu weit allein in den Wald hineingänge, meinte er, könne mir nichts passieren. Die Wölfe und die Vielfraße seien sehr scheue Tiere, und die Bären würden noch Winterschlaf halten. Aber selbst im Frühling und Sommer gäbe es nie Probleme mit ihnen. Sie blieben stets tief in den Wäldern.

Einmal allerdings, ich wohnte seit etwa drei Wochen in der Blockhütte, da schnellte ich nachts aus dem Schlaf hoch.

Irgendjemand schlug an die Tür. Ich lag wie erstarrt im Bett, mein Herz war kurz davor, zu bersten, und ich wusste nicht, was ich tun sollte. In unregelmäßigen Abständen war das Geräusch zu hören. Draußen stürmte es, und der Blick auf die phosphoreszierenden Zeiger meines Weckers verriet mir, dass es kurz vor drei Uhr war. Vielleicht befand sich jemand in Not, jemand, der sich im Wald verirrt hatte und dringend Hilfe brauchte. Oder jemand, der auf der Straße eine Panne gehabt hatte. Vielleicht war es aber doch ein Bär, der, irrsinnig vor Hunger, mich im Haus witterte. Vielleicht war es auch etwas ganz anderes, etwas Übernatürliches, ein Spuk, ein Wesen aus einer für uns nicht fassbaren Welt. Immer wieder knallte es an die Tür. Himmel, was sollte ich tun? Und dann aktivierte ich meinen letzten Rest Mut. Ich stand tatsächlich auf, machte jedoch kein Licht an, und schlich auf Zehenspitzen zur Tür. Wieder ein heftiger Schlag gegen das Holz. Sonst aber war nichts zu hören. Kein Rufen, kein Stöhnen, keine Laute, die auf ein Tier hätten schließen lassen. Ich trat einen Schritt zur Seite, um durch die Scheibe eines kleinen Fensters, links neben der Tür, nach draußen zu lugen. Es war nichts zu sehen. Niemand stand davor. Kein Mensch. Kein Tier. Und dann nochmals ein Schlag – und für Zehntelsekunden nahm ich etwas wahr, einen Gegenstand. Genau in diesem Moment begriff ich. Am Abend zuvor hatte ich an einem Haken unter der Dachrinne, rechts über der Eingangstür, ein riesiges Elchgeweih provisorisch aufgehängt. Ich wollte es am nächsten Morgen ordentlich befestigen. Durch Zufall hatte ich es beim Durchstöbern eines kleinen Schuppens, der zu meinem Blockhaus gehörte, gefunden. Es sah so mächtig und archaisch aus, dass ich gleich in Begeisterung geraten war. So etwas durfte doch nicht in einem Schuppen verstauben, das gehörte über die Tür meines Hauses! Gedacht, getan. Und dann, als ich zu Bett gegangen war, hatte ich das Geweih draußen über der Tür vergessen. Durch den starken Wind war es im Laufe der Nacht immer wieder zur Seite gekippt und hatte so das bedrohliche Geräusch verursacht.

Je länger ich in der Abgeschiedenheit lebte, desto besser passte ich mich dem Rhythmus der Natur an. Schneite oder regnete es, blieb ich in der Hütte, wurde es Nacht, so ging ich bald schlafen, und schon in den frühen Morgenstunden stand ich auf. So vergingen die Tage, Wochen, Monate. Die Landschaft verlor ihr weißes Kleid, wirkte zunächst schmutzig und erschöpft, um dann kurz, aber voller Intensität aufzublühen, und verwandelte sich danach vollends. Eigentlich war ich mittlerweile ein Eremit geworden. Es gab nur drei Menschen, mit denen ich ab und zu Kontakt hatte: Tuuli, der Bauer und die Verkäuferin im Lebensmittelladen. Ich benutzte kein Internet und bestellte mir auch keine Zeitungen. So weit hatte ich mich noch nie in meinem Leben von der Welt entfernt. Nur zwei- bis dreimal die Woche suchte ich zu ihr Kontakt. Dann nämlich schaltete ich meinen Weltempfänger ein und hörte die Nachrichten der BBC oder der Deutschen Welle. Danach war ich immer froh, das Gerät wieder ausschalten zu können. Die wenigen Informationen reichten mir völlig aus, mehr wäre mir lästig gewesen und hätte meine Ruhe gestört. Manche der Meldungen aber gingen mir zu Herzen. Ich war bestürzt über die Kriege, über das Leid und die Ungerechtigkeiten, von denen berichtet wurde. Je weiter ich mich aus dem Leben zurückgezogen hatte, desto kostbarer und einzigartiger erschien es mir. Und noch viel fassungsloser als früher war ich darüber, was der Mensch dem Menschen antat. Zügellos und ohne Tabus. Ich war so froh, von alldem entfernt zu leben und anderen Personen auch nicht im Geringsten einen Schaden zuzufügen. Ebenso froh, fast glücklich, war ich, mich den Menschen entzogen zu haben, nicht mehr ihren demaskierenden Gedanken ausgesetzt zu sein.

Ich hätte zuvor niemals geglaubt, dass ich mich in einem derart einsamen Leben so gut würde einrichten können. Die meisten meiner früheren Sorgen, all meine Aufgeregtheiten und mein Streben erschienen mir absurd und banal. Mein Geist war von so vielen sinnlosen Gedanken vereinnahmt gewesen, dass mir das Wesentliche verschlossen geblieben war. Nun aber, in der Stille, fernab des lauten Lebens der vergangenen Jahre, fernab der Menschen und ihres unaufhörlichen Geplappers, hatte ich zum ersten Mal das Gefühl, dass nichts und niemand mehr Macht über mich hatte. Und ich begann, all den Schmutz, den jeder falsche Kompromiss, jede Lüge, jede Eitelkeit, jeder Zorn und jede Gier in mir hinterlassen hatten, aus mir herauszuwaschen.

Als der Frühling gekommen war und die Temperaturen stiegen, saß ich oft über Stunden vor meiner Hütte auf einer Holzbank. Sie war gen Süden gerichtet, und ich hatte einen herrlichen Blick auf den See. Ich schaute den kleinen Wellen zu, atmete die nun milde subarktische Luft bewusst und mit Genuss ein, beobachtete Vögel und Wolken und freute mich, wenn ich in der Ferne am Waldrand einen Elch beim Grasen entdecken konnte. Es war eine ganz neue Erfahrung für mich, so lange einfach nur dazusitzen – ohne zusätzlich etwas zu tun. Früher hätte ich dabei gelesen, mit meinem iPod Musik gehört oder ein wenig gemalt. Nun aber genügte es mir, alles auf mich wirken zu lassen. Ja, jede weitere Tätigkeit hätte mich beim Wahrnehmen meiner Umgebung ohne Zweifel gestört.

Nachdem ich nun keine Ski-Wanderungen mehr machen konnte, ging ich fast jeden Tag zu Fuß los, soweit das Wetter mitspielte. Bis zu fünf Stunden war ich manchmal unterwegs. Das rhythmische und beständige Gehen hatte eine meditative Wirkung auf mich. Ich musste an die vielen Berichte denken, die ich früher einmal über das Pilgern gelesen hatte. Das, was ich nun tat, war nichts anderes als Pilgern in abgewandelter Form. Wenn ich bei schlechtem Wetter in meiner Hütte bleiben musste, kam es durchaus vor, dass ich auch dort rein gar nichts tat. Ich saß dann auf einer Eckbank und blickte nur hinaus. Ins Schneetreiben, den Regen oder den Nebel. Der Nebel übrigens faszinierte mich besonders. Ich empfand ihn wie ein riesiges, mir wohlgesinntes Lebewesen. Als wir einander zum ersten Mal begegneten, war es Anfang Mai. Das Eis auf den Gewässern rund um meine Behausung war bereits geschmolzen, und die Morgensonne schien kraftvoll in meine Schlafstube, die seeabgewandt in Richtung Osten lag. Ich stand an diesem Tag noch früher auf als sonst, öffnete die Tür zum Hauptraum der Hütte und blieb vor Erstaunen im Rahmen stehen. So etwas Schönes hatte ich noch nie gesehen. Mir genau gegenüber befand sich ein großes Fenster, das beinahe den gesamten See zeigte. Von der Sonne hellrot und orange gefärbt, waberte über die Wasserfläche eine Nebelwolke. Mein Haus aber lag in vollkommen klarer Luft, nur der See schien eine magische Anziehungskraft auf den Nebel auszuüben. Auch in den Wäldern am Ufer war kein Dunst. Und so zog die bunt-milchige Masse mal nach rechts über das Wasser, mal nach links, mal nach oben und dann wieder nach unten. Ich stand in meinem kühlen Zimmer, schaute, staunte und vergaß darüber zu frühstücken. Erst nach gut einer Stunde verlor sich das Schauspiel in den Weiten des blauen Morgenhimmels.

Fast immer blieb der Nebel, wenn er mich besuchte, über dem See, nur selten legte er sich über das Land.

Das Lesen war neben dem Wandern und dem Nichtstun meine Hauptbeschäftigung. Gut, dass ich mir vor meiner Abreise in den Norden noch einige neue Bücher gekauft hatte. Denn in meinem Besitz war ja nur noch eine kleine Restbibliothek gewesen, die ich in zwei Reisetaschen verstaut hatte. Nun war eine ganze Menge neuer Lesestoff dazugekommen. Ein Buch schloss ich besonders ins Herz. Es war eine umfangreiche internationale Lyriksammlung. Alle Großen der Welt waren darin vertreten. Schon immer hatte ich ein Faible für Gedichte gehabt, früher aber fehlte mir oft die Muße, mich auf die Reime einzulassen. Das war jetzt ganz anders. Ich versenkte mich regelrecht in die kleinen Werke. Las sie mehrmals und immer wieder, verglich sie mit anderen Reimen aus derselben Epoche und schrieb mir einige, die mir besonders gut gefielen, von Hand ab und heftete die Zettel an die dicken Holzstämme meiner Zimmerwände. So hatte ich beispielsweise während meiner Mahlzeiten Schillers »An die Freude« und »Das verschleierte Bild zu Sais« vor Augen. Manche der Verse aus dem dicken Buch lernte ich sogar auswendig. Und so konnte es vorkommen, dass ich irgendwo an einer Flussschnelle saß und »Wanderers Nachtlied« laut rezitierte.

Die Lektüre der vielen und so unterschiedlichen Gedichte aus aller Welt, aus allen Epochen führte mir vor Augen, wie tief die Menschen schon immer empfunden, gelitten und geliebt hatten. So viel Glück, Sehnsucht, Angst, Verzweiflung und Einsamkeit spiegelte sich in den Werken wider. Im Grunde war ein jeder auf sich allein gestellt, ja, aber die Verse zeigten mir, wie viel Verbindendes es zwischen den Menschen doch gab. Und das konnte durchaus tröstlich sein. So hatte ich es früher nie gesehen.

Und dann war da noch die Musik. Genauer gesagt, Cash, Sinatra und ein paar alte Meister. Meine beiden amerikanischen Idole hörte ich nach wie vor nur im Auto, Cash fast immer, Sinatra nur noch selten. Ich hatte das Gefühl, er passte nicht mehr so recht in mein neues Leben, zumindest nicht in die Umgebung. Das war bei Cash ganz anders. Ich glaube, wenn der gute alte Johnny mit einem Sechziger-Jahre-Straßenkreuzer plötzlich vor meinem Blockhaus vorgefahren wäre, ich hätte ihn wie einen Bruder oder einen alten und guten Freund in meine Arme geschlossen. Und es wäre mir eine große Freude gewesen. Aber er lebte ja leider nicht mehr – und so musste ich mich mit seinen Liedern begnügen.

Vor meiner Abreise hatte ich mir ein tragbares und handliches Radio/CD-Gerät besorgt. Das stand jetzt in meiner Hütte auf dem Esstisch und verwandelte meine bescheidene Unterkunft ab und zu in einen kleinen Konzertsaal. Je mehr ich übrigens zur Ruhe kam, je stiller es in mir wurde, desto lieber hörte ich die Werke von Bach.

Ohne die Musik und meine Bücher hätte ich das Leben in der Einsamkeit wohl nicht lange ausgehalten.

In der Vergangenheit hatte ich die Frage nach Gott nie endgültig für mich beantwortet. Ich war nie tief gläubig gewesen, aber auch zu keiner Zeit absolut ungläubig. Ich hatte herumspekuliert, vieles für möglich gehalten und nach immer neuen Denkmodellen gesucht. Irgendwann jedoch war ich des Themas müde geworden. Aus Ratlosigkeit, vielleicht aber auch aus Bequemlichkeit. Denn ich drehte mich im Kreis – und kam trotz aller Anstrengungen zu keinem für mich befriedigenden Ergebnis. Klar war mir jedoch schon sehr früh gewesen, dass weder die Bibel noch der Koran noch der Tanach Recht hatten. Wenn schon ein personaler Gott, dann bitte schön einer, der sagt: »Ich liebe dich, aber was geht es dich an!«

Die Antworten der großen Religionen waren mir entweder zu durchschaubar oder zu einfach. So konnte es nicht sein. Was jedoch nicht bedeutete, dass ich die Existenz einer

Gottheit, eines höheren Wesens, einer anderen, uns weit übergeordneten Kraft rundheraus ablehnte. Wie aber soll man gedanklich etwas fassen, für das man nicht einmal einen Begriff hat?

Jetzt, in der Stille meines neuen Lebens, bemerkte ich, dass ich über all das wieder nachzudenken begann.

War ich früher daran verzweifelt, dass die Sprache mich zu keiner Einsicht führen konnte, so hatte ich nun das Gefühl, dass genau dieser Umstand vielleicht der Schlüssel zu den ganz großen Geheimnissen sein könnte. Man musste andere Wege gehen, jenseits der Sprache. Nur die ersten Schritte waren noch mit Worten zu beschreiben: Demut und Ehrfurcht.

Die Nacht vom 21. Juni auf den 22. Juni war eine große Nacht. Ich erlebte zum ersten Mal eine Sommersonnenwende. Und zwar auf der Kuppe eines knapp sechshundert Meter hohen, baumlosen Berges. Ganz allein. Es wehte ein leichter, milder Wind, und der Himmel war fast wolkenlos. Ich saß auf einem Felsvorsprung und konnte es nicht glauben, tief in der Nacht von der Sonne beschienen zu werden. Sie ging nicht unter. Sie zog lediglich ihre Bahn bis zum Horizont, und um zwei Uhr in der Frühe stand sie majestätisch am Nordhimmel. Das weite Land um mich herum lag in einem gelblich warmen Licht, und es war absolut still. Ich schaute auf endlose Wälder, auf Seen, Flüsse, Moore, Fjälle und kahle Bergrücken. Nirgendwo auch nur eine Spur von Zivilisation. Im Osten, ganz in der Ferne, die russische Taiga.

Und da hockte ich nun, ich kleiner Mensch, inmitten dieser Herrlichkeit, fühlte mich so unbedeutend – und doch so sehr dazugehörig. Es waren heilige Momente, die ich in dieser Nacht erlebte. Das kann ich ohne Übertreibung sagen. Es hatte mich etwas berührt, von dem ich vorher nicht einmal eine Ahnung gehabt hatte. Bis etwa fünf Uhr morgens blieb ich auf dem Berg. Dann machte ich mich auf den Weg zurück zu meiner Hütte. Im Wald unten zwitscherten und sangen die Vögel.

Obwohl ich so zurückgezogen und allein lebte, fühlte ich mich doch nicht einsam. Ich hatte weder Sehnsucht nach einem vertrauten Menschen noch das Verlangen, mir einen Menschen vertraut zu machen. Das war vor meiner Abreise in den Norden ja ganz anders gewesen. Die Einsamkeit hatte mich zu Moritz geführt und schließlich ins Nachtleben getrieben. Nun war ich mir selbst genug. Die Menschen, die in meinem Leben einmal eine Rolle gespielt hatten, verloren an Kontur. Meine Eltern ausgenommen. Alle anderen allerdings verblassten in meiner Erinnerung immer rascher. Das hatte etwas sehr Befreiendes, denn ich verknüpfte nun mit diesen Personen keine Gefühle mehr. Sie waren für mich zu neutralen Gestalten meiner Biografie geworden. Und so standen tatsächlich Anna, Großbogenbelt, Lars, Isabelle und sogar Moritz auf einer Stufe. Natürlich hatte sich an meinem Urteil über ihn nichts geändert, aber ich war nicht mehr verzweifelt darüber, dass ich mit meinem Wissen über ihn nichts anfangen konnte. Ich beobachtete zudem, dass mir altvertraute Regungen wie Ängstlichkeit, Ungeduld oder auch Ärger immer fremder wurden. Ein Gefühl allerdings blieb, ja es trat sogar noch viel facettenreicher in mein Bewusstsein, als ich es von früher kannte: meine Traurigkeit über das Unheil in der Welt.

An einem schönen Sommermorgen beschloss ich, eine kleine Reise ans Nordmeer zu unternehmen. Für ein paar Tage. Gut zweihundertfünfzig Kilometer trennten mich von der nordnorwegischen Küste. Ich packte das Nötigste in mein Auto, sagte noch kurz meinem Vermieter und Tuuli Bescheid und fuhr los. Übrigens hatte ich einige Wochen zuvor mein Blockhaus für weitere vier Monate angemietet. Die Fahrt durch die kargen Landschaften in Richtung Meer verlief ruhig und ohne besondere Vorkommnisse. Nur wenige Autos waren unterwegs. Je näher ich jedoch der Küstenregion kam, desto belebter wurde die Straße. Als ich schließlich die E 6 erreichte, jene Route, die unter anderem zum Nordkap führt, glaubte ich plötzlich in einer anderen Welt zu sein. Busse über Busse fuhren dort, Wohnmobile, Lkws – und so viele andere Fahrzeuge, wie ich in den vergangenen Monaten zusammen nicht mehr gesehen hatte. Ich geriet in Stress und schien die anderen Verkehrsteilnehmer zu provozieren. Denn mittlerweile hatte ich mir eine so zurückgenommene Fahrweise angewöhnt, dass ich den Verkehr beinahe behinderte. Ich schlich gemächlich über die Europastraße und wurde ständig von hinten bedrängt. Entweder durch extrem dichtes Auffahren oder durch hektisches Lichthupen. Um das von mir angepeilte Ziel zu erreichen, musste ich allerdings eine Weile auf der E 6 bleiben. Ich war kurz davor, umzudrehen und mein Reisevorhaben über Bord zu werfen, hielt dann aber doch durch. Als ich endlich die vielbefahrene Straße hinter mir gelassen hatte, atmete ich auf. Der Verkehr war die erste Konfrontation mit dem »normalen« Leben seit so vielen Monaten gewesen. Wobei es auf der E 6 sicherlich noch weitaus ruhiger zuging als auf den Hauptverkehrsadern in Deutschland und Mitteleuropa. Trotzdem war ich geschockt. Ich fuhr an den Straßenrand, stellte den Motor ab und blieb erst einmal eine Weile im Auto sitzen. Im Rückspiegel konnte ich das Treiben auf der E 6 noch beobachten. So eilig war die Welt? So aufgeregt? So aggressiv? Und so laut? Ich sehnte mich zurück in die Ruhe meiner Blockhütte, in den Wald, an meinen See oder auf meinen heiligen Berg. Was sollte ich jetzt machen? Wirklich sofort umkehren –

oder doch noch die letzten Kilometer bis an die Küste fahren? Ich entschied mich für die Küste, denn eine Umkehr wäre mir wie eine überstürzte Flucht vorgekommen. Nach einer knappen Stunde war ich an meinem Ziel: einem kleinen Fischerort mit Blick aufs offene Nordmeer. Ich war erschöpft, und die Aussicht, nun nach einer Unterkunft suchen zu müssen, baute mich nicht gerade auf. Und in der Tat, es gestaltete sich schwierig. Allein der Kontakt mit den vielen und fremden Menschen zehrte an meinen Kräften und widerstrebte mir sehr. Ich war nervös, fand kaum die richtigen Worte und wünschte mir nichts sehnlicher, als endlich eine Unterkunft zu haben und dann allein ans Meer gehen zu können. Nach quälend langer Zeit und bestimmt einem Dutzend Versuchen hatte ich endlich ein Zimmer gefunden. Privat, bei einer älteren Frau. Ich bezahlte für zwei Nächte, brachte meine Tasche ins Haus, zog mich schnell um und ging sofort ans Wasser. Es war ein sehr windiger Tag, und die See tobte an die Felswände der Küste. Die Temperatur schätzte ich auf etwa fünfzehn Grad, der Himmel war stark bewölkt. Auf einem schmalen Wanderweg, der über die Klippen führte, ging ich in Richtung Norden. Zur Linken tief unter mir die wilde See, zur Rechten ein kahles, leicht gewelltes Land mit nur niedriger Vegetation. Meine Gefühle waren zwiespältig. Einerseits beeindruckten mich der Ozean und die maritime Stimmung, andererseits hatten mich die Erlebnisse auf der E 6 und die vielen Kurzgespräche während meiner Zimmersuche aus der Bahn geworfen. Hinzu kam, dass ich mich in dieser Umgebung fremd fühlte, fast ein wenig einsam. Wie sollte ich den Rest des Tages verbringen? Und den Abend? Und dann den nächsten Tag? Ich wanderte ernst über die Klippen, beobachtete ein paar Schiffe in der Ferne, stellte mir vor, dass Spitzbergen und der Nordpol gar nicht mehr so sehr weit von mir entfernt waren, dachte an die ersten Abenteurer, die im frühen zwanzigsten Jahrhundert aufgebrochen waren, das ewige Eis des Nordens zu erkunden, fror etwas, da der Wind an Geschwindigkeit zugenommen hatte – und da passierte es: ein heftiger Schlag an meinen Hinterkopf.

Ich geriet ins Taumeln, konnte mich jedoch wieder fangen, schaute mich angsterfüllt um, sah zunächst nichts und niemanden, ließ meine Blicke kreisen und hörte schließlich von oben ein bedrohliches Schreien. Binnen Sekunden begriff ich und konnte es dennoch kaum glauben. Ich war von einer Riesenmöwe angegriffen worden! Und schon setzte sie zum zweiten Sturzflug auf mich an. Ohne lange zu überlegen, ging ich in die Hocke, wich ihr so haarscharf aus, drehte mich dann auf der Stelle um und rannte panisch zurück in Richtung Fischerdorf. Ich fühlte mich an Hitchcocks *Die Vögel* erinnert, hätte aber niemals für möglich gehalten, dass so etwas auch in Wirklichkeit geschehen könnte. Noch bestimmt fünfzig oder gar hundert Meter verfolgte mich das Tier. Zwar griff es mich nicht mehr an, aber es schrie wie in einem Kampf und zog seine Kreise über mir. Dann auf einmal war es ruhig, nur das Meer rauschte, und der Wind wehte mir in die Ohren. Ich blickte nach oben, in alle Himmelsrichtungen, von der Möwe keine Spur mehr. So plötzlich, wie sie zuvor aufgetaucht war, so plötzlich war sie nun wieder verschwunden.

Ich setzte mich für ein paar Minuten auf den Boden, versuchte den Vorfall zu verarbeiten und machte mich dann auf den Weg zu meiner Unterkunft. Die Verletzung am Kopf hielt sich in Grenzen. Ich desinfizierte die kleine Wunde. Mehr zu tun war nicht nötig.

Die Möwe hatte entschieden. An diesem Ort sollte ich jetzt nicht sein. Vielleicht ein anderes Mal.

Und so fuhr ich bereits am nächsten Tag zurück nach Finnland, in mein Blockhaus.

Der Angriff des Vogels hatte übrigens keinen mystischen Hintergrund gehabt. Nach Auskunft meiner Vermieterin war gerade Brutzeit, und offenbar hatte ich mich dem Nest der Möwe zu weit genähert.

20

Zehn weitere Monate gingen ins Land. Ich lebte ruhevoll und machte keine Ausflüge mehr in entferntere Gebiete. Ich blieb vor Ort. Der Rentierbauer freute sich über seinen Dauergast, Tuuli ließ mich ein wenig teilhaben an den Geschehnissen der Umgebung und der Gemeinde, die Jahreszeiten nahmen ihren Lauf. Und ich verlor fast mein altes Zeitgefühl. So anders konnte man also leben. Die Welt- und Deutschlandnachrichten hörte ich noch einmal pro Woche. Das genügte mir. An meinen ehemaligen Beruf und an meine einstige Ehefrau dachte ich gar nicht mehr. Genau genommen war meine gesamte Vergangenheit aus meinen Gedanken verschwunden. Ich beschäftigte mich nicht mehr mit ihr. Und auch der Fluch, der auf mir lag, verlor an Bedeutung, da ich ihn kaum noch bemerkte. Es war mir gelungen, mich ihm zu entziehen. Was einmal sein würde, wie sich die nächsten Jahre meines Lebens gestalten sollten – alle Fragen der Zukunft stellten sich mir nicht.

Ich war mir selbst so nahe wie niemals zuvor.

Noch öfter als während der ersten Monate meines Aufenthaltes in Nordfinnland ging ich hinaus in die Natur. Selbst bei schlechtem Wetter, bei Sturm, starkem Regen oder Schneetreiben. Dabei wurde ich manchmal von Matti begleitet. Das war eine schöne Abwechslung. Matti hatte mich auf seine Weise in sein Herz geschlossen – und ich ihn auch. Er war einer der Mischlingshunde meines Vermieters. Irgendwann tauchte er das erste Mal vor meiner Hütte auf, und ich erkannte ihn sofort. Er stand nur da, bellte nicht, schaute zu meiner Tür, zu meinen Fenstern und wedelte etwas mit seinem buschigen Schwanz. Im Gegensatz zu anderen Hunden war er nicht sonderlich daran interessiert, gestreichelt zu werden, er wollte nur in meiner Nähe sein, und das auch nicht allzu oft. Einmal die Woche etwa verbrachten wir einen ganzen Tag miteinander. Entweder zog er mit mir los, in die Wälder, in die Tundra, an den See, oder er blieb bei mir im Haus. Ich fütterte ihn dann, gab ihm zu saufen, und stundenlang lag er zu meinen Füßen, schlief oder döste. Am Abend aber, wie von einer inneren Uhr gesteuert, kratzte er an der Tür, ich öffnete sie – und weg war er. Hatten wir eine lange Wanderung zusammen gemacht und waren in den Abendstunden noch unterwegs, bog er irgendwann plötzlich ab und verschwand in Richtung seines Heimathofes.

Uns verband eine kleine, stille Freundschaft.

Manchmal, wenn es das Wetter erlaubte, verbrachte ich eine dunkle, sonnenlose Nacht im Freien. Ausgerüstet mit meinem winterfesten Schlafsack suchte ich mir eine kleine Anhöhe, legte mich hin und beobachtete das Firmament. Der Polarlichter wegen. Ich kannte dieses magische Himmelsspiel schon von früheren Nordreisen. Ich war stets verzaubert gewesen, tief berührt und hatte erahnen können, wie übernatürlich und göttlich den Menschen in alten Zeiten diese Farbenpracht wohl erschienen war. Nun wusste ich als moderner Zeitgenosse zwar um die Entstehung und die Hintergründe der Nachtlichter, aber dennoch konnte ich mich ihrer geheimnisvollen Aura nicht entziehen.

Helle Strahlenbündel in Türkis, Lila und Orange stießen aus der Schwärze des Himmels herab, drehten sich immer wieder um sich selbst, tanzten hin zum Horizont, wurden schwächer und blasser, verwandelten sich in wallende Schleier und wehten schließlich davon. Weiße, verschwommene Lichtbänder waberten von Westen nach Osten. Violette Schweife, gefolgt von lebendig wirkenden, ausgedehnten grünen Flächen, tauchten jäh aus der kosmischen Dunkelheit auf und verloren sich nach einiger Zeit wieder darin. Ein flammendes Rot im Westen ließ für Augenblicke vermuten, die ganze Welt dahinter stünde in Brand.

Ich lag reglos in meinem Schlafsack – und staunte.
Manchmal hörte ich aus der Ferne das Heulen der Wölfe.

21

Es war ein warmer Julitag, als ich schon um sechs Uhr in der Frühe zu einer längeren Wanderung aufbrach. Das heißt, zunächst musste ich mit dem Auto fahren, um zum Startpunkt der von mir ausgesuchten Route zu gelangen. Dieser lag nicht weit entfernt von Tuulis Café-Shop. Während der Fahrt dorthin kämpfte ich noch mit etwas Müdigkeit, freute mich jedoch schon sehr auf die bevorstehende Tour. Ich schätzte, dass ich, einige kleine Pausen mitgerechnet, etwa neun bis zehn Stunden für meinen Fußmarsch brauchen würde. Eine Zeitspanne, die mich nicht schreckte, da ich mittlerweile gut trainiert war und über eine solide Kondition verfügte. Als ich mein Auto abgestellt hatte und endlich losgehen konnte, lösten sich die letzten kleinen Wolken auf, und die Sonne stand klar am Himmel. Von Stunde zu Stunde wurde es wärmer, und gegen Mittag lag die Temperatur bei knapp dreißig Grad. Ein perfekter lappländischer Hochsommertag. Ich ging durch Birkenwälder, vorbei an Stromschnellen, einsamen Waldseen und über Hochebenen, die nur mit Zwergsträuchern und Moosen bewachsen waren. Kein Mensch begegnete mir. Dafür Myriaden von Mücken. Gott sei Dank aber hielten sich diese Plagegeister des Nordens fast immer von mir fern. Wie von Zauberhand gelenkt machten sie einen Bogen um mich herum. Nur ganz selten einmal stach eines der kleinen Tiere zu. Warum das so war, weiß ich nicht. Vermutlich roch ich ihnen nicht gut genug. Auf jeden Fall brauchte ich mich nicht täglich mit üblen Chemikalien einzusprühen, um sie von mir fernzuhalten.

Gegen siebzehn Uhr war ich wieder an meinem Auto. Ich fühlte mich erschöpft, aber gut, und beschloss, auf einen Kaffee zu Tuuli zu fahren. An schönen Sommertagen stellte sie stets ein paar Tische und Stühle ins Freie, und so nahm ich gleich draußen Platz. Dort saß bereits eine finnische Familie mit zwei Kindern, die offenbar auf der Durchreise war, und ein alter Rentierbauer aus der Umgebung, den ich schon vom Sehen kannte. Tuuli bediente, was sie nur selten tat. Eigentlich musste man sich ja alles selbst an der Theke abholen. Aber heute war es eben anders. Ich bestellte Kaffee, Hefekuchen und eine Flasche Wasser. Der Hefekuchen war hausgemacht und schmeckte hervorragend. Ausnahmsweise fand ich es angenehm, unter Menschen zu sein, und genoss die friedliche und gelassene Stimmung vor Tuulis Haus. Zumal das Wetter nach wie vor nichts zu wünschen übrigließ. Die Spätnachmittagssonne hatte noch eine erstaunliche Kraft. Ich saß der kaum befahrenen Straße zugewandt, mit Blick zum gegenüberliegenden See und war äußerst entspannt. Nicht ahnend, dass in der nächsten halben Stunde etwas für mich Wegweisendes passieren würde.

Von weitem sah ich einen Wanderer den See entlangkommen.

Er ging auf einem schmalen Pfad, der auf die Straße und dann zu Tuulis Café führte. Ich nahm ihn zunächst nur als undeutlichen Fleck wahr, aber von Minute zu Minute schärfte sich seine Silhouette. Es schien ein großer, schlanker Mann zu sein, der einen mächtigen Rucksack trug. Ich trank von meinem Kaffee, ließ meine Blicke in alle Richtungen schweifen, blieb jedoch immer wieder an der langsam näher kommenden Gestalt hängen. In dieser Gegend tauchten nur selten Wanderer auf, und somit war das Erscheinen eines Fremden schon eine kleine Besonderheit, die sofort alle Aufmerksamkeit auf sich zog. Tuuli schaute hinüber zum See und ebenso der alte Bauer. Die finnische Familie hatte das Café inzwischen verlassen und war weitergefahren. Jetzt konnte ich den Mann besser erkennen. Er hatte blonde kurze Haare, trug ein rotes Halstuch und hielt in der Hand einen Wanderstab. Nach weiteren zehn oder fünfzehn Minuten war er an der Straße angekommen. Ich schätzte ihn auf Ende dreißig, konnte ihn aber keiner Nationalität zuordnen. Vielleicht war er Mitteleuropäer, vielleicht aber auch Norweger oder Schwede. Er wirkte müde und hatte offenbar vor, die Straße zu überqueren und Tuulis Café anzusteuern. Genau das tat er dann auch. Er nickte mir zu und nahm an einem Nebentisch Platz. Seine Gesichtszüge erinnerten mich an den verstorbenen australischen Schauspieler Heath Ledger. Als Tuuli ihn nach seinen Wünschen fragte, gab er in perfektem Englisch seine Bestellung auf. Kaffee, zwei Sandwiches mit Käse und zwei große Flaschen Mineralwasser. Ich schaute mir sein Gepäck an. Es sah nach langer Wanderschaft aus. An dem prallgefüllten Rucksack hingen eine Blechtasse und ein kleiner Kocher. Wahrscheinlich war er schon eine ganze Weile in der Wildnis unterwegs gewesen. Der Zustand seiner Schuhe zeugte jedenfalls davon, ebenso das sonnengegerbte, unrasierte Gesicht.

Nachdem er gegessen hatte, rückte er seinen Stuhl etwas dichter an das Haus heran und lehnte den Kopf gegen die Wand. Er schloss die Augen, hatte sein Hemd etwas aufgeknöpft, die Beine auf einen zweiten Stuhl gelegt und ließ sich von der Sonne bescheinen. Der Bauer brach gerade auf, und Tuuli war im Haus verschwunden.

So saßen wir beide allein in der Stille des lappländischen Frühabends.

Meine anfängliche Neugierde auf den Fremden hatte sich wieder gelegt. Er war mir egal, und mit blinzelnden Augen verfolgte ich am Himmel den Schweif eines in sehr großer Höhe fliegenden Düsenjets.

»Where do you come from?«, hörte ich ihn plötzlich sagen.

Ich schaute erschrocken zu ihm hin, zögerte einen kleinen Augenblick und antwortete dann: »From Germany.«

»Das gibt's doch gar nicht! Ich hatte es mir beinahe gedacht!«, erwiderte er auf Deutsch. Und ich erschrak ein weiteres Mal. Denn dies waren die ersten in Deutsch gesprochenen Worte, die seit nunmehr sechzehn Monaten ein Mensch zu mir sagte.

»Ich bin Österreicher. Mein Name ist Boris!«

Er beugte sich herüber und gab mir die Hand.

Ich kann nicht eindeutig sagen, was in diesem Moment in mir vorging. Einerseits fühlte ich mich überrumpelt, denn ich hatte weder Kontakt noch ein Gespräch gesucht. Andererseits spürte ich einen kleinen, diffusen Reiz, mich nach so langer Zeit einmal wieder mit jemandem in meiner Muttersprache zu unterhalten. Aber ich war auch unsicher. Würde ich überhaupt zusammenhängend reden können? Meine langen Schweigephasen hatten mich verändert. Ich war es einfach nicht mehr gewohnt zu formulieren. Schon die kurzen und eher sachlichen Gespräche auf Englisch mit Tuuli hatten mich so manches Mal Kraft und Überwindung gekostet. Aber da konnte ich mich immer gut hinter der fremden Sprache verstecken, sie war so eine Art Schutzschild zwischen mir und der Außenwelt. Und jetzt sollte ich auf Deutsch einfach drauflosreden?

Mir blieb wohl nichts anderes übrig.

»Und ich heiße Arne«, antwortete ich.

»Wie lange bist du schon hier?«, fragte er.

»Schon sehr lange. Weit über ein Jahr.«

Das ist ja Wahnsinn.

Und jetzt erschrak ich noch mehr. Ich hatte den Fluch vergessen. Da war sie wieder: *die Stimme*! Nach so langer Zeit. Ich hasste sie sofort. Ich wollte sie nicht hören. Ich wollte sie nicht in meinem Leben haben. Und rückte gleich mit meinem Stuhl ein paar Zentimeter von dem Fremden weg. Er schien für Sekunden etwas irritiert.

»Über ein Jahr? Warum? Bist du ausgewandert – oder arbeitest du hier?«

»Nein, weder – noch. Ich bin sozusagen ein Langzeittourist, habe mir eine Hütte gemietet und lebe im Wald.«

Und dann unterhielten wir uns ein wenig. Ich erzählte von mir – und er von sich. Erstaunlicherweise fand ich ohne größere Mühe die passenden Worte.

Boris war seit drei Wochen in Lappland unterwegs. Zu Fuß. Er schlief in seinem Zelt, meistens weit draußen in der Wildnis, und war nur ab und zu, zum Proviantnachfüllen oder um auf einem Campingplatz zu duschen, in die Nähe von Menschen gekommen. Kennengelernt jedoch hatte er dabei niemanden.

An diesem Tag nun war er zum ersten Mal während seiner Reise in einen Café-Shop eingekehrt, eben bei Tuuli; und jetzt plante er, die nächste Zeit in dieser Gegend zu bleiben. Wahrscheinlich auf einem kleinen Campingplatz am Rande des Ortes, um von dort aus den großen See zu erkunden und Wanderungen in die benachbarten Berge zu machen.

Nach knapp einer halben Stunde beendeten wir unser Gespräch. Ich war nun doch etwas ermüdet von der ungewohnten Tätigkeit des Erzählens – und auch er schien sich zurückziehen zu wollen. Für mich war die Sache damit erledigt. Der erste Kontakt nach langer Zeit mit einem deutschsprachigen Menschen hatte funktioniert, ich war zufrieden. Aber jetzt freute ich mich sehr, wieder zurück in mein einsam gelegenes Haus fahren zu können. Als ich dem Fremden noch gute und schöne weitere Urlaubswochen wünschen wollte, sagte er: »Wir können ja vielleicht in den nächsten Tagen einmal eine gemeinsame Tour in die Berge oder woandershin machen.«

Ich war so überrascht von seinem Vorschlag, dass ich ihn nur schweigend anschaute. Wollte ich das: mehrere Stunden mit einem fremden Menschen verbringen? Hier in meiner neuen und für mich heiligen Heimat? Die ich mir erobert und erschlossen hatte und die mir alles bedeutete?

Ich fand ihn durchaus sympathisch, das konnte ich nach dieser ersten halben Stunde schon sagen, aber das war noch lange kein Grund, mit ihm in näheren Kontakt zu treten. Ich fühlte mich in meinem zurückgezogenen Leben ja wohl und war froh, mich von den Menschen erholt zu haben. Sollte ich mich jetzt schon wieder auf einen Menschen einlassen? Noch dazu auf einen deutschsprachigen? Warum? Und überhaupt, zu nahe kommen dürfte ich ihm auf keinen Fall. Ich wollte mit der verhassten *Stimme* nichts mehr zu tun haben.

»Du kannst es dir ja überlegen, möchte dich keineswegs bedrängen«, sagte er. »Ich werde in den nächsten Tagen so um diese Zeit hier immer mal wieder was trinken. Ist ja ein netter Laden. Wenn du Lust hast, kommst du ganz einfach vorbei.«

»Ja, so können wir es machen«, mühte ich mich zu antworten.

Wir reichten uns die Hände und gingen auseinander.

Auf der Rückfahrt zu meiner Hütte geriet ich ins Grübeln. Eigentlich war es gar nicht so schlecht gewesen, mit einer

Person etwas länger zu sprechen. Und trotz meiner grundsätzlichen Menschen-Skepsis hatte ich nichts Unangenehmes an diesem Boris bemerken können. Im Gegenteil, er schien ein handfester Kerl zu sein, ohne Schnörkel und von herzlicher und freundlicher Art. Aber war er das auch wirklich? Was hatte ich nicht alles an Enttäuschungen erlebt in den Monaten vor meiner Flucht in den Norden. Wie sah es in seinem Inneren aus? War er ein ehrlicher, gar ein guter Mensch? Oder hatte er sich lediglich eine freundliche Maske übergestülpt? Welche Abgründe klafften in seinem Herzen? Warum suchte er Kontakt zu mir? Was wollte er von mir? Könnte er mir schaden? Was sollte ich mit ihm über mehrere Stunden reden? Würde er mich vielleicht schnell langweilen?

Ich bemerkte, dass ich vor lauter Fragen vergessen hatte, Johnny Cash einzuschalten. Ein bedenkliches Zeichen. Also versuchte ich mich zu beruhigen, drückte schnell den Start-Knopf meines CD-Wechslers und erfreute mich an »Jackson«.

Als ich schließlich vor meiner Hütte vorfuhr, hatte ich meine Ruhe zurückgewonnen.

Die Dinge werden sich schon fügen, dachte ich, du wirst morgen oder übermorgen entscheiden, ob du ihn wiedersehen willst – oder eben nicht.

22

Wir sahen uns wieder. Am zweiten Tag nach unserer ersten Begegnung. Gegen achtzehn Uhr fuhr ich zu Tuuli – und tatsächlich saß Boris in der Abendsonne vor ihrem Haus und trank Kaffee. Er war der einzige Gast. Als er mich bemerkte, lächelte er, kam auf mich zu, gab mir die Hand und sagte: »Ich freue mich, dass du gekommen bist!« Und dann begannen wir eine langsame und vorsichtige Unterhaltung. Über das Land, den See, die wilden Tiere, die Ruhe, das Reisen.

Ich hatte mich in gehörigem Abstand zu ihm hingesetzt, um zu verhindern, dass ich irgendetwas aus seinem Inneren erfuhr. Was auch bestens gelang. Im Gegensatz zu unserem ersten Gespräch war ich nun weniger angestrengt, sicherer und genoss es beinahe, zu sprechen und zuzuhören.

Seit langem war mir kein Mensch mehr über den Weg gelaufen, den ich spontan so positiv beurteilt hatte. Aber konnte ich meinen Gefühlen und meiner Einschätzung trauen? Vielleicht hatte mich die lange Einsamkeit nicht nur scheu gemacht, sondern auch leichtgläubig. Vielleicht war ich tief in meiner Seele so begierig auf ein klein wenig Nähe und Vertrautheit zu einem Menschen meiner Sprache, dass ich über alle negativen Signale großzügig hinwegsah. Vielleicht würde alles in einer großen Enttäuschung enden und in mir den Widerwillen, ja den Ekel vor den Menschen neu entfachen. Ich hatte absolut keine Ahnung. Nun wäre es ein Leichtes gewesen, nur etwa dreißig Zentimeter dichter an Boris heranzurücken, um schnell und eindeutig zu erfahren, welch wahrer Kern in ihm steckte. Aber genau dagegen sträubte sich etwas in mir. Und das lag nicht nur an meiner grundsätzlichen Aversion gegen *die Stimme,* es hatte etwas mit dem Respekt zu tun, den ich von Anfang an für diesen Fremden empfunden hatte.

Wir trennten uns nach etwa einer Stunde.
   Ich befand mich in gelöster Stimmung.
   Für den nächsten Tag hatten wir eine gemeinsame Bergtour verabredet.

23

Bei dieser einen Tour blieb es nicht. Fast jeden Tag trafen wir uns nun, und entweder wanderten wir zusammen oder wir saßen bei Tuuli und unterhielten uns. Ich stand bisweilen richtiggehend neben mir und wunderte mich über mich selbst. Noch vor ein paar Wochen wäre mir ein solcher Kontakt absolut unvorstellbar gewesen. Jetzt aber war ich auf dem besten Wege, mich mit einem anderen Menschen anzufreunden. Wobei ich darüber kaum nachdachte. Ich ließ es geschehen und mich treiben und musste mir eingestehen, dass Boris' Interesse an meiner Person ein unverhofftes kleines Glücksgefühl in mir freisetzte. Wie lange hatte ich so etwas nicht mehr erlebt? Und wie lange war es her, dass ich mich in derartiger Weise für einen anderen Menschen interessiert hatte? Doch nach wie vor quälten mich Zweifel, ob meine Begeisterung nicht doch nur auf die vielen Monate abgeschiedenen Lebens zurückzuführen war. Vielleicht dürstete ich ja geradezu nach Kommunikation. Aber so einfach war es nicht. Ich hätte mich ja auch mit Tuuli, einer durchaus netten und sympathischen Person, eingehender unterhalten können. Auch wäre ein engerer Kontakt zu meinem Vermieter und dessen Familie möglich gewesen. Das hatte ich bald gespürt. Aber ich war allen diesbezüglichen Offerten aus dem Weg gegangen. Im Nachhinein kann ich sagen, dass es Boris' Persönlichkeit gewesen war, die meine Bereitschaft geweckt hatte, mich zu öffnen. Ein anderer wäre wohl kaum an mich herangekommen.

Ich hätte die Kontaktaufnahme erst gar nicht zugelassen. Zudem verlief unsere Annäherung äußerst verhalten. Was genau das Richtige war. Wir bombardierten einander nicht mit Fragen und hielten uns zunächst auch mit allzu ausführlichen Erzählungen aus unserem Leben zurück. So kam es vor, dass wir während unserer Wanderungen über längere Strecken einfach schwiegen. Manchmal reichte dann ein Wink, ein Nicken, ein Schulterzucken oder ein Lächeln, um sich über irgendetwas zu verständigen. Das hatte ich schon immer am Umgang mit Geschlechtsgenossen geschätzt: Man konnte, ohne viele Worte zu machen, eine ganze Menge regeln. Mit Boris funktionierte dieser Männer-Code auf Anhieb fast perfekt. Dennoch erfuhren wir so allmählich eine ganze Menge voneinander.

Er war achtunddreißig Jahre alt und lebte in Graz, wo er als Schreinermeister in einem mittelgroßen Handwerksbetrieb arbeitete. Eine Frau oder Freundin hatte er zurzeit nicht, dafür aber eine neunjährige Tochter, um die er sich zusammen mit seiner Mutter kümmerte. Viele Wochen des Jahres war er auf Reisen. Eine unkonventionelle Arbeitszeitregelung in seinem Betrieb ermöglichte ihm diesen Luxus. Er liebte die nördlichen Regionen unseres Planeten, und so erzählte er mir viel von Alaska, Kanada und auch Russland. Überall dort war er schon gewesen. Die skandinavischen Länder, insbesondere Nordfinnland, kannte er noch nicht so gut. Das Thema Frauen sparten wir zunächst aus. Ich spürte, dass er nicht so gern darüber sprechen wollte – und was meine Person betraf, war im Grunde alles schnell berichtet. Zwar fragte er mich, ob ich nicht nach so langer Zeit wieder einmal Lust auf eine Frau hätte, als ich dies jedoch ohne Begründung verneinte, beließ er es dabei und bohrte nicht weiter nach. Und dann entdeckten wir eine Gemeinsamkeit, die uns gleich noch enger zusammenrücken ließ. Auch er mochte, bewunderte, verehrte Johnny Cash. Ganze Waldregionen durchwanderten wir und hatten dabei nur ein Thema: Cash. Als ich ihm von meiner Leidenschaft für das Cruisen erzählte, schlug er mir auf den Rücken und sagte: »Weißt du, was ich an schönen Sommerabenden, zusammen mit ein paar Jungs, liebend gerne mache?« Er hielt kurz inne, schaute mich erwartungsvoll an, und dann sagten wir im Duett: »Cruisen!«

Mir fiel auf, wie lange ich nicht mehr gelacht hatte. So gut wie gar nicht während meiner letzten Monate in Deutschland – und überhaupt nicht mehr, seitdem ich in Lappland lebte. Wenn man allein ist, wird man wohl ernst. Vielleicht liegt das in der Natur der Sache. Ob wohl Franz von Assisi, Buddha oder der berühmte Eremit Paulus von Theben während ihres Einsiedlerlebens ab und zu gelacht hatten? Ich weiß es nicht, jedenfalls ist davon nichts überliefert. Eigentlich, das muss ich gestehen, hatte ich das Lachen auch nicht sonderlich vermisst, wird auf der Welt doch allzu oft und allzu verlogen gelacht. Nun aber war plötzlich alles anders geworden. Es machte mir richtig Spaß, mit Boris herumzualbern, zu scherzen und zu schmunzeln. Als wir einmal während einer Wanderung an einem wilden Wasserfall Rast machten, spielten wir spontan »Ich sehe was, was du nicht siehst« und flachsten dabei wie Pubertierende. Ich glaube, seit Jahrzehnten hatte ich mich nicht mehr so unbeschwert gefühlt. Zwar achtete ich bei allem, was wir taten, immer äußerst genau darauf, Boris nicht zu nahe zu kommen, aber aus meinem Bewusstsein hatte ich den Fluch verbannt. Er hätte sonst meine neue Lebensfreude zerstört oder zumindest relativiert. Unterbewusst allerdings diktierte er mein Verhalten. Ich lud Boris zum Beispiel nicht ein, in meiner Hütte zu wohnen. Platz genug hätte es im Haus gegeben. In meiner Schlafstube stand sogar ein

Etagenbett. Ich schlief immer unten, die obere Matratze war frei. Doch allein die Ahnung, einander in einem gemeinsam bewohnten Häuschen zwangsläufig hin und wieder etwas näherzukommen, hielt mich davon ab, ihm die Schlafstelle anzubieten. Also wohnte er weiterhin auf dem Campingplatz in der Nähe von Tuuli und nahm mir meine Zurückhaltung nicht übel. Wir waren ein paarmal zusammen in meinem Haus gewesen, ich hatte ihm alles gezeigt, auch die Schlafstube, und somit war ihm durchaus klar, dass ich ihn hätte einladen können. Aber ich tat es eben nicht. Meine Beweggründe schienen ihn nicht zu interessieren, sondern nur meine Entscheidung. Und die akzeptierte er.

Schon nach zwei Wochen fühlte ich mich wie verwandelt.

Aus dem Einsiedler und Schweiger war ein beinahe kommunikativer Mann geworden. Die verheerenden Erfahrungen mit Menschen aus meinem alten Leben, meine Scheu und meine Skepsis hatte ich zwar nicht vergessen, aber ich ließ mich von ihnen im Moment nicht leiten. Ich war auf dem besten Wege, mich auf eine echte Freundschaft einzulassen. Vielleicht hatte ich es sogar längst getan. Mein Vertrauen zu diesem Mann aus dem fernen Österreich wuchs jedenfalls zusehends. Und ich glaube, umgekehrt war es genauso. Denn als wir uns einmal nach einem gemeinsam verbrachten Tag schon verabschiedet hatten und uns gerade trennen wollten, blieb Boris plötzlich stehen und sagte völlig unvermittelt: »Gute Sache, dass wir uns getroffen haben. Weißt du, dass ich nur wegen dir noch hier bin? Ich wollte ja eigentlich längst weiter ans Nordkap, aber das lasse ich jetzt. Die letzte Woche werde ich nun auch noch hierbleiben.«

Eine peinliche Stille kam auf. Solche Geständnisse machen Männer anderen Männern ja in der Regel nicht. Sie handeln vielleicht so, aber sie sprechen es nicht aus. Boris hatte mir ein Riesenkompliment zu Füßen gelegt und schien über seine eigenen Worte überrascht zu sein. Denn für Sekunden meinte ich eine leichte Röte auf seinem Gesicht wahrzunehmen. Er blickte nach unten und stand etwas unbeholfen vor mir. Dann kratzte er sich am Nacken und zündete sich schließlich eine Zigarette an. Das war sehr ungewöhnlich, da er gerade in Richtung Campingplatz aufbrechen wollte und er, wenn überhaupt, nur bei einem Bier und immer nur im Sitzen rauchte.

»Und die letzte Woche wird die beste Woche!«, sagte ich, wohl sichtlich berührt von der Situation, und lächelte ihn dabei an. Aber dann fanden wir beide unsere Fassung wieder. Wir sprachen noch ein wenig über unsere Pläne für den nächsten Tag, er brachte mich zu meinem Auto, und als ich losfuhr, schaute ich immer wieder in den Rückspiegel. Ich sah, wie er langsam auf der Straße ging, zunächst in meine Richtung, und schließlich in einem Waldweg verschwand.

Die letzte Woche wurde in der Tat eine ganz besondere Zeit. Wir verbrachten jeden Tag zusammen, vom frühen Morgen bis zum späten Abend. Und ich fühlte mich von Tag zu Tag besser.

Sein Riesenkompliment hatte das Eis gebrochen, und wir gingen noch unbefangener miteinander um als zuvor. Ich konnte mich nicht erinnern, jemals so schnell und so intensiv mit einem Menschen, und dann auch noch mit einem Mann, in Kontakt gekommen zu sein. Was mich ein wenig verunsicherte, aber letztendlich überwog die große Freude darüber.

Täglich erzählte Boris mir mehr über sich und seine Vergangenheit. Das tat ich meinerseits natürlich auch.

Allerdings schien ihm die Offenbarung seiner Lebensgeschichte schwerzufallen. Zumindest einige spezielle Themen betreffend. Über die Mutter seiner Tochter beispielsweise redete er kaum. Sie hatten sich vor zirka sieben Jahren getrennt. Warum es zu der Trennung gekommen war, erzählte er nicht, nur dass sie sich anschließend auf Nimmerwiedersehen davongemacht habe. Und so sei die gemeinsame Tochter ohne ihre Mutter aufgewachsen. Auch beim Thema »Männerfreundschaften« wirkte Boris zurückhaltend. War es ihm peinlich, darüber zu sprechen? Zwar sagte er, dass ihm eine tiefe und ehrliche Verbindung zu einem Mann eigentlich wichtiger sei als eine hormongesteuerte Liebe zu einer Frau, aber das war es dann auch schon. Als ich mich erkundigte, ob er denn zu Hause einen wirklich engen Freund habe, verneinte er dies sofort in einer fast schroffen, mich irritierenden Art, so dass ich mich nicht getraute, weiter nachzufragen.

Ansonsten aber hatte ich bald sein gesamtes Umfeld vor Augen. Seine Tochter, Ann-Katrin, die so sehr davon träumte, einmal Balletttänzerin zu werden ...

Seine Mutter, eine einfache und wohl herzensgute Frau, die ihn allein großgezogen hatte, weil der Vater in jungen Jahren an einem Schlaganfall verstorben war ...

Seine Arbeit, in der er voll und ganz aufging, die eher der Kunstschreinerei glich denn der üblichen Holzbearbeitung ...

Seine Freunde und Bekannten, fast alle Mitglieder eines kleinen Grazer Fußballclubs, mit denen er beinahe seine gesamte Freizeit verbrachte ...

Seine Stammkneipe, mitten in der Stadt gelegen, in der er sich gern, besonders an Wochenenden, mit ein paar Jungs zum Pokern traf ...

Seine Wohnung, die ein umgebauter, geräumiger Wohncontainer war, der am Rande einer Kleingartensiedlung stand ...

Der Tag seiner Abreise rückte näher, und mir wurde flau bei dem Gedanken, dass er bald nicht mehr bei mir sein würde. Ich konnte mir gar nicht vorstellen, wieder ohne Begleitung hinaus in die Natur zu gehen. Und die Stille und das Schweigen ... Würde ich zurückfinden können in meine Abgeschiedenheit? Ich war nun ja nicht mehr allein auf der Welt, ich hatte einen Freund gefunden. Würde ich ihn vermissen? Übrigens bezeichnete ich Boris zu jenem Zeitpunkt in Gedanken zum ersten Mal als meinen Freund. Das war ein großer Schritt. Wobei ich nach wie vor das über mir schwebende Damoklesschwert verdrängte. Auf mir lag ein Fluch, der alles von einem Moment auf den anderen hätte zerstören können.

Über unseren Abschied sprachen wir nicht. Wir taten so, als lägen noch Wochen unbeschwerten Lebens vor uns. Nur manchmal ahnte ich in seinem Blick und seiner Mimik die Traurigkeit über das bevorstehende Ende unseres Zusammenseins, so wie auch ich sicher meine Wehmut nicht gänzlich verbergen konnte.

Und dann war er gekommen: unser letzter Tag. Ich fühlte mich angeschlagen und wusste nicht, wie ich mich verhalten sollte. Und auch er wirkte ernst und nachdenklich. Wir hatten uns bei Tuuli zum Frühstück verabredet und saßen nun schweigend am Tisch. Das Wetter war prächtig und Tuuli ausnehmend freundlich und zuvorkommend, da sie wusste, dass Boris am nächsten Tag würde abreisen müssen. Er sollte wohl sie, das Café und ihre Heimat in besonders guter Erinnerung behalten. Als er sich nach dem Essen seine erste Zigarette ansteckte, sagte er zu mir: »Das war der schönste Urlaub seit einer Ewigkeit.«

Und ich antwortete: »Mir wäre am liebsten, du könntest hierbleiben.«

Er lächelte, trank von seinem Kaffee, stand auf und ging zum Fenster, schaute hinaus. Wir waren inzwischen allein im Raum.

»Ich hätte mir nie vorstellen können, mich nochmal so eng mit jemandem zu befreunden – du wirst mir sehr fehlen«, sagte er.

Ich schluckte, denn ich war derartige Herzensbekundungen von einem Mann nicht gewohnt. Und seine Worte hatten nichts Zweideutiges, deshalb schienen sie mir noch gewichtiger.

»Komm!«, sagte er dann. »Lass uns den schönen Tag nutzen. So warm wie heute war es schon lange nicht mehr. Ist wohl sehr ungewöhnlich für den Spätsommer hier. Was hältst du davon, wenn wir eine Bootsfahrt machen, raus auf den See?«

»Das ist eine super Idee! Ich bin dabei!«

Wir bezahlten bei Tuuli und gingen hinüber zum Lebensmittelladen. Dort konnte man die am Bootssteg liegenden kleinen Kähne anmieten. Wir buchten gleich für den ganzen Tag und machten uns auf den Weg zum Ufer. Genau in dem Moment aber, als wir um eine Kurve gebogen waren und ich freien Blick auf den Bootssteg hatte, durchliefen mich gleich mehrere Schockwellen. Ich analysierte sofort, was ich da sah. Am Steg lag nur noch ein einziges Boot – und genau dieses hatte beinahe Miniaturmaße. Im Grunde war es ein Ein-Mann-Ruderbötchen.

»Na, es hätte auch eine Nummer größer sein können«, kommentierte Boris flapsig. »Aber egal, wir rücken halt zusammen, und dann wird es schon gehen. Komm!«

Mein Herz begann zu stolpern. Jetzt gab es kein Zurück mehr.

Mir war klar, dass ich auf dem Boot den Gedanken meines Freundes Boris nicht würde ausweichen können.

24

Die erste halbe Stunde auf dem Wasser redete ich mehr als in den gesamten letzten Wochen unseres Zusammenseins. Es war der hilflose Versuch, *die Stimme* abzuwehren oder zumindest zu übertönen. Denn tatsächlich saßen wir so eng beieinander wie noch kein einziges Mal zuvor. Ich befand mich voll und ganz in Reichweite seines Gehirns.

Dann aber versiegte mein Redefluss. Mir fiel nichts mehr ein, und irgendwie kam ich mir bei dem Gequassel auch albern vor.

Was sollte er von mir denken? Aber kaum hatte ich mir diese Frage gestellt, da hörte ich auch schon die Antwort:

Was ist los mit ihm? So kenn ich ihn ja gar nicht. Hat er Angst, dass wir kentern? Er redet komisches Zeug.

Damit hatte Boris völlig Recht. Also schwieg ich. Und auch er sagte nichts, und wir ließen unser Boot treiben. Ein leichter, warmer Wind wehte von Süden über das Wasser, an den Ufern wuchs hier und da üppiges Schilfgras, und in der Ferne standen still die Wälder.

Meine inneren Augen sahen, dass Boris, genau wie ich, in sehr trauriger Stimmung war.

Und dann sagte er: »Bald trennen uns über dreitausend Kilometer – wie wird es weitergehen?«

»Wir werden uns wiedersehen!«, antworte ich schnell, ohne auch nur eine Ahnung davon zu haben, wie und wann das möglich sein könnte.

»Ja, aber bis dahin wird vermutlich noch sehr viel Zeit vergehen.«

Ich freu mich so riesig auf Ann-Katrin, natürlich auch auf Mutter ... aber wenn die beiden nicht wären, ich könnte mir auch vorstellen, hierherzukommen, zu ihm, hier zu leben.

Ich bekam eine Gänsehaut.

»Wir werden uns viel schreiben«, sagte ich.

»Auf jeden Fall!«

Aber schreiben ist nicht wie reden, wie zusammen sein, wie zusammen wandern, wie zusammen lachen. Ach, Mist.

In diesem Moment hätte ich ihn am liebsten in den Arm genommen und ihm einen Kuss auf die Wange gegeben. Aber ich traute mich nicht, und es hätte die Sache ja auch nicht vereinfacht.

Für ihn ist es wichtig, hier zu sein. Das muss ich akzeptieren. Ich kann ihn nicht bitten, nach Österreich zu kommen. Was soll er dort auch?

Ich hatte mir über meine Zukunft ja noch keine Gedanken gemacht. Sicher, ich würde nicht für immer in Lappland bleiben können, vielleicht auch nicht wollen. Aber zurzeit war es richtig und gut für mich, in dieser einsamen Welt meine Zelte aufgeschlagen zu haben. An eine Rückkehr nach Mitteleuropa war keineswegs zu denken. Und meine Geldreserven würden noch viele Jahre reichen. Ich lebte äußerst bescheiden. Und seitdem ich mit dem Angeln angefangen hatte, waren meine Ausgaben für Lebensmittel zudem drastisch gesunken.

»Du könntest doch über Weihnachten zusammen mit Ann-Katrin und deiner Mutter hier hoch zu mir kommen«, schlug ich vor.

»Ja, wenn ich noch ein paar Urlaubstage hätte – aber die sind alle aufgebraucht. Das wird also nicht gehen.«

»Du hast mir doch erzählt, dass dein Chef ein so toller Typ ist! Wäre mit ihm nicht zu reden?«

»Ja, eventuell. Es käme auf einen Versuch an.«

Wieder sah ich Grün, gleichzeitig aber auch Weiß-Schwarz – die farbliche Entsprechung für Schuld. Darauf konnte ich mir nun überhaupt keinen Reim machen. Vielleicht fühlte sich Boris seiner Tochter und Mutter gegenüber schuldig, wenn er nur an seine Interessen und Vorlieben dachte und diese möglichst oft auszuleben versuchte.

Über dem See lag eine fast schon gespenstische Ruhe. Der Wind war abgeflaut, und die Wasseroberfläche glich einem leicht gewellten Spiegel. Die Sonne brannte.

Arne wär der Erste, dem ich es erzählen könnte – und auch würde.

Wie bitte? Was hatte ich da gerade gehört? Ich wäre der Erste? Dem er etwas Bestimmtes würde erzählen wollen? Was meinte er damit?

Seit sieben Jahre schweige ich nun schon.
    Kein Mensch auf der Welt weiß es. Soll ich es ihm sagen? Jetzt? Oder vielleicht doch besser nicht ...

Mir schnürte sich der Magen zusammen. Auch Boris trug also ein Geheimnis in sich. Nun war das geschehen, was ich seit Wochen zu verhindern versucht hatte, auch aus der Angst heraus, etwas zu erfahren, was mir diese neue Freundschaft wieder hätte zerstören können. Darüber hinaus schämte ich mich bei jedem Wort, das ich hörte. Ich belauschte sein Herz, ohne dass er es wusste. Gibt es eine größere Indiskretion?

Was aber trug er mit sich herum? Worüber schwieg er seit so vielen Jahren?

Er wird schlecht von mir denken. Er wird sich von mir abwenden. Er wird kein Verständnis haben. Ich würde die Freundschaft zerstören, wenn ich es ihm sage. Vielleicht ekelt er sich dann sogar vor mir.

Er ist schwul!, schoss es mir sofort durch den Kopf. Ja, klar! So wird es sein. Das ist es. Kein Mensch weiß davon, er hat es vor sieben Jahren bei sich entdeckt, bisher vollkommen geheim gehalten, noch nie ausgelebt – und jetzt ist er in mich verliebt.

Ich dachte nach. Ich hatte in meinem Leben oft mit schwulen Männern zu tun gehabt und war stets gut mit ihnen klargekommen. Wobei noch keiner, soweit ich weiß, in mich verliebt gewesen war. Keiner hatte mich begehrt. Das war jetzt offensichtlich anders. Aber wie auch immer, das sollte unsere Freundschaft nicht gefährden, wir würden einen Weg finden. Ich war spürbar erleichtert, dass ich nichts Schlimmes aus seinem Gehirn gehört hatte.

»Komm, lass uns ein bisschen weiter rudern«, sagte er.

»Ja, vielleicht noch weiter in die Mitte des Sees, dort können wir uns dann etwas sonnen.«

Ich überlegte, wie ich unser Gespräch auf schwule oder

bisexuelle Männer lenken könnte. Ich müsste ihm irgendwie signalisieren, dass ich mit diesen sexuellen Spielarten, auch wenn sie für mich nicht infrage kämen, überhaupt keine Probleme hätte. Eventuell würde ihm dann eine Offenbarung leichter fallen, und wir könnten in Ruhe über alles reden, was ihn bedrückte. Mir war unumstößlich klar, darüber brauchte ich gar nicht nachzudenken: Ich wollte ihn nicht verlieren!

Bevor ich aber vorsichtig etwas in diese Richtung einfädeln konnte, sagte er: »Bist du schon mal von einem Menschen sehr enttäuscht worden?«

Ich war über diese Frage äußerst erstaunt und blickte ihn wohl auch dementsprechend an.

»Na, hör mal, ich habe dir doch von Moritz erzählt!«

Wobei er nicht alles wusste. Nicht die Details, die ich von *der Stimme* erfahren hatte. Aber auch die, ich will es mal so nennen, »entschärfte« Version der Geschichte war hart genug und beantwortete wohl seine Frage von selbst.

»Ja, entschuldige, du hast natürlich Recht. Aber ihr hattet ja so lange keinen Kontakt mehr gehabt. Ich meine es anders: Bist du mal von einem Freund, während ihr eng miteinander verbunden wart, komplett vor den Kopf gestoßen worden?«

»Ich habe dir alles Wichtige aus meinem Leben erzählt. Warum fragst du mich so was?«

Er schwieg, und die Farbe Grau in meinem Inneren verriet mir, dass er Angst hatte. Er tat mir leid. Er quälte sich so, und das war doch gar nicht nötig. Wie sollte ich mich jetzt verhalten? Was sollte ich sagen oder fragen?

Wir waren fast in der Mitte des Sees angekommen und versuchten nun, es uns in der Enge des Bötchens ein wenig bequemer zu machen, was aber kaum gelang. Dennoch streckten wir unsere Gesichter der Sonne entgegen, hatten

Schuhe und T-Shirts ausgezogen und ließen das Boot im ruhigen Wasser dümpeln.

Wie würde ich reagieren, wenn er mir so was von sich erzählen würde?

Warum tat er sich so schwer? Hatte ich einen derart intoleranten und verklemmten Eindruck bei ihm hinterlassen? Ich war mir ganz sicher, niemals und nicht einmal andeutungsweise abschätzig über Menschen geredet zu haben, die eine von der Norm abweichende Sexualität lebten. Sollte ich ihn, um die Spannung zwischen uns zu lösen, einfach und direkt auf dieses Thema ansprechen?

Dazu allerdings kam es dann nicht mehr.
Denn noch während ich das Für und Wider einer solchen Ansprache abwog, drang *die Stimme* in mein Gehirn ein – und was sie sagte, sprengte alle meine Vorstellungen.

Ich bin ein Mörder ... Ich habe getötet ... Ich habe getötet ...

Ich schnellte hoch, schlug die Hände zusammen, stierte ihn fassungslos an, und genau in der Sekunde, als ich etwas sagen wollte (was allerdings, weiß ich nicht mehr), schossen mir die Tränen aus den Augen, und ich sackte in dem kleinen Boot zusammen und war für einen kurzen Augenblick ohne Bewusstsein.
»Um Himmels willen, was ist los, Arne?«, hörte ich ihn fragen und spürte, wie er meinen Kopf schüttelte und auf meine Stirn Wasser träufelte.
»Es geht schon wieder«, sagte ich.
Er hatte sich über mich gebeugt, und ich schaute ihm direkt in die Augen.

Mein Gott. Hoffentlich ist er nicht krank. Es darf ihm nichts geschehen ... Ich liebe dich wie einen Bruder. Ich liebe dich wie Ann-Katrin. Ich liebe dich wie meine Mutter.

Ich wusste überhaupt nicht mehr, wie mir geschah. Ich war gleichermaßen geschockt als auch tief bewegt. Ich taumelte von einem Extremgefühl zum anderen. Mein Freund Boris war also ein Mörder? Er überlegte, *mir* die Tat zu gestehen?

Mir? Als erstem Menschen auf der Welt? Und er liebte mich? Wie einen Bruder? Ich war also auf der völlig falschen Fährte gewesen. Er liebte mich so, wie er sein Kind und seine Mutter liebte? Was für ein Glück. Welch ein Geschenk. Denn auch ich empfand ja so viel für ihn. Aber er hatte einen Menschen getötet! Warum? Was war geschehen?

Ich richtete meinen Oberkörper auf und setzte mich wieder hin.

»Lass uns langsam zurückrudern«, sagte ich gefasst.
»Aber – was war denn gerade los?«
Und dann sprach mein Herz, nicht mein Verstand:
»Es hängt mit unserer Freundschaft zusammen. Bevor du fährst, möchte ich dir noch etwas sagen. Daran liegt mir sehr.«
Ich machte eine kurze Pause.
»Für mich waren die letzten Wochen unvergleichlich. Ich habe noch nie so schnell Vertrauen zu einem Menschen gefasst. Du bist jetzt das Beste in meinem Leben!«

Er schaute mich wortlos an – und dann rannen ihm die Tränen über die Wangen.

Ich würde für ihn durchs Feuer gehen ... Und ich muss ihm alles sagen. Alles. Auch wenn er mich danach verachten oder verstoßen sollte. Ich will ihn niemals anlügen. Niemals ... Ich habe Angst.

»Ich danke dir«, sagte er leise. »Es geht mir ähnlich! Umso schlimmer also, dass wir uns morgen trennen müssen.«

Für eine ganze Weile empfing ich, zu meiner Erleichterung, keine Worte aus seinem Gehirn. Ich sah lediglich, dass er hin- und hergerissen war zwischen Angst und Traurigkeit.
Langsam näherten wir uns dem Ufer und dem Bootssteg. Ich blickte zurück über den See, hinüber zu den Wäldern und dachte: Warum ist leben nur so schwer?

Allmählich begann ich zu realisieren, was mir *die Stimme* mitten auf dem See offenbart hatte. Boris hatte den Tod eines Menschen verursacht. Schlimmer noch, er war schuld am Tod eines Menschen. Was genau hatte sich zugetragen? Was waren die Hintergründe des Geschehens? Hatte er vorsätzlich und aus niedrigen Motiven getötet, also gemordet? In seinen Gedanken war immerhin das Wort »Mörder« gefallen. Oder hatte er es mit den Begrifflichkeiten nicht so genau gehalten und meinte damit, dass er für die Tat verantwortlich war? Ein großer Unterschied. Wäre er nach juristischer Definition ein Mörder, würde ich dann noch mit ihm befreundet sein können? Vielleicht aber hatte er im Affekt gehandelt, eventuell aus Notwehr, dann sähe die Sache schon anders aus. Aber Fakt blieb: Dieser Mann, der mein Freund geworden war, hatte ein Menschenleben auf dem Gewissen. Und je länger ich darüber nachdachte, desto verzweifelter wurde ich. Was mir offensichtlich anzusehen war. Aber Boris konnte natürlich nicht wissen, worum es konkret in meinen

Gedanken ging. Und so spekulierte er in die falsche Richtung:

Er ist so traurig, weil heut unser letzter Tag ist. Ich weiß gar nicht, wie ich ihn trösten soll. Wenn ich ihm jetzt auch noch erzähle, was damals passiert ist ... dann bricht alles zusammen.

Aber genau das erwartete ich von ihm. Er sollte erzählen! Mir war klar, wenn er schweigen würde, gäbe es keine Zukunft für uns beide. Auf keinen Fall wollte ich mein heimlich erworbenes Wissen in irgendeiner Form instrumentalisieren, um ihn zum Sprechen zu bewegen. Das musste er freiwillig und von sich aus tun. Und ich wollte alles erfahren. Jedes Detail. Er sollte vor mir eine Beichte ablegen. Diesen rigorosen Anspruch hatte ich an unsere Freundschaft. Wie es danach weitergehen würde, das wusste ich nicht. Wie sollte ich auch? In einer vergleichbaren Lebenslage war ich zuvor noch nie gewesen.

Als wir das Ufer erreicht hatten, machte ich, so schnell es ging, einen Sprung heraus aus dem Boot. Ich wollte in Sicherheit gelangen. Weg von seinem Gehirn, seinen Gedanken, seinen Gefühlen. Ich wollte ganz normal mit ihm umgehen können, und ich hoffte so sehr, dass er den Mut finden würde, sich mir zu offenbaren. Viel Zeit blieb nicht mehr.

Wir gingen schweigend zurück zu Tuuli, denn dort hatte ich mein Auto abgestellt. Es war immer noch recht warm, aber von Norden zogen dünne Wolken auf. Ich hatte mir vorgenommen, nichts mehr zu sagen. Er musste die Initiative ergreifen. Alles andere wäre falsch gewesen. Und so trotteten wir über den staubigen Weg. Fast unerträglich die Stille zwischen uns beiden. Und für Sekunden flackerte tatsächlich die

Neugierde in mir auf, was wohl gerade in ihm vorging. Aber ich blieb auf Abstand – und wartete ab, wie er sich verhalten würde.

Ich hatte schon so oft in meinem Leben *gewartet*. Daran musste ich plötzlich denken. Auf berufliche Chancen, auf Menschen, auf die Liebe, auf irgendwelche und letztendlich banale Gelegenheiten, auf das Ende trauriger oder bedrückender Zeiten. Warten ist ein schlimmer Zustand.

Eigentlich hatte ich keine Lust mehr, zu warten. Dafür war mir mein Leben jetzt zu schade.

Aber dann riss mich Boris aus meinen Überlegungen heraus, indem er sagte: »Ich möchte ein wenig allein sein, bitte entschuldige. Es geht mir nicht gut. Ich bin ganz durcheinander. Aber wollen wir heute Abend in dem kleinen Restaurant auf dem Campingplatz zusammen essen?«

Ich überlegte nur der Form halber kurz (ich wollte nicht allzu willfährig erscheinen) – und antwortete:

»Ja, einverstanden! Ich werde so gegen neunzehn Uhr dort sein.«

25

Als ich das Restaurant, das eher einer Kantine glich, betrat, saß Boris bereits an einem der wenigen Tisch dort. Es waren nicht viele Leute im Raum. Aus einem kleinen Lautsprecher über der Theke plärrte internationale Popmusik, zum Glück nicht sehr laut, und es roch nach Kaffee und Pommes frites. Ich setzte mich so zu Boris an den Tisch, dass *die Stimme* keine Chance hatte. Er wirkte ernst, aber nicht sichtbar nervös. Wir redeten über belanglose Dinge. Den Flughafen in Helsinki, dort würde er am nächsten Tag umsteigen müssen, das Wetter in Österreich und Deutschland, die vielen Mückenstiche, die er sich an seinem letzten Tag zugezogen hatte.

Dann kam unser Essen. Nichts Besonderes, aber es schmeckte ganz ordentlich und machte satt. Eigentlich aber hatte ich kaum Hunger, da ich sehr angespannt war. Und so ließ ich denn auch fast die Hälfte von den Speisen auf dem Teller zurück. Während des Essens erzählte Boris von Ann-Katrin, mit der er kurz vor unserer Verabredung telefoniert hatte und die sich riesig auf die Rückkehr ihres Papas freute. Ich allerdings verstummte zusehends. Ich mochte nicht mehr plaudern. Dafür ging mir viel zu viel durch den Kopf. Eine Spekulation jagte die andere, was genau Boris zu verantworten hatte. Darüber hinaus lag natürlich auch der Schmerz, die Wehmut, ihn am nächsten Morgen verabschieden zu müssen, schwer auf meiner Seele. Ebenso das Gefühl, vielleicht erneut enttäuscht zu werden und wieder einen Menschen zu verlieren. Wir bestellten Wodka. Das heißt, Boris schlug diese Bestellung vor, was mich etwas wunderte, da er während der vergangenen Wochen kaum Alkohol getrunken hatte. »Es ist unser letzter Abend«, meinte er, »und da ist ein guter Wodka genau das Richtige.«

Wir stießen an. »Auf unsere Freundschaft!«, sagte er. Ich nickte stumm und kippte mir das randvoll gefüllte Gläschen in die Kehle. »Noch zwei!«, rief er dem Besitzer des Restaurants zu. Wir schwiegen. Minute um Minute. Nur ab und zu begegneten sich unsere Blicke. Eine quälende Zeit. Ich spielte mit einem Bierdeckel, er hatte seine Hände um einen leeren Aschenbecher gelegt und rieb sie ein wenig daran.

Nach dem vierten Wodka aber sagte er:

»Ich kann nicht abreisen, ohne dir vorher noch etwas sehr Wichtiges mitzuteilen. Ich muss es tun. Es geht nicht anders. Und ich nehme dir nicht übel, wenn du danach nie wieder etwas mit mir zu tun haben willst. Ich wüsste selbst gar nicht, wie ich im umgekehrten Fall reagieren würde. Es fällt mir verdammt schwer, darüber zu sprechen, glaub mir.«

Und dann begann er konzentriert und mit gesenktem Blick zu erzählen.

Vor vierzehn Jahren hatte er auf der Geburtstagsparty eines Arbeitskollegen Dirk kennengelernt. Die beiden verstanden sich sofort bestens. Gleiche Interessen, gleicher Humor, gleicher Musikgeschmack. Dirk arbeitete damals bei einem Messebau-Unternehmen. Den ganzen Abend unterhielten sie sich und verabredeten sich gleich für den nächsten Tag zum Joggen. Binnen weniger Monate entwickelte sich eine enge und intensive Männerfreundschaft. Sie unternahmen viel zusammen, telefonierten täglich miteinander, schmiedeten Pläne. Zu diesem Zeitpunkt waren beide gerade solo, aber sie merkten schnell, dass sie sich in Sachen Frauen niemals in die Quere kommen würden. Zu unterschiedlich schienen die Geschmäcker zu sein. Nach etwa einem Jahr war ein beinahe absolutes Vertrauensverhältnis zwischen den beiden Männern entstanden. Sie erzählten einander alles, berieten gemeinsam wichtige Entscheidungen und verlebten in den folgenden Jahren mehrere Urlaube zusammen. Dann lernte Boris Tanja kennen, die Mutter seiner Tochter Ann-Katrin. Wenig später verliebte sich Dirk in eine Frau namens Charlotte. Die beiden Paare verbrachten fast ihre gesamte Freizeit miteinander. Es kam nie zu nennenswerten Spannungen. Schon gar nicht zwischen den Männern. Für Boris war diese Freundschaft ein Geschenk des Himmels. Als Tanja dann schwanger wurde, stand sofort fest, dass Dirk der Patenonkel des Kindes werden würde. Er war sogar zusammen mit Tanja und Boris zur Entbindung ins Krankenhaus gefahren und hatte vor dem Kreißsaal an der Seite von Boris auf die Geburt der Kleinen gewartet. Die beiden waren einfach in jeder Lebenssituation füreinander da. Dirk hatte sich inzwischen von Charlotte getrennt und lebte allein. Ein knappes Jahr später kamen die Freunde auf eine Idee: Sie wollten sich zusammen selbstständig machen. Ein alter Traum von Boris. Ebenso von Dirk. Holzverarbeitung, Messebau, Schreinerei. Und dann ging es Schlag auf Schlag. Planung, Gespräche mit Banken, Immobiliensuche – und schließlich die Gründung einer gemeinsamen Firma, einer GbR. Für ihren Traum hatten die beiden sich mit über fünfhunderttausend Euro verschuldet ...

Was Boris mir dann im Weiteren berichtete, war so kompliziert, dass ich die Einzelheiten nicht auf Anhieb verstand. Darauf aber kam es auch nicht an. Entscheidend war der Kern der Geschichte.

Nur zwei Monate nach der Firmengründung ließ Dirk Boris im Stich. In einer Nacht-und-Nebel-Aktion machte er sich auf und davon. Er hatte seine Eigenkapitalleistungen nicht erbracht, und offenbar verfügte er auch nicht über die Mittel, obwohl er Boris gegenüber stets beteuert hatte, im Besitz des Geldes zu sein. Ein eklatanter Vertrauensbruch also, eine fürchterliche Lüge. Und so saß Boris von einem Tag auf den anderen mit fünfhunderttausend Euro Schulden im Nacken allein in der Firma. Eine Katastrophe. Denn ohne seinen Partner und dessen Geld war er aufgeschmissen. Er stand vor dem finanziellen Ruin, vor dem Offenbarungseid.

Was dann allerdings zwei Tage später geschah, spottet jeder Beschreibung. Als Boris an diesem Morgen aufwachte, wunderte er sich, dass Tanja nicht mehr neben ihm im Bett lag. In der Regel stand sie immer nach ihm auf. Und da Ann-Katrin für ein paar Tage bei der Oma untergebracht war, hätte Tanja besonders lange schlafen können, was sie eigentlich auch vorgehabt hatte. Boris rief nach ihr, keine Antwort, er lief durch die ganze Wohnung, konnte sie nirgendwo finden, rannte in den Keller, auch dort war sie nicht, entdeckte schließlich auf dem Küchentisch einen schäbigen Zettel – und auf dem stand:

Ich liebe Dirk.

Wir sind zusammen. Ich muss zu ihm.

Sag Ann-Katrin, dass ich sie liebhabe. So sehr! Und für immer!

Aber ich komme nicht mehr zurück. Es tut mir leid.

Suche uns nicht! T.

Boris war aschfahl geworden. Er schaute mich an, schwieg und bestellte noch einmal Wodka. Was mir gar nicht recht war, denn ich wollte mit klarem Kopf seine Geschichte hören und auch einordnen. Und so nahm ich nur einen kleinen

Schluck aus meinem Glas. Er allerdings schüttete den Wodka binnen Sekunden hinunter.

»So, mein Freund«, sagte er, machte eine kurze Pause, blickte mir dabei ernst und fest in die Augen und fuhr dann fort: »Was ich dir jetzt erzähle, weiß sonst niemand auf der Welt.«

Mein Pulsschlag beschleunigte sich – und wahrscheinlich war ich in diesem Moment ebenso aufgeregt wie er.

Nachdem Tanja damals abgehauen war, ließ Boris ein halbes Jahr ins Land ziehen. Er wickelte die Firma ab, kümmerte sich um Ann-Katrin und lebte zurückgezogen. Von Woche zu Woche aber wurde ihm das Ausmaß seiner Lebenskatastrophe deutlicher, und der Zorn auf Tanja und besonders auf Dirk überschattete bald alles. Er begann zu recherchieren. In alle Richtungen. Besessen ging er jeder Idee, jeder Spur, jedem Hinweis nach. Er hatte nur noch ein Ziel: Er wollte Dirk und Tanja finden! Er wollte die beiden zur Rede stellen! Er wollte alle Hintergründe wissen – und verstehen, was passiert war und warum. Vor allem aber wollte er Dirk einen Denkzettel verpassen. Nach zwei Monaten hatte er eine Spur. Sie führte zunächst in die USA, dann aber wieder zurück nach Europa, nach Italien, in die Schweiz und schließlich an den Bodensee.

Am achtundzwanzigsten Dezember des Katastrophenjahres stand Boris vor Dirk. Er hatte ihn unweit von Basel in einem deutschen Autobahn-Motel ausfindig gemacht. Tanja war nicht anwesend. Schon nach wenigen Minuten kam es zu einem lautstarken Streit. Die Männer brüllten sich an – und dann schlug Boris zu. Dirks Erklärungsversuche, seine Lügen und Schönfärbereien hatten Boris noch wütender gemacht, als er ohnehin schon gewesen war. Dirk, der Boris' Stärke nur wenig entgegenzusetzen hatte, wehrte sich, so gut er konnte. Dabei beschimpften sie sich gegenseitig auf das Übelste. Und dann passierte das Unglück: Boris versetzte Dirk einen so heftigen Faustschlag gegen den Kopf, dass Dirk strauchelte, zu Boden stürzte – und liegen blieb.

Schwer atmend. Aus seiner Nase quoll Blut, die Augen aber waren geöffnet. Boris stand wie gelähmt vor Dirk, spürte, dass auch seine Nase heftig blutete, wartete noch einen kurzen Augenblick und verließ dann aufgebracht das Zimmer.

Am übernächsten Tag konnte man in den Zeitungen lesen, dass Dirk in dem Motel tot aufgefunden worden war – offenbar an seinem eigenen Blut erstickt.

Hätte Boris, wenn auch nur anonym, sofort einen Krankenwagen alarmiert, Dirks Leben wäre wohl zu retten gewesen. Allerdings war Boris beim Verlassen des Motels in einer völlig desolaten Stimmung gewesen, unfähig, einen klaren Gedanken zu fassen. Er hatte Dirk in der Annahme zurückgelassen, ihn nicht ernstlich verletzt zu haben. Dirk war dann vermutlich bewusstlos geworden, und damit hatte Boris nicht gerechnet. Schon gar nicht mit der fatalen Verkettung der Ereignisse ...

Boris saß zusammengesunken vor mir, nickte und schwieg. Er mied meinen Blick. Seine auf dem Tisch liegenden Hände zitterten etwas. Und da fiel mir zum ersten Mal auf, dass er nicht die Hände eines Achtunddreißigjährigen hatte, sondern die eines alten Mannes.

»Jetzt weißt du alles«, sagte er. »Ich habe dir die ganze Wahrheit gesagt. Ich schwöre es dir – und ich schäme mich so sehr. Das alles trage ich nun schon über sieben Jahre mit mir herum – und von Jahr zu Jahr wird es schwerer für mich.«

Es entstand eine Gesprächspause.

»Was ist mit Tanja?«, fragte ich.

»Ich habe nie wieder etwas von ihr gehört.«

»Warum hast du dich den Behörden nicht gestellt? Warum bist du nicht zur Polizei gegangen und hast dort alles genauso geschildert wie mir gerade?«

»Ich hatte Angst, man würde mir nicht glauben. Und unter Umständen wäre ich für Jahre in den Knast gewandert und hätte Ann-Katrin alleinlassen müssen. Sie wäre dann sowohl ohne Mutter als auch ohne Vater aufgewachsen.«

Wieder schwiegen wir.

Ich war bestürzt über das, was Boris zu verantworten hatte. Keine Frage. Aber ich war auch erleichtert, dass er mir die Geschichte erzählt und somit gebeichtet hatte.

Und ebenso erleichtert war ich, keinen wirklichen Mörder vor mir sitzen zu haben. Es lag keine Heimtücke vor, es gab keine niederen Beweggründe. Oder etwa doch? Vielleicht hätte man von Totschlag reden können, vielleicht aber auch »nur« von unterlassener Hilfeleistung. Ich hatte keine Ahnung. Meiner Beurteilung ging natürlich die unbedingte Annahme voraus, dass er mir wirklich die ganze Wahrheit erzählt hatte. Aber konnte ich da sicher sein?

Deshalb hakte ich nach.

»Du warst so voller Hass. Der Typ hatte dir deine Existenz ruiniert und dir die Frau weggenommen – wollest du ihn wirklich nicht« – ich atmete einmal tief durch – »töten?«

»Arne, ich schwöre es dir beim Leben meiner Tochter! Nein! Das hatte ich wirklich nicht vor! Ich wollte ihm nur eine ordentliche Abreibung verpassen. Und ich wollte, dass wir einander gegenüberstehen, Aug in Aug, und dann sollte er mir nur diese eine Frage beantworten: Warum hast du mir das angetan?! Warum?!«

Er schwieg.

»Allerdings ... ich muss gestehen, und das macht die Sache für mich noch viel schlimmer, während wir kämpften, da war mir für Sekunden alles egal. Ich hatte keine Macht mehr über mich, ich war völlig enthemmt. Ich habe wie ein Irrer auf ihn eingeschlagen ...«

»Auch dann noch, als er am Boden lag?«

»Nein, da nicht mehr. Da hatte ich mich schon wieder im Griff. Aber es gibt für mein Verhalten keine Entschuldigung. Keine Rechtfertigung. Du kannst dir gar nicht vorstellen, wie oft ich in den letzten Jahren diese Begegnung in dem Motel immer und immer wieder in Gedanken durchgespielt habe ... Wäre ich doch bloß niemals dorthin gegangen!«

Er gab noch eine Wodkabestellung auf – und sprach dann weiter:

»Auch die Frage nach dem ›Warum‹ – was soll das!? Was nutzt einem die Antwort darauf? Heute ist mir klar, dass ich alles falsch gemacht habe. Es tut mir so unendlich leid. Ich habe ein Menschenleben auf dem Gewissen, mein Gott.«

Seine Stimme wurde immer dünner.

»Und weißt du, mit Tanja, das ist so eine Sache. Ja, er hat mir die Frau ausgespannt, die auch noch gerade die Mutter meines Kindes geworden war, und ich habe keinen blassen Schimmer, wie lange vorher schon etwas zwischen den beiden lief. Ich will es mir auch gar nicht vorstellen. Aber je intensiver ich darüber nachgedacht habe, desto mehr wurde mir klar, dass sie ebenso viel Schuld trifft wie ihn. Sie hat es mitgemacht, sie hätte Nein sagen können. Und überleg mal: Sie wusste ja auch, dass Dirk mich durch seinen Betrug in den Ruin stürzen würde. Was für ein verkommenes Miststück! Und überhaupt, mich hätte sie ja sitzenlassen können, aber ihr Kind so im Stich zu lassen – das ist für mich unbegreiflich.«

Er schaute mich an. So nach Fassung ringend hätte ich ihn mir zuvor niemals vorstellen können. Aber auch ich war völlig außer mir.

»Warum hast du dich damals, kurz bevor du aus dem Motelzimmer gegangen bist, nicht zu ihm niedergebückt? Um zu sehen, wie es ihm geht? Du hattest dich zu diesem Zeitpunkt doch schon wieder im Griff.«
»Ich weiß es nicht. Ich weiß es nicht. Auch das werfe ich mir so sehr vor. Ich war wohl immer noch wie im Rausch. Ich kann mich nur noch erinnern, dass ich beim Hinausgehen aus dem Zimmer gedacht habe: Stell dich bloß nicht so an, das bisschen Nasenbluten, das habe ich auch.«
»Wie war es denn früher? Hast du dich oft mit anderen Männern geprügelt?«
»Nein, nur ein einziges Mal, im Suff, da war ich sechzehn. Danach nie wieder.«

Ich wusste ihn nichts mehr zu fragen. Wie sollte ich seine Geschichte bewerten? Was empfand ich nach all dem Gehörten für diesen Mann? Ich konnte mir im Moment darauf keine klaren Antworten geben. Meine Gefühle fuhren rückwärts Achterbahn. Der Fall war kompliziert. Er hatte sich mir gegenüber geöffnet. Das musste ich ihm hoch anrechnen. Es war eine große Vertrauensbekundung. Ich hatte eigentlich nicht damit gerechnet. Dirk aber war tot. Hätte Boris einen Krankenwagen gerufen, Dirk würde vermutlich noch heute leben. Hätte Boris ihn nicht angegriffen, es wäre wohl nichts Schlimmes passiert. Aber vor allem: Hätte Boris ihn erst gar nicht aufgesucht, das ganze Unglück wäre zu vermeiden gewesen. Er aber hatte sich von seinem Hass und seinen Rachegefühlen leiten lassen. Er hatte sich vorgenommen, Dirk zu verprügeln – und war bewusst alle damit verbundenen Risiken eingegangen. Ein schweres Vergehen, bei allem Verständnis für Boris' Zorn und Verzweiflung. Und dann war da noch die ganz große Frage, die trotz seiner Antwort und seiner Reue im Raum stand:

Warum bist du nicht zur Polizei gegangen?

Alle Gäste hatten inzwischen das Restaurant verlassen. Es war spät geworden. Der Besitzer stellte bereits die Stühle der anderen Tische hoch und bat uns schließlich, zu bezahlen. Das taten wir dann auch und gingen zögernd nach draußen.
Es war lau, aber ein Hauch frühherbstlicher Kühle hatte sich schon unter die Abendluft gemischt. Ich schaute hinaus auf den See – und plötzlich überkam mich eine überwältigende Traurigkeit.

»Ich werde morgen sehr früh aufbrechen. Wir sollten uns jetzt verabschieden«, sagte er.
»Ja, ich bringe dich noch zu deinem Zelt.«
Und schweigend gingen wir los.

Vor seiner kleinen Behausung angekommen, reichte er mir die Hand. Ich zögerte ein paar Sekunden, griff dann kurz zu, ließ aber sofort wieder ab von ihm und trat einen Schritt zurück. Ich wollte nichts aus seinem Gehirn hören. Er sah mich erschrocken an, versuchte etwas zu sagen, was ihm aber nicht gelang, und blickte dann mir leerem Gesicht zu Boden.

»Vielleicht kannst du mir einmal schreiben«, flüsterte er beinahe. »Ich würde mich sehr freuen.«
»Ja, ich werde dir schreiben.«

Und ohne ihn noch einmal anzusehen, ging ich zurück zu meinem Auto.

26

Mit meiner inneren Ruhe war es vorbei. Ich konnte unmöglich wieder an die Zeit, bevor ich Boris kennengelernt hatte, anknüpfen. Dafür war in den letzten Wochen viel zu viel geschehen. Und so fühlte ich mich gleich am ersten Tag nach seiner Abreise bedrückt, zerrissen und belastet. Ich ging zwar wieder hinaus in die Natur, wanderte, fischte und saß lange in der Sonne des aufziehenden Indian Summer, aber ich wurde nicht Herr über meine Gedanken – und nicht Herr über meine Gefühle.

Immer wieder kam mir Moritz in den Sinn. Und die Situation damals. Ich hatte so viel über seine perverse Veranlagung erfahren, und dennoch waren mir die Hände gebunden gewesen. Ich hätte nichts unternehmen können. Aber die beiden Fälle waren absolut nicht miteinander vergleichbar.

Und diesmal hatte mir nicht *die Stimme* die Wahrheit offenbart, sondern ein Freund, mein Freund Boris.

Dennoch türmten sich Fragen über Fragen vor mir auf.

Wie würde ich mit seiner Schuld und seinem Schweigen umgehen können? Durch sein Fehlverhalten war ein Mensch gestorben, und er hatte sich der Sache nicht gestellt. Würde dies meinen Blick auf ihn verändern – oder hatte es ihn bereits verändert? Würde seine Vergangenheit unsere Zukunft belasten oder gar verbauen? Könnte ich unbefangen mit ihm umgehen? Ich war immerhin Mitwisser einer Straftat geworden. Wie sollte ich mich verhalten? Musste ich etwas unternehmen? Sollte ich ihn drängen, zur Polizei zu gehen, quasi als Bedingung für das Weiterbestehen unsere Freundschaft?

Ich dachte an die Angehörigen von Dirk, die sich sicherlich so sehr wünschten, dass der Fall endlich aufgeklärt werden könnte. Vielleicht lebten seine Eltern noch. Wie schlimm es für die alten Leute sein musste, die jahrelange Ungewissheit zu ertragen. Hätte ich meinerseits gar die moralische Pflicht, mich an die Polizei zu wenden, wenn Boris selbst es nicht täte?

Auch grübelte ich über eine Frage nach, die ich mit Boris nicht erörtert hatte, die aber von großer Bedeutung war: Was hatte die Obduktion von Dirks Leiche ergeben? War er wirklich an seinem Blut erstickt – oder hatte ihm Boris einen so heftigen Schlag verpasst, dass er durch diese Gewaltanwendung ums Leben gekommen war? Hatte Boris, vielleicht aus Panik und Angst, die Presseberichte zu dem Fall damals nicht weiterverfolgt? Aber war wiederum das Ergebnis einer gerichtsmedizinischen Untersuchung wirklich relevant für meine Gesamtbeurteilung der Vorgänge? Ich hatte keine Antworten parat.

Mit dem Thema »Selbstjustiz« war ich während meiner vielen Berufsjahre als Journalist immer wieder konfrontiert worden. Oft hatte ich im ersten Moment ein gewisses Verständnis für die Rächer empfunden, das muss ich gestehen, meine grundsätzliche Haltung allerdings war glasklar:

Ich lehnte jede Form des eigenmächtigen Strafvollzuges ab. Schon die kleinste Ausnahme würde einem Schritt zurück in die Barbarei gleichkommen. Über all meinen Betrachtungen aber stand ein Satz:

Er ist dein Freund.

Und ich glaubte ihm. Ich war sicher, dass er mir die Dinge genau so geschildert hatte, wie sie ihm in Erinnerung geblieben waren. Zudem zeigte er tiefe Reue. Mein unbedingtes Vertrauen in seine Worte konnte ich mir rational nicht erklären. Aber mein Herz sprach für ihn – und nur darauf kam es mir an.

Ich war froh, dass ein Aspekt völlig klar war: Es bestand keine Wiederholungsgefahr. Boris würde sich in seinem Leben nie wieder so verhalten. Dennoch ging es um den Tod eines Menschen, um Schuld – und eben um eine Freundschaft. Ich musste und wollte zu einer unmissverständlichen Haltung kommen. Bald.

Das war ich Boris schuldig – und auch mir selbst.

27

Schon drei Tage nach unserem Abschied erreichte mich ein Brief aus Graz. Mit nervösen Händen öffnete ich ihn. Es war der wohl kürzeste Brief, den ich je bekommen habe. Boris schrieb (ohne Anrede):

Wie denkst Du über mich?
Was soll ich tun?
Können wir Freunde bleiben?

Er war mir mit seinem Brief zuvorgekommen. Denn auch ich wollte ihm schreiben. Weil mein Grübeln und inneres Ringen ein Ende gefunden hatten. Ich war zu einer Meinung gelangt. Ich hatte eine klare Position bezogen.

Und so setzte ich mich sofort an meinen Tisch und antwortete auf seine drei Fragen.

Ebenfalls ohne Anrede schrieb ich:

Ich vertraue Dir vollkommen.
Melde Dich bei der Polizei, das fände ich richtig.
Aber auch wenn Du es nicht tust, will ich Dein Freund sein und bleiben. Es ist deine Entscheidung. Ich stelle keine Bedingungen.

Schon eine Stunde später war mein kurzer Brief auf dem Weg nach Österreich. Ich hatte meinen Frieden wiedergefunden, und es ging mir gut. Mein Kopf war klar. Ich hatte mich für die Loyalität zu meinem Freund entschieden und war mit mir im Reinen. Über alles, was er mir erzählt hatte, wollte ich für immer schweigen.

Das war meine unumstößliche Entscheidung.

28

Nachdem ich den Brief abgeschickt hatte, wurde mir erst richtig bewusst, wie stark, ja beinahe innig meine Gefühle für Boris waren. Ich erschrak fast darüber. Wie lange hatte ich so etwas nicht mehr erlebt? Ich wusste es nicht. Oder konnte ich die tiefe freundschaftliche Zuneigung zu einem Mann mit dem Verliebtsein in eine Frau vergleichen? Darüber hatte ich mir noch nie Gedanken gemacht. Eigentlich war ich während der Monate meines Exils in Lappland davon ausgegangen, dass ich für immer allein bleiben würde – und hatte mich fast schon damit arrangiert. Es ist kein Unglück, allein zu sein, wenn man den richtigen Weg gefunden hat. Aber natürlich ist es ein Glück, ein großes Glück, einen Freund zu gewinnen. Und so schwelgte ich eine Weile in diesem schönen neuen Gefühl. Bis sich mein Verstand wieder meldete und er mir erbarmungslos vor Augen führte, was ich in der letzten Zeit so beharrlich verdrängt hatte – nämlich meine »Gabe«, den Fluch, *die Stimme*. Ich war so sehr mit Boris beschäftigt gewesen, dass ich mich selbst darüber vergessen hatte. Wie sollte die Zukunft zwischen ihm und mir aussehen?

Ich war ein Gedankenleser. Und davon wusste er nichts.

Vielleicht käme er mich bald wieder besuchen? Vielleicht würde ich einen Besuch in Österreich machen? Das hatte ich mir schon überlegt. Aber dann? Ich würde ihm nicht ständig aus dem Weg gehen können. Situationen wie zuletzt auf dem Boot wären auf Dauer nicht zu vermeiden. Ich wollte ihn aber unter keinen Umständen noch einmal heimlich belauschen. Das hätte ich als Verrat an unserer Freundschaft empfunden. Allerdings konnte ich ihm auch schlecht die Wahrheit sagen. Obgleich, das wurde mir erst jetzt schlagartig klar, er mir sein Geheimnis ja auch anvertraut hatte. War ich nun nicht im Gegenzug sogar dazu verpflichtet, ihm ebenfalls die ganze Wahrheit über mich zu erzählen? Was aber würde dann geschehen? Ich erinnerte mich an meine traurige Stimmung, als ich zum ersten Mal, vor nunmehr fast zwei Jahren, über die Konsequenzen meiner übernatürlichen Fähigkeit nachgedacht hatte. Es war ernüchternd gewesen. Wer würde mit einem Gedankenleser eng vertraut sein wollen, hatte ich mich gefragt. Wahrscheinlich gab es darauf nur die vernichtende Antwort: Niemand!

29

An einem trüben und schon recht kühlen Herbsttag, etwa acht Wochen nachdem Boris Lappland verlassen hatte, geschah etwas Unerwartetes.

Kurz nach neun in der Frühe klopfte es an die Tür meines Blockhauses. Was mich sehr wunderte. Denn Besuch bekam ich ja praktisch nie. Mein Vermieter ließ sich nur äußerst selten bei mir blicken, und in den letzten Monaten war ein einziges Mal ein Wanderer vorbeigekommen und hatte sich nach dem Weg erkundigt. Das war es dann aber auch schon gewesen.
    Ich hatte gerade gefrühstückt und saß nun lesend an meinem kleinen Esstisch. Es klopfte ein weiteres Mal. Ich stand auf und ging zur Tür. Während ich an den Schlössern hantierte, denn zur Nacht sperrte ich immer besonders gut ab, hörte ich draußen das Räuspern eines Mannes. Dann endlich war alles entriegelt, ich drückte die Klinke nach unten, öffnete vorsichtig die Tür, da sie nach außen aufging, und dort stand, mit strahlendem Gesicht: Boris.

Ich war sprachlos. Für ein paar Augenblicke.
    Aber dann sagte ich: »Du? Hier? Jetzt?«
    Er lachte. »Ja, ich, hier, jetzt!« Und machte einen Schritt auf mich zu und umarmte mich. Meine Freude, ihn zu sehen, wurde sofort von der Angst überschattet, genau in dieser Sekunde etwas aus seinem Gehirn zu hören oder

wahrzunehmen. Eben das wollte ich ja unbedingt vermeiden.

Tatsächlich zog sofort vor meinen inneren Augen die Farbe der Freude auf, alles wurde blau. Ich fühlte mich wie gelähmt. Ich konnte ihn jetzt doch nicht von mir wegdrücken. Allerdings vermochte ich die Umarmung auch nicht zu erwidern. Zu groß war meine Sorge, dass sie dann noch länger andauern würde. Er hatte seine gewaltigen Arme um mich gelegt und schien gar nicht mehr von mir ablassen zu wollen.

»Gut, dich zu sehen«, flüsterte er mir ins Ohr und presste beinahe seinen Kopf an meinen. Es gab kein Entrinnen. Ich war gefangen.

Und dann tauchte sie plötzlich auf, aus den Tiefen seines Gehirns: *die Stimme!* Und ich hasste sie wie noch nie zuvor. Ich ekelte mich vor ihr, ich verfluchte sie – und wünschte ihr nichts mehr als den ewigen Tod. Denn ich spürte, dass sie zwischen mir und dem Leben stand.

Gut, dass ich ihm nichts von meinem Plan geschrieben hab. So ist die Überraschung ja wohl perfekt gelungen.

Er sagt nichts, er regt sich nicht einmal, und vorhin sein Gesichtsaus ---- so --- raschen --- und --- blü --- tr --- aubt ---

Ich zuckte zusammen. *Die Stimme* – sie hörte sich anders an als sonst, sie wirkte gebrochen, und am Ende konnte ich sie kaum mehr verstehen. Nur noch Wortfragmente und unzusammenhängende Laute krächzte sie.

Ich löste mich aus Boris' Umarmung, versuchte meine Verblüffung zu überspielen, bat ihn herein und kochte sofort Kaffee für uns.

Natürlich freute ich mich riesig über seinen Besuch. Damit hatte ich überhaupt nicht gerechnet. Ich war auch deshalb so überrascht, weil wir uns in den letzten Wochen viele Briefe geschrieben hatten. Aber in nicht einem war die Rede von einem baldigen Zusammentreffen gewesen. Boris hatte alles im Geheimen geplant. Ich fühlte mich beinahe beschämt, denn ich konnte mich nicht erinnern, dass je einmal jemand über dreitausend Kilometer geflogen war, nur um mich zu besuchen, um mich zu sehen. Dass er zu mir gekommen war, hatte sicher auch mit unseren Briefen zu tun. Sie waren für uns beide etwas Besonderes gewesen. Wir hatten zu noch mehr Offenheit und Vertrauen gefunden. So eine Männerfreundschaft war mir bislang noch nicht begegnet. Selbst zu Moritz, damals in unseren besten Zeiten, hatte ich nicht annähernd ein so herzliches Verhältnis gehabt.

Boris erzählte von zu Hause, von Ann-Katrin, von seiner Mutter, von seiner Arbeit. Er hatte seinen Chef überredet und noch eine Woche Urlaub herausgeschlagen. Ich erzählte von Tuuli, von einem neuen Wanderweg und von einem unfreiwilligen Ausflug in die zirka zweihundert Kilometer entfernte Provinzhauptstadt. Dort hatte ich mir ein Ersatzteil für meinen Wagen besorgt.

»Kann ich bei dir hier im Haus schlafen?«, fragte er mich. »Ich habe kein Zelt dabei, und es wäre mittlerweile ja auch zu kalt draußen.«

Ich spürte einen Kloß im Hals – und sagte: »Ja!«

Am Nachmittag gingen wir, trotz des nicht gerade einladenden Wetters, hinaus und unternahmen eine kleine Wanderung. Es war alles wie im Sommer. Wäre da bloß nicht die schwere Last auf meinem Gewissen gewesen. Wenn ich ihm von *der Stimme* erzählen würde, könnten wir nie wieder unbefangen miteinander umgehen. Sollte er überhaupt noch mit mir befreundet sein wollen.

Am Abend zündete ich zum ersten Mal in diesem Herbst meinen Kamin an. Boris hatte zuvor etwas Holz gehackt, und nun saßen wir mit einer Flasche Rotwein vor dem lodernden Feuer.

»Ich muss dir etwas sagen, was ich nicht schreiben wollte«, begann er.

Ich drehte meinen Sessel etwas mehr in seine Richtung und schaute ihn fragend an.

»Wenn es schicksalhafte Begegnungen gibt, dann war unser Zusammentreffen bei Tuuli vor drei Monaten hundertprozentig eine. Jedenfalls für mich. Seitdem ist alles anders. Hätten wir uns nicht kennengelernt, ich glaube, ich wäre an meiner Vergangenheit zerbrochen. Ich stand kurz davor. Aber jetzt bin ich fest entschlossen, mein Leben wieder klar zu regeln. Ich werde für meine Fehler geradestehen.«

Er machte eine kleine Pause.

»Kurz vor meiner Abreise hierher habe ich mich in Graz bei der Polizei gemeldet – und alles von damals erzählt. Nun werden die Dinge ihren Lauf nehmen.«

Mir stockte der Atem.

»Du warst bei der Polizei?«

»Ja, und ich habe auch mit Ann-Katrin und mit meiner Mutter gesprochen. Sie wissen jetzt beide, wie ernst die Lage ist. Aber ich fühle mich gut. Wenn auch vielleicht schwere Zeiten vor mir liegen. Aber da muss ich nun mal durch. Nur so werde ich irgendwann wieder ein aufrichtiges Leben führen können.«

Er hielt kurz inne, schaute zunächst nach unten, dann jedoch direkt in meine Augen.

»Ohne dich, mein Freund, hätte ich die Entscheidung nicht getroffen.«

Ich weiß nicht, ob ich kreidebleich oder puterrot wurde.
Aber ich weiß noch ganz genau, was ich dachte: *Arne, du liebst einen Mann!*

Und musste dabei ein wenig schmunzeln. Denn ich war ja nicht von einer Sekunde auf die andere bisexuell oder schwul geworden. Nein, das nicht. Um Sexualität, um Körperlichkeit ging es hier überhaupt nicht. Ich verspürte aber eine so tiefe platonische Zuneigung zu meinem Freund, dass es dafür nur noch das Wort »Liebe« gab. Was mich glücklich machte, denn auch Boris empfand ja so. Während unserer Bootsfahrt hatte er es in Gedanken formuliert: Er liebte mich wie einen Bruder.

Und ohne zu überlegen, warf ich meine Vorsichtsmaßnahmen über Bord, sprang auf, machte einen Satz hin zu seinem Sessel, setzte mich auf die Lehne und gab ihm einen Kuss auf die Stirn.

He, mi--- t--- sst

In dieser Sekunde fiel mir wieder ein, dass *die Stimme* am Morgen höchst seltsam geklungen hatte. Genau wie jetzt. Diesmal allerdings schreckte ich nicht zurück. Ich blieb bewusst in der Nähe seines Kopfes, ich schaute ihn an, was er sicherlich etwas befremdlich fand, und horchte gezielt nach *der Stimme*, ich suchte sie geradezu in meinem Gehirn. Aber nichts! Alles stumm. Alles normal. Und nirgendwo vor meinen inneren Augen eine Farberscheinung. Nichts. Alles normal.

»Was ist?«, fragte er.

»Ach ... nichts.«

Ich ging zurück zu meinem Sessel und sagte: »Ich habe großen Respekt vor deiner Entscheidung, Boris. Sei dir gewiss, ich werde immer für dich da sein. Und solltest du ins Gefängnis müssen, ich werde nach Österreich kommen und mich um deine Tochter und deine Mutter kümmern.«

Er schwieg und nickte.

»Danke! Aber lass uns jetzt noch ein paar gute Tage hier haben.«

»Es wundert mich, dass die Polizei dich noch hierher hat reisen lassen. Wissen die überhaupt Bescheid?«

»Klar. Alles abgesegnet.«

30

Als ich am Abend in meinem Bett lag, konnte ich nicht einschlafen. Ich war zu aufgewühlt. Über mir, auf der oberen Liegefläche meines Etagenbettes, schnarchte Boris, und ich dachte über die Geschehnisse des Tages nach, über seine Entscheidung, über meinen Gewissenskonflikt – und über *die Stimme*. Warum hatte sie so merkwürdig geklungen? Und erst jetzt kam mir etwas in den Sinn, was ich schon wieder fast vergessen hatte. Vor ungefähr einer Woche war ich in dem kleinen Lebensmittelladen des Ortes gewesen, um ein paar Einkäufe zu machen. In der Regel ging das sehr schnell, da ich vorher immer genau wusste, was ich wollte, und in dem Lädchen kaum ein Kunde anzutreffen war. Diesmal allerdings herrschte geradezu Hochbetrieb. Und so kam es, dass ich an der Kasse warten musste. Bestimmt fünf bis zehn Minuten. Da es in dem Geschäft keine Einkaufswagen gab, sondern nur Einkaufskörbe, standen die Kunden eng hintereinander. Und ich mittendrin. Der Abstand sowohl zu meinem Vorder- als auch zu meinem Hintermann hatte die magische Grenze unterschritten. Das heißt, ich war immer in Reichweite mindestens eines Gehirns. Aber ich hatte kaum etwas empfangen. Nur vorbeiziehende Farbfetzen ab und zu, sonst nichts. Keinen Satz und kein Wort. Ich hatte dem damals keine besondere Bedeutung beigemessen und hielt das Ganze für einen Zufall. Es hätte ja durchaus sein können, dass die Leute gedankenlos vor sich hin dösten, in der Hoffnung, bald bezahlen zu können.

Jetzt aber machte mich der Vorfall nachdenklich.

Großer Gott, mir wurde, obwohl ich bewegungslos in meinem Bett lag, fast ein wenig schwindelig.
Sollte sich etwas in mir verändert haben?
Hatte sich der Fluch womöglich abgeschwächt?
Wenn ja, warum – und seit wann?
Ich stoppte meine Überlegungen. Ich traute mich gar nicht, weiter darüber nachzudenken. Es hatte keinen Sinn zu spekulieren. Schon gar nicht über mögliche Konsequenzen, die ein gänzliches Verschwinden des Fluches gehabt hätte. Nein, er war nun einmal mein Schicksal, und längst hatte ich mich mit ihm abgefunden. Andererseits war er gerade jetzt, nachdem ich Boris getroffen hatte, zu meinem größten Lebensproblem geworden.

Und noch etwas fiel mir ein. An dem Tag, als ich meinen ersten Brief an Boris abgeschickt hatte, war auch etwas Sonderbares geschehen, was ich seinerzeit nicht ernst genommen hatte. Ich war einfach darüber hinweggegangen. Nachdem ich den Brief in einen Postkasten geworfen hatte, war ich noch zu Tuuli gefahren. Ich wollte nicht allein sein und hatte Lust, etwas zu trinken. Tuuli war wieder einmal in Bedienlaune – und so brachte sie mir einen großen Kaffee an den Tisch. Genau in dem Moment, als sie die Tasse vor mir abstellen wollte, blieb sie mit ihrer Armbanduhr an ihrer langen Perlenkette hängen. Diese riss sofort entzwei, und Dutzende der kleinen weißen Kugeln gingen klickernd zu Boden. Auf allen vieren und in allen Richtungen suchten wir dann nach ihnen. Dabei ergab es sich, dass Tuuli und ich für kurze Zeit zusammen unter einem kleinen Tisch hockten. Ich war ihrem Kopf, ihrem Gehirn also äußerst nahe gekommen. Und schon meldete sich *die Stimme*, auf Finnisch. Ich verstand nichts. Dann jedoch brach sie plötzlich ab, und zwar so, als hätte irgendjemand völlig unvermittelt und chirurgisch genau an dieser Stelle einen Schnitt gemacht. Ob es sich wirklich um ein abruptes Verstummen, quasi mitten im Satz, gehandelt hatte, konnte ich nicht beurteilen, da ich die Sprache ja nicht beherrschte. Aber es war mir so erschienen. Kein einziges Mal zuvor hatte ich *die Stimme* in dieser Weise wahrgenommen.

Ging vielleicht tatsächlich etwas in mir oder mit mir vor?

Allein schon die verwegene Hoffnung, die Kraft des Fluches könnte schwinden, schien mein Blut mit Adrenalin zu fluten. Ich war hellwach. Ich musste etwas unternehmen. Aber was? *Die Stimme* testen, ja! Den Fluch überprüfen, ja! Aber wie? Da kam mir eine Idee. Ich hatte mich noch nie in der unmittelbaren Nähe eines Schlafenden aufgehalten, wusste also nicht, welche Signale ein nicht waches Gehirn aussendet.

Meiner Frau Anna war ich damals, als wir noch gemeinsam in einem Zimmer schliefen, auch nachts intuitiv ausgewichen.

Die im Traum formulierten Gedanken und erlebten Gefühle müssten doch für mich ebenso empfangbar sein wie die eines wachen Menschen. So meine Überlegung. Also stand ich leise auf, machte einen Schritt hin zum Kopfende des Etagenbettes und beugte mich über Boris. Der Vollmond schien in unsere kleine Schlafstube und direkt auf sein Gesicht. Schaurig blass war es anzusehen. Er hatte aufgehört zu schnarchen. Ich ging ganz nahe an ihn heran, so dass sich unsere Nasen beinahe berührten, und schaute auf seine geschlossenen Augenlider. Ich stand vollkommen regungslos – und horchte. Tief in mich hinein. Tief in ihn hinein. Ich lauschte, konzentrierte mich – und atmete kaum, um von meinen Wahrnehmungen nicht abgelenkt zu werden. Minutenlang verharrte ich in dieser Position.

Aber: Meine inneren Ohren *hörten nichts*, und meine inneren Augen *sahen nichts*!

Vielleicht funktioniert das Gedankenlesen bei einem Schlafenden nicht, dachte ich, oder er ist gerade traumlos.

In diesem Moment öffnete Boris seine Augen.

»Was ist los?«, fragte er in ruhigem Ton. Er schien weder erschrocken noch überrascht zu sein, obwohl beides nur allzu verständlich gewesen wäre.

»Entschuldige«, sagte ich, »ich muss jetzt sofort etwas ausprobieren, bitte steh auf, ich erkläre dir alles später. Bitte komm!«

Mein Herz raste.

Er musterte mich einen Augenblick, sprang dann aber mit einem Satz aus dem Bett, ich packte ihn am Arm und zog ihn in den Wohnraum.

»Setz dich hier an den Esstisch«, sagte ich, zündete hastig eine Kerze an und nahm genau gegenüber von ihm Platz. Uns trennten maximal fünfzig Zentimeter. Der Schein des Kerzenlichtes flackerte durch den Raum. Ich legte meine Hände auf seine Unterarme, beugte meinen Oberkörper über die schmale Tischplatte zu ihm hin und sagte: »Auch wenn du mich jetzt für verrückt hältst, bitte mach alles genau so, wie ich es dir sage, bitte stell keine Fragen, folge genau meinen Anweisungen.«

»Okay, was soll ich tun?«

»Komm, beuge dich zu mir her. Ich will, dass sich unsere Köpfe berühren, Stirn an Stirn – und schließe die Augen! Ja, genau so. Und jetzt denke bitte etwas, irgendetwas.«

»Wie? Denken? Was soll ich denken?«

»Ganz egal. Denke einfach einen belanglosen Satz!«

Auch ich hatte meine Augen geschlossen und war nun hoch konzentriert.

Ich wartete.
»Bitte denke irgendetwas!«
»Ja, das mache ich ja gerade!«

Ich hörte nichts. Und drückte meine Stirn noch fester an seine.
Ich hörte nichts.

»Denke an Ann-Katrin! Denke an ihren ersten Schultag, denke daran, was ihr letztes Jahr Weihnachten am Heiligen Abend zusammen gemacht habt!«

Wieder wartete ich. Aber ich hörte nichts. Ich sah nichts. Ich hatte seine Unterarme mittlerweile so fest im Griff, als gelte es, seine Flucht zu verhindern.

»Bitte, Boris, denke folgenden Satz: *Ich liebe meine Tochter!*«

Ich hörte nichts.

»Denkst du diesen Satz?«
»Ja, immerzu!«

Ich hörte nichts – in meinem Inneren. Aber zum ersten Mal seit über zwei Jahren glaubte ich mit meinem *rechten Ohr* wieder etwas wahrgenommen zu haben. Das war allerdings im Moment nicht so wichtig.

»Denke: *Ich liebe meine Mutter!*«

Ich hörte nichts.

»Denke: *Ich liebe meine Mutter!*«, befahl ich ihm beinahe.

»He, das mache ich doch die ganze Zeit!«

Und diesmal war ich mir fast sicher, dass ich seine Antwort mit meinen *beiden* Ohren gehört hatte. – In meinem Gehirn aber herrschte Stille, und meine inneren Augen blickten ins Leere.

»Erinnere dich an den Zorn und den Hass, den du damals für Dirk empfunden hast!«

Ich sah nichts.

»Erinnere dich an deine Freude, als dir klar war, dass wir Freunde sein würden!«

Ich sah nichts.

»Erinnere dich an das Glück, als du deine kleine Tochter zum ersten Mal in deinen Armen hieltest!«

Ich sah nichts.

»Bitte, Boris, denk noch einen Satz! Nur noch einen! Denke: *Das Leben ist schön!*«

Wieder hörte ich nichts.

»Denkst du ihn wirklich?«
»Pausenlos!«

Und so saßen wir ein paar Minuten ruhig und ohne Bewegung da. Ich vernahm nichts. Rein gar nichts aus seinem Inneren. Dafür hörte ich dann tatsächlich mit meinen beiden Ohren, wie Boris mich fragte: »Soll ich noch etwas denken?«

Ich ließ von ihm ab, lehnte mich erschöpft zurück, war zu überhaupt keinem Wort mehr fähig und brach in Tränen aus.
  Noch nie in meinem Leben, nicht einmal damals, als meine Eltern zu Tode gekommen waren, hatte ich so inbrünstig geweint.

Epilog

Die Liebe hatte den Fluch zerstört. So muss es gewesen sein. Je stärker die brüderliche Liebe zu meinem Freund Boris geworden war, desto weniger Macht hatte der Fluch über mich gehabt.
  Eine andere Erklärung gab es für mich nicht.

Nun war *die Stimme* gänzlich verstummt, und ich hatte das Gefühl, wieder ein ganz normaler Mensch zu sein. Zwar beobachtete ich mich noch lange mit Argusaugen, aber kein fremder Gedanke und kein fremdes Gefühl drangen mehr in mich ein. Auch mein rechtes Ohr war wieder intakt, genauso wie vor dem Blitzschlag.

Noch drei Monate blieb ich in Lappland, dann machte ich mich auf die Reise in Richtung Österreich. Ich wollte mich zunächst in Graz niederlassen und mir dort eine neue Existenz aufbauen. Konkrete Pläne hatte ich noch keine. Mir war nur klar, dass ich niemals mehr in meinen alten Beruf zurückkehren würde. Ich hatte den Wunsch, etwas Handfestes zu tun, etwas für mich Sinnvolles. Und ich fühlte mich frei. Die mächtige Peinigerin meiner Vergangenheit gab es nicht mehr. Jetzt hatte ich keine Angst mehr vor dem Tod – und auch keine Angst mehr, falsch zu leben.

Die Stille und der Fluch waren gute Lehrmeister gewesen:
  Ich hatte gelernt, die Dinge zu sehen, wie sie sind.

A. M. Homes

»Für Schriftsteller meiner Generation ist
A. M. Homes eine Heldin.« *Zadie Smith*

»Wenige Autorinnen gehen so gnadenlos an die Grenzen und
verfügen dabei über so viel Stil und Selbstvertrauen.« *Mark Haddon*

»Pflaster für die Schmerzen des Alltags.« *Die Zeit*

978-3-453-40556-1

Mein Leben ist wunderbar
978-3-453-40592-9

**Und morgen sind
wir glücklich**
978-3-453-40557-8

Die Tochter der Geliebten
978-3-453-40706-0

**Dieses Buch wird
Ihr Leben retten**
978-3-453-40556-1

Leseproben unter: **www.heyne.de**

David Nicholls

»Fesselnd, klug und wunderbar zu lesen.«
Nick Hornby

978-3-453-40794-7

978-3-453-40793-0

978-3-453-81184-3

»Selbstironisch, anrührend und mit einem Hang zu pointiertem Slapstick, der die meisten Bühnenkomiker alt aussehen lässt.«
Spiegel online

Leseproben unter: **www.heyne.de**

HEYNE ‹

David Benioff

»Der Amerikaner David Benioff hat einen wunderbaren,
packenden Roman über die Kraft der Freundschaft geschrieben«
Stern über *Stadt der Diebe*

978-3-453-40715-2

978-3-453-43478-3

978-3-453-40893-7

»Ein unwiderstehliches
Buch von einem
außergewöhnlichen
Geschichtenerzähler«
Khaled Hosseini über
Stadt der Diebe

Leseproben unter: **www.heyne.de**